MARI JUNGSTEDT

I DENNA LJUVA SOMMARTID

Albert Bonniers Förlag

WWW.BONNIERPOCKET.SE

ISBN 978-91-0-011882-2
© MARI JUNGSTEDT 2007
BONNIER POCKET 2008
PRINTED IN DENMARK
TREDJE TRYCKNINGEN
NØRHAVEN PAPERBACK A/S
VIBORG 2008

Till Ewa Jungstedt,
allra käraste syster

Ur fyrvaktarens dagbok, Gotska Sandön, augusti
1864

Natten mellan den 24 och 25 kl: 10 strandade på
öns sydöstra sida Ryska ångklipperten Wsadnick
med 140 mans besettning där af 3 offiserare och 12
mann äro drunknade, alla de öfriga bergade. Svår
ostlig storm med regn.

Måndag den 10 juli

När natten övergick i morgon körde en ensam bil
norrut på huvudvägen som skar genom Fårö. Regnet hade
upphört. De tunga molnen låg kvar som grå sjok över
himlen. Fåglarna hade varit igång sedan klockan tre, gry-
ningsljuset spreds över åkrar och ängar. I diset skymtade
enbuskar, krumma martallar och stengärdesgårdar. Som
planlöst utslängda låg bondgårdar i gotländsk kalksten
och enstaka väderkvarnskroppar vars vingar saknats se-
dan länge. Flockar av svarta får syntes i hagarna. Makligt
reste de sig upp, ett efter ett, och började beta av det magra
gräs som den karga jorden erbjöd.

   Uppe vid Sudersands campingplats på norra Fårö rådde
ännu lugn trots att den var fullbelagd så här mitt i somma-
ren. Området sträckte sig utefter den tre kilometer långa,
finkorniga sandstranden. Husvagnar och tält var prydligt
uppradade i ett noga uttänkt system. Svenska flaggor som
prydde entréerna slokade blöta från sina pinnar. Lite var-
stans stod klotgrillar utplacerade, liksom plastbord med
vinglas som lämnats kvar efter gårdagskvällens middag.
Badhanddukar genomvåta efter nattens regn var fästa i
klädnypor på provisoriskt uppsatta klädlinor. Randiga,
hopfällbara brassestolar i glada färger och gummimadras-
ser, badleksaker. En och annan cykel.

Mitt i området fanns en låg träbyggnad med flera dörrar: kök och tvättstuga, toaletter och duschrum. Ett välorganiserat semestersamhälle, ett stenkast från havet.

I en av husvagnarna som parkerats i ytterkanten av campingplatsen vaknade Peter Bovide. Prick klockan fem slog han upp ögonen. Av gammal vana kollade han tiden på klockan som låg på en hylla bredvid sängen.

Alltid samma sak. Sovmorgon existerade inte i hans värld.

Han blev liggande och stirrade i taket en stund, men insåg ganska snart att han inte skulle kunna somna om. Inte den här morgonen heller. Alla år som byggnadsarbetare hade satt spår i honom, vanan att gå upp i ottan var svår att bryta. Fast egentligen gjorde det honom inget. Han uppskattade en stund för sig själv innan Vendela och barnen vaknade. Brukade använda tiden till att ta en löprunda och sedan köra lite styrkeövningar.

Under natten hade han legat långa stunder och lyssnat till smattrandet på husvagnens plåttak. Sömnen blev orolig. Nu tycktes regnet ha slutat, ett svagt morgonljus silade igenom den tunna bomullsgardinen.

Han såg på sin sovande hustru. Täcket hade glidit undan och hon låg på sidan. Hon sträckte ut sig i hela sin längd. Med sina en och åttio var hon något längre än han själv. Han tyckte det var sexigt. Blicken följde de slanka benen, höftens rundning och han kunde ana hennes små bröst. Han kände hur han höll på att få erektion, men det var inte läge nu. Barnen låg i varsin smal brits. Femåringen William med öppen mun och armarna behagfullt utsträckta över huvudet som om han ägde hela världen. Mikaela hopkrupen i fosterställning, tre år och med nallen i famnen.

Fyra veckor låg framför dem, utan en massa måsten och

krav. Den första tiden här på Fårö och sedan väntade två veckor på Mallorca. Firman hade gått bra på sistone.

– Är du vaken? hörde han Vendelas ljusa, lätt släpiga röst bakom ryggen just när han var på väg att öppna dörren.

– Ja, älskling. Jag sticker ut och springer.

– Vänta, kom.

Hon låg kvar på sidan och sträckte ut armarna efter honom. Han borrade in sitt huvud mot hennes sömnvarma bröstkorg, slog armarna om hennes rygg. I deras relation var hon den starka, medan han, trots sitt robusta yttre, var skör och bräcklig. Ingen i deras närhet visste hur det låg till. Deras bekanta såg aldrig Peter Bovide när han grät som ett barn i sin frus famn under sina återkommande panikattacker. Hur hon lugnade, tröstade och hjälpte honom på fötter igen. Ångesten kom i skopor, alltid oväntad, alltid ovälkommen som en objuden gäst. Kvävde honom.

Varje gång han kände symptomen försökte han pressa tillbaka dem, inte låtsas om dem, tänka på något annat. Han misslyckades för det mesta. Hade anfallet väl börjat så gick det oftast inte att stoppa.

Nu var det ganska länge sedan han mått så dåligt. Men han visste att panikångesten skulle komma tillbaka. Ibland gick den hand i hand med epilepsin som han drabbats av i ungdomsåren. Anfallen kom numera sällan, men skräcken för dem fanns hela tiden i bakhuvudet. Under den självsäkra ytan var Peter Bovide en rädd människa.

När han träffade Vendela höll livet på att barka käpprätt åt helsike. Spriten hade tagit ett allt fastare grepp om hans liv, gjorde att han misskötte jobbet och i allt högre grad släppte taget om verkligheten. Han hade ingen fast flickvän, längre relationer fungerade aldrig för honom. Han varken vågade eller ville komma någon riktigt nära.

Med Vendela hade allt blivit annorlunda.

När de träffades sex år tidigare på en finlandsbåt hade han blivit kär vid första ögonkastet. Hon kom från Botkyrka och arbetade som croupier på ett casino i Stockholm. De gifte sig när hon blev gravid efter bara ett halvårs förhållande och köpte en gammal gård på landet utanför Slite. Ett renoveringsobjekt som de fick billigt och eftersom han själv var snickare kunde han göra det mesta av renoveringsarbetet.

De två barnen föddes med två års mellanrum. De klarade sig hyfsat. Sedan fem år tillbaka drev han byggfirman tillsammans med en gammal jobbarkompis och de hade så småningom kunnat anställa några gubbar. Firman gick bättre och bättre och nu hade de mer jobb än de mäktade med. Även om nya orosmoln hade dykt upp på sistone så var det inte värre än att han kunde hantera det.

Demonerna jagade honom alltmer sällan.

Vendela kramade honom hårt.

– Jag kan inte fatta att vi ska vara lediga så länge, mumlade hon med munnen mot hans hals.

– Nej, fan vad skönt.

En stund låg de tysta och lyssnade till barnens jämna andetag. Snart började den gamla vanliga oron krypa i kroppen.

– Jag sticker ut nu.

– Okej.

Hon kramade om honom igen.

– Jag är tillbaka snart. Då sätter jag på kaffe.

Det var befriande att lämna instängdheten i husvagnen. Från havet kom en frisk doft av tång och sälta. Regnet hade upphört. Han drog in luften djupt i lungorna och ställde sig att pinka i skogsbrynet.

Löpningen varje morgon var ett måste. Han blev inte människa om han inte började dagen med en runda. När han drog ner på supandet efter att ha träffat Vendela började han springa istället. Märkligt nog fungerade löpningen på samma sätt som spriten. Någon typ av drog behövde han för att hålla ångesten på avstånd.

Stigen var mjuk under hans fötter. På ömse sidor bredde sanddyner ut sig mellan gräsklädda kullar. Strax var han nere på stranden. Havet var oroligt, vågorna rörde sig hit och dit utan mål eller mening. Längre ut balanserade en flock sjöfåglar på topparna.

Han började springa norrut längs med vattenbrynet. Molnen jagade över den blygrå himlen och sanden var tung att trampa i efter nattens regn. Det dröjde inte länge förrän han var genomsvettig. Borta vid udden vände han om. Tankarna klarnade när han sprang. Det var som om han fick rast.

På vägen tillbaka upptäckte han en figur långt borta som kom gående åt hans håll, men som plötsligt snubblade till och föll omkull i sanden. Blev liggande, till synes utan att göra några försök att resa sig upp. Han sprang oroligt fram.

– Hur är det?

Ansiktet som vändes emot honom var uttryckslöst, blicken kall och likgiltig. Frågan lämnades obesvarad.

I några sekunder stod tiden stilla, han stelnade till. En oroväckande rörelse i magen. Djupt nere i hans inre gömda rum väcktes något till liv, något han försökt begrava i åratal. Till sist hade det kommit ifatt.

Ögonen som fixerade honom ändrades till att utstråla förakt.

Han fick inte fram ett ljud, andades tungt, den välbekanta smärtan i bröstet gjorde sig påmind. Han ansträngde sig för att inte falla ihop.

Kroppen blev mjuk, lealös.

Så upptäckte han pistolmynningen. Automatiskt sjönk han ner på knä, i hans huvud blev allt tyst. Tankarna upphörde.

Skottet träffade mitt emellan ögonen. Knallen fick havstrutarna att lyfta från vattenytan med ett förskrämt skränande.

Kriminalkommissarie Anders Knutas pysslade i svärföräldrarnas rymliga lantkök medan resten av familjen sov. Han tänkte överraska med sin specialfrukost, amerikanska pannkakor med lönnsirap. De smakade nästan som sockerkaka och när de var varma smälte de i munnen. Knutas var ingen mästare i köket, men han hade två specialare – makaronilåda och pannkakor.

När han gjort smeten lät han den vila i bunken en stund. Tog med sig kaffekoppen och satte sig på trappan utanför. Huset låg på en udde i utkanten av det lilla kustsamhället på Fyn, omgärdat av hav i alla väderstreck. Solen hade skinit utan uppehåll sedan de kom. Först hade Knutas varit måttligt förtjust när Line föreslog att de skulle tillbringa hela två veckor i Danmark. Han ville helst använda semestern till att skrota omkring på deras eget sommarställe i Lickershamn på norra Gotland, men Line hade lyckats övertala honom. För en gångs skull var hennes föräldrar bortresta och de fick ha huset för sig själva. Dessutom längtade hon alltid till Danmark. Hur bra hon än trivdes i Sverige fanns hjärtat kvar i hemlandet.

Efter en vecka på Fyn var Knutas tacksam över att Line stått på sig. Så här avslappnad hade han inte känt sig på många år. En hel dag kunde gå utan att han tänkte på jobbet. Och vädret var strålande, mycket bättre än hemma. De hade badat, fiskat och frossat i skaldjur som smakade mycket godare här. På kvällarna strosade de genom byn, satt vid havet och drack vin, spelade kort på verandan efter mörkrets inbrott. Deras tvillingar Petra och Nils stormtrivdes. Barnen hade skaffat sig flera kompisar under alla somrar som de hälsat på hos mormor och morfar och syntes knappt till under dagarna. Snart skulle de fylla sexton år och prioriterade inte precis umgänge med sina föräldrar.

Just nu passade det bra. Knutas och Line behövde få tid för sig själva. Han älskade sin fru men under våren hade äktenskapet gått på tomgång. Han hade varit trött och sliten efter ännu en komplicerad mordutredning, hade haft skuldkänslor och grubblat en lång tid efteråt, orken räckte inte till Line också.

Hon klagade över att han var frånvarande och ointresserad, vilket naturligtvis stämde. Båda hade nog förväntat sig att kärleken skulle börja glöda mer nu när de äntligen var lediga tillsammans, men så hade det inte blivit. De lunkade på i sina vanliga trygga spår, sexlivet var det inte mycket bevänt med, ingen av dem var särskilt intresserad av att ta några initiativ.

Det var inte så att han tyckte Line var oattraktiv, absolut inte. Hon var lika vacker som alltid med sitt eldröda långa hår, fräkniga hud och varma ögon. Men hon hade blivit som en möbel, en skön fåtölj man hade hemma. Lugn och trygg, behaglig, men inte så spännande. Line arbetade som barnmorska på lasarettet i Visby och trivdes ypperligt med sitt arbete. Hon berättade samma historier om mödrarna och deras umbäranden med lika glödande entusiasm och intresse som alltid. Han hade hört dem tusentals gånger. Förut hade han tyckt att det var underhållande och intressant, numera lyssnade han artigt medan han tänkte på annat. Känslorna oroade honom. Kanske var han bara inne i en svacka. Han tittade inte efter andra, inte alls. Hans sexualdrift hade domnat av, han tyckte knappt det var värt ansträngningen. Ibland undrade han om det var åldern. Men han var bara femtiotvå.

Våren hade varit tungrodd i största allmänhet. Vädret kallt och regnigt. På jobbet hade han haft en massa pappersarbete och annat administrativt att ta hand om, vilket han avskydde. Det kändes som om han aldrig kom ifatt. Utnämningen av den arbetskamrat som stod honom närmast, Karin Jacobsson, till sin ställföreträdare var han däremot nöjd med. Hon visade framfötterna på många sätt. Hon var en sådan energispruta att hon kunde få honom att känna sig som den mest ineffektive, trögtänkte flegmatiker man kunde tänka sig. Fast det störde honom inte. Anders Knutas beundrade Karin, det hade han gjort ända sedan de började arbeta tillsammans över femton år tidigare.

De sura miner som visat sig när utnämningen blev känd hade börjat sjunka undan. Den ende som fortfarande verkade ha svårt att smälta Karins avancemang var presstalesmannen Lars Norrby, som räknat med tjänsten för egen del. Trots att de varit arbetskamrater i många år kunde Knutas ibland önska att Norrby skulle lämna Visbypolisen. Hans attityd gentemot Karin sedan hon blivit biträdande chef var mest pinsam.

Han hoppades att det skulle gå bra för henne under hans semester. Allt verkade lugnt när han åkte. Turistsäsongen hade visserligen satt igång på allvar, men det var den gamla vanliga visan. Störst problem hade de med stockholmsungdomarna som kom i horder med färjan och festade i Visby. De förde med sig fylla, bråk, droger och tyvärr också flera våldtäkter varje sommar. Det var tråkigt, men ingenting som inte Karin klarade av.

Om en vecka skulle han börja jobba igen. Förhoppnings-
vis hände inget särskilt medan han var borta.

Klockan 09.42 på måndagsmorgonen inkom larmet till Visbypolisen. Två smågrabbar hade hittat en död manskropp i vattnet vid Sudersands badstrand på Fårö. Den ene av pojkarna hade simmat rätt in i kroppen där den låg och flöt ett tjugotal meter från stranden.

När biträdande kriminalkommissarie Karin Jacobsson och kriminalinspektör Thomas Wittberg nådde brottsplatsen hade en folksamling bildats på stranden. Efter den regniga natten tittade solen fram. Kriminaltekniker Erik Sohlman hade hunnit få hjälp med att spärra av och resa ett vitt plasttält kring kroppen för att skydda mot sol och nyfikna. Väl framme vid tältet tog Sohlman tag i Karins arm.

– Han har blivit mördad, utan tvekan. Det är inte bara ett skott i pannan, om man säger så. Du får slå larm med en gång, jag visar dig sen.

Karin plockade fram telefonen, beordrade fler poliser och hundpatruller till Sudersand och kontroll av alla bilar på färjan som lämnade Fårö. Hon vände sig mot de poliser som var i färd med att sätta upp avspärrningsband och ropade:

– Vi måste spärra av ett mycket större område!

Karin och Sohlman gick fram till kroppen som låg dold

under ett bomullsskynke i det provisoriska tältet.

– Är du beredd?

Sohlman kastade en blick på kollegans bleka ansikte. Karin var känslig för åsynen av döda kroppar. Att hon mådde illa på mordplatser var snarare regel än undantag. När kriminalteknikern lyfte undan skynket tryckte hon en näsduk mot munnen.

Den döde mannen var i hennes egen ålder. Han hade ett ganska speciellt utseende med djupt liggande och ovanligt ljusa ögon. Knappt några ögonbryn. Kindkotorna var höga och han hade ett svagt underbett. Om det inte vore för skotthålet hade ansiktet sett fridfullt ut.

– Skottet är avlossat på max några centimeters håll. Det syns på formen, mördaren har varit riktigt nära. Han har inte haft en chans.

– Hur kan du vara så säker på att han inte har gjort det själv? mumlade Karin bakom näsduken medan hon kämpade mot illamåendet.

– Det är inte nog med det här. Håll i dig nu.

Försiktigt drog Sohlman bort resten av skynket. Karin kved till när hon såg vad som dolde sig under. Mannens mage var full av skotthål.

– Sönderskjuten. Jag har räknat till sju skott i buken. Helt jävla galet.

Karin böjde sig åt sidan för att kräkas.

Johan Berg stod ute i en kohage och intervjuade en bonde som klagade över minskade EU-bidrag när det ringde. Han hade glömt att stänga av mobilen under intervjun, en klantighet man inte fick begå som TV-reporter. Nu var skadan redan skedd. Fotografen Pia Lilja himlade med ögonen och slog ut med armarna, lämnade kameran på stativet och gick för att klappa en kossa medan Johan tog samtalet. Det var Regionalnytts redaktionschef Max Grenfors.

– Har du hört?

– Nej, vadå? Jag är mitt i en intervju.

– Jaha, sa Grenfors otåligt. En man har hittats ihjälskjuten uppe på Fårö. Precis vid en campingplats, Sudersand känner du väl till?

– Självklart. När hände det?

Medan han talade vilade Johan ögonen på bonden vars ansikte mulnat på grund av avbrottet. Han önskade väl inget hellre än att få fortsätta beklaga sig över makthavarna borta i Bryssel.

– Han upptäcktes nu på morgonen i havet vid Sudersands badstrand.

– Hur vet du att han inte har drunknat?

– Jag läser bara det som står på TT. Enligt dem låg kroppen i vattnet, men han hade skjutits med flera skott.

– Det var som fan.

– Avbryt det ni håller på med och se till att komma iväg så fort som möjligt. Ring mig när du sitter i bilen. Jag informerar dig om senaste nytt på vägen.

Johan fick ta ett snabbt adjö av den besvikne bonden och förklarade att de skulle avsluta intervjun en annan gång.

Turligt nog befann de sig i Lärbro på norra Gotland, inte långt från Fårösund. Pia Liljas ansikte lyste av upphetsning när hon tryckte gasen i botten så att däcken skrek i kurvorna. Hennes svarta hår spretade som vanligt åt alla håll. De kraftigt sotmålade ögonen fixerade vägbanan.

– Härligt, utbrast hon. Äntligen händer det nåt.

– Härligt? Johan såg häpet på henne. Att en människa har skjutits ihjäl?

– Äh, du fattar vad jag menar. Såklart inte, men det är bra mycket mer spännande att rapportera om ett mord än sura bönder.

Pia älskade när det smällde till och hände grejer. Gotland var i själva verket alldeles för litet för den nyhetshungriga Pia Lilja. Hon var tjugofem år och ville ut i världen. Följa med någon av TV:s utrikeskorrespondenter, bevaka krig och svältkatastrofer.

Än så länge ansågs hon för ung och oerfaren. Tills vidare fick hon hålla till godo med att dokumentera mer vardagstriviala händelser som bråk om en ny vägdragning i Burgsvik och elevernas klagan på den undermåliga skolmaten i Hemse eller följa dramatiken i de lokala mästerskapen i varpa.

Vad reportaget än handlade om lyckades hon med konststycket att ta spännande, varierade bilder. Pia gjorde alltid sitt bästa. Dessutom hade hon ett kontaktnät som inte var av denna världen. Hon var yngst i en syskonskara på sju, hade en omfångsrik släkt som var utspridd över hela ön. Tack vare det och sin välutvecklade sociala kompetens kände hon var och varannan människa.

I bilen på väg upp mot Fårösunds färjeläge satt Johan med Grenfors i ena örat och lokalradion i det andra, samtidigt som han antecknade för brinnande livet. Nyheten hade kommit på TT tio minuter tidigare. Medierna var alltid försiktiga när det fanns misstanke om självmord, men ett vittne hade råkat få en skymt av liket och med egna ögon sett både skottskadan i huvudet och hålen i buken. Vem som helst kunde lista ut att den döde inte kunde ha åsamkat sina skador själv. Vittnet hade intervjuats av en journalist från Radio Gotland som råkat befinna sig på Fårö med utrustning och allt. Polisen hade bekräftat uppgifterna om att det fanns misstanke om mord.

Färjan över till Fårö tog bara några minuter. Himlen hade spruckit upp och solen blänkte i havet. Vägen norrut mot Sudersand gick genom det karga Fårölandskapet. Johan och Pia mötte cyklister, husvagnar och bilar med semestrande familjer.

När de nådde fyrvägskorsningen vid Sudersand och tog av till höger mot campingplatsen flimrade Emmas ansikte förbi i Johans huvud. Hade de tagit vänster i korsningen istället hade de så småningom hamnat på Norsta Auren, stranden hennes föräldrar bodde vid.

Emma Winarve var Johans stora kärlek. Eller hade åtminstone varit det. Så många underbara dagar de tillbringat i huset vid havet när hennes föräldrar varit bortresta, där på stranden mellan Skärsände och Fårö fyr, längst upp på nordligaste Fårö. Den vackraste platsen som fanns. Nu var deras förhållande noll och ingenting.

Han väcktes ur tankarna när de var framme vid Sudersands camping. Polisen hade spärrat av hela området kring campingplatsen. Överallt fanns poliser, men ingen ansvarig som kunde tala med journalister. Varken Karin Jacobsson eller presstalesmannen Lars Norrby svarade i sina mobiltelefoner och Knutas befann sig på semester med familjen i Danmark.

– Typiskt. Johan glodde dumt in mot campingen när de stod utanför avspärrningsbanden. Vad gör vi?

– Jag vet, sa Pia när hon avslutat en sista panorering. Kom.

De hoppade in i bilen igen. Pia körde tillbaka till korsningen mot Sudersand östra och fortsatte bort mot stugbyn. Vid en liten väg, inte större än en kostig, svängde hon av och bilen skumpade rätt in bland snårig skog och tvärs över en äng med högt växande blommor och gräs.

Flera gånger trodde Johan att de skulle fastna, men Pia lyckades få bilen att fortsätta framåt. När hon till sist stannade vid ett stort buskage som spärrade vägen framför dem kunde han höra havet. Klockan var halv fyra. De hade fortfarande en dryg timme på sig. Johan gav Pia en klapp på axeln.

– Du är för jäkla bra.

Det tog dem två minuter att komma ner till stranden. Åt ena hållet syntes udden som markerade slutet på Sudersandsviken och åt det andra låg campingplatsen. Nere vid vattenbrynet hade ett litet tält rests och en grupp människor var samlade runt omkring. Plötsligt hördes ett surrande ljud i luften. Polishelikoptern kom från Stockholm, troligen med rättsläkaren ombord.

Pia började genast filma. Trots att Johan var väl medveten om att han befann sig innanför det avspärrade området gick han fram till piloten när helikoptern landat. Det fick bära eller brista. En man klev ur och skyndade mot tältet.

Det måste vara rättsläkaren.

– Vi är från Sveriges Television, ropade han till piloten. Är det rättsläkaren som är här?

– Stämmer bra det. Vi kommer raka vägen från helikopterplattan på Karolinska.

– När flyger ni tillbaks?

– De har sagt att vi lyfter om en halvtimme, längre kan jag inte hålla helikoptern. Den ska vidare till Berga.

– Okej.

Johan vinkade ett tack till piloten. Han hade fått det han ville. Nu skulle han bara försöka med polisen. Han upptäckte kriminalteknikern Erik Sohlman som gått åt sidan för att hämta en kopp kaffe.

– Tjena Erik, vad är det som har hänt?

Sohlman nickade till Johan. Eftersom Johan varit kriminalreporter på ön en längre tid och faktiskt vid flera tillfällen lyckats hjälpa polisen, dessutom med sitt eget och sin dotters liv som insats, kände Sohlman sig skyldig att återgälda skulden. Han dröjde med svaret, verkade överväga med sig själv. Så närmade han sig.

– Jag kan säga så mycket som att en man har hittats död och vi misstänker brott. Rättsläkaren gör en första koll nu, sen tas kroppen först till bårhuset i Visby och därefter vidare med färjan till Rättsmedicinska i Solna.

– Jag förstår, men...

– Mer kan jag tyvärr inte säga. Ni befinner er innanför avspärrningarna, så jag måste be er lämna området.

Johan och Pia vände om tillbaka mot bilen. Båda var mer än nöjda. Nu skulle de hinna ta lite röster och reaktioner på campingplatsen också.

Inslaget var gott och väl i hamn.

Sent på eftermiddagen samlades spaningsledningen till ett möte i polishuset. Närvarande var förutom Karin Jacobsson, Thomas Wittberg och Erik Sohlman även polisens presstalesman Lars Norrby och åklagare Birger Smittenberg.

Karin började med att hälsa alla välkomna.

– Det ser alltså ut som om vi har fått ännu ett ovanligt brutalt mord på halsen. Man kan kalla det för en ren avrättning. Den skjutne har redan identifierats av sin fru på stranden. Han heter Peter Bovide, född 1966, gift tvåbarnsfar från Slite som hade varit på semester med familjen på Sudersands camping sen i lördags – han hade hunnit vara där i tre dagar med andra ord. Tidigt i morse, redan vid halv sex enligt hustrun, gav han sig ut på en joggingtur. Tydligen var det inget ovanligt. Han brukade börja dan med att springa en runda. Offret verkar ha levt ett stabilt familjeliv, han och Vendela Bovide har varit gifta i sex år, de har två barn, en pojke på fem och en flicka som är tre. Vi har förhört hustrun väldigt kort i samband med att hon identifierade honom. Hon är svårt chockad så hon fördes till lasarettet där de behåller henne över natten. Jag hoppas kunna prata mer med henne i morgon.

Karin gjorde en kort paus och såg ner i sina papper innan hon fortsatte.

– Kroppen hittades vid halvtiotiden av två grabbar från Stockholm, de är tretton år gamla och deras föräldrar hyr en stuga uppe i stugbyn. De hade spelat fotboll vid stranden och hamnat avsides när de bestämde sig för att bada och upptäckte kroppen en bit ut i vattnet. De skrek då på hjälp och flera som befann sig på stranden kom till undsättning. Mannen som ringde polisen är pappa till en av dem. Samtalet till larmcentralen togs emot kvart i tio. Första patrullen var där fyrtiofem minuter senare.

– Hur länge hade han varit död? frågade åklagare Smittenberg.

– Minst ett par timmar, men max fem, sex, svarade Erik Sohlman.

– Just det, sa Karin. Det fanns alltså ingen anledning att sätta upp vägspärrar eller stoppa färjetrafiken. Självklart kontrollerades ändå varenda en som lämnade ön med färjan under hela dan och det fortsätter i kväll. Är det nån här som känner till offret?

Samtliga runt bordet skakade på huvudet.

– Vad vet vi då om Peter Bovide?

Karin svarade själv på frågan.

– Han förekommer faktiskt i brottsregistret, fast för en mindre grej. En misshandelsdom från åttiotalet när han var i tjugoårsåldern. Ett bråk på Burmeister här i stan, vakterna vägrade släppa in honom på diskoteket och då slog han ner en av dem. Eftersom han var ostraffad dömdes han bara till böter. Sen dess har det inte varit nåt. Han har jobbat som byggnadsarbetare och nu driver han en byggfirma tillsammans med en kompanjon, Slite Bygg med sex fast anställda. Kompanjonen heter Johnny Ekwall och ska förhöras under kvällen. Det är väl kort vad vi kan säga om offrets person just nu. När det gäller dådet så har vi inte mycket att gå på tyvärr. Vi har knackat dörr i området och det finns inga vittnen som har sett nåt, däremot har skotten hörts. Ett par som bor i närheten hörde först en knall och därefter flera smällar som de trodde var skott. De vaknade av ljudet och enligt dem var det vid sextiden i morse. De trodde att det antingen var en skjutövning eller nån som var ute och tjuvsköt rabbisar, det är tydligen vanligt i trakten. Förhör pågår med gästerna och de som jobbar på campingplatsen och restaurangerna i området. Några har lämnat campingen under dan och dem håller vi på att försöka få tag i. Eftersom det är ett stort antal förhör som måste klaras av så har jag kontaktat rikskrim. Martin Kihlgård och några av hans kolleger kommer hit redan i morgon bitti.

– Bra, sa presstalesmannen Lars Norrby. Det lär behövas.

Karin gav honom en snabb blick. Det var omöjligt att avgöra om kommentaren var ironisk eller bara välmenande. Bråket om utnämningen av Knutas ställföreträdare låg bara ett halvår bakåt i tiden. När den äldre kollegan insett att det var Karin som skulle utses hade han protesterat högljutt och ägnat en stor del av sin arbetstid till att tala illa om både Knutas och Karin. Dessutom misstänkte de att han läckt uppgifter till pressen. Till sist hade han plockats bort från spaningsledningen. Nu var han med enbart i egenskap av presstalesman eftersom det var deras första möte och han måste hålla sig någorlunda informerad om vad spaningsledningen höll på med.

Karin ville tro att allt groll var glömt, men säker var hon inte. Norrbys min avslöjade ingenting om vad han kände. Inom sig förstod hon att nu när Knutas var bortrest fanns det fritt spelrum för dem som fortfarande ville motarbeta henne.

Hon såg fram emot att Martin Kihlgård skulle komma och hjälpa till med utredningen. Karin hade gillat kommissarien från rikskriminalen i Stockholm från första stund när de träffats i samband med jakten på en seriemördare flera år tidigare.

Hon vände sig mot Sohlman.

– Erik, ska du ta över?

– Visst.

Han satte sig vid datorn, tecknade åt Karin att släcka ljuset. På den vita duken längst fram i rummet framträdde en karta över campingplatsen och Sudersandsviken. Peter Bovides troliga joggingrutt var markerad med en röd linje.

– Här kan ni se området. Själva campingplatsen sträcker sig över hela den övre ytan. Familjen Bovides husvagn stod i utkanten av den. På andra sidan staketet ligger gångstigen som leder till badrestaurangen och stugbyn. Peter Bovide valde inte den vägen utan sprang rätt ner till stranden, sedan vek han av åt vänster och följde stranden norrut. Han har vänt ute vid udden och på vägen tillbaka träffade han gärningsmannen, bara nån kilometer från själva campingplatsen.

– Hur vet vi det? undrade Birger Smittenberg.

Han var chefsåklagare vid Gotlands tingsrätt och hade arbetat tillsammans med spaningsledningen i så många fall att han kändes som en naturlig del av den. Han talade fortfarande utpräglad stockholmska trots att han varit gift med en gotländska och bosatt på ön i mer än tjugo år.

– Vi har identifierat Peter Bovides skospår. De finns både på stigen från husvagnen ner mot havet och på stranden. Det har varit lätt att följa hans väg.

– Har ni funnit skospår från gärningsmannen? frågade Karin.

– Det finns flera olika spår i närområdet där offret hittades. De mest intressanta är från en typ av gympasko i storlek fyrtioett. Vi håller på att arbeta med det. Annars har vi inte gjort några fynd än så länge.

– Ingen kula eller tomhylsa?

– Nej, men han lär väl ha ett antal kulor kvar i kroppen. Han har skjutits med inte mindre än åtta skott. Rättsläkaren har varit här och sett kroppen på plats så det jag säger nu är alltså hans och mina allra första intryck. Det är med andra ord ganska ovisst, så ta det med en nypa salt. Förhoppningsvis görs obduktionen i morgon och vi kan få en preliminär rapport redan till kvällen.

– Bra, sa Karin. Hur tolkar du skadorna än så länge?

– När det gäller skottet i pannan kan vi se att kulan har gått in i skallbenet och trängt in i hjärnan och stannat där. Av skadans utseende att döma så tror vi att skottet avlossats på mycket nära håll. Antingen har gärningsmannen tryckt vapnet mot pannan eller så har pistolmynningen varit högst några centimeter från offrets huvud.

– Hur kan man se det? frågade Thomas Wittberg intresserat.

– Att det rör sig om ett närskott syns på själva ingångshålet i offrets huvud. Det är ganska stort och stjärnformat. Det blir flikigt runt omkring som ni ser på bilden. Det beror på att kulan har med sig ett moln av het gas som följer med den in i kroppen när skottet avlossas på nära håll. Gasen samlas under huden som en bubbla och spricker i samband med att kulan tränger in – ja, som en finne ungefär, och då blir det en stjärnformad skada. Det blir också sotpartiklar omkring skotthålet och lite fanns kvar i pannan.

– Trots att han har legat i vattnet i flera timmar? frågade Wittberg.

– Ja, det blir som en tatuering.

– Usch, kved Karin.

Hon fattade inte hur Sohlman kunde låta så oberörd när han pratade om dödsoffers skador.

– Skottet i pannan borde vara tillräckligt för att döda honom eftersom det var på så nära håll, fortsatte Sohlman. Men sen undrar man vad fan som hände.

Nästa bild visade skotthålen i magen.

– Om det nu var så att skottet i pannan avlossades först, så måste mördaren ha fått fnatt efteråt. Han verkar ha tömt hela magasinet. Sju skott har avlossats i magen, också de på nära håll.

– Vad betyder det? mumlade Karin. Varför gjorde han så?

– Det första jag tänker på är ilska, ursinne, sa Wittberg. Det här är nån som är rejält förbannad på offret.

– Ja, höll Karin med. Det verkar känslofyllt, de kan ha känt varann.

– Oproffsigt skulle jag kalla det, inflikade Sohlman. Vill man ta död på nån så skjuter man väl inte en massa skott i magen. Då är det stor chans att offret överlever såvida inte kulan träffar aortan eller hjärtat. Ett proffs hade skjutit ett skott till i huvudet om han inte var helt säker på att han dött direkt.

– En amatör alltså, nån som inte har dödat förut, sa Karin. Samtidigt är det oerhört kallblodigt. Jag menar, det är inte vem som helst som klarar av att skjuta en människa framifrån, i pannan, på så nära håll.

– Men varför skulle han ha skjutits i huvudet först och sen i magen? frågade Wittberg. Tvärtom verkar väl rimligare? Man skjuter i magen och för att vara helt säker avslutar man med ett skott i huvudet?

– En känsla jag fick bara, sa Sohlman. Vi vet egentligen

inget förrän obduktionen är gjord. Rättsläkaren kan nog avgöra i vilken ordning kulorna föll.

– Kan du säga nåt om vapnet? undrade Karin.

– Inte mer än att det rör sig om en finkalibrig pistol. Mer vet jag inte förrän vi har fått ta oss en titt på kulorna.

– Frågan är hur mördaren kunde veta att Peter Bovide skulle ge sig iväg så tidigt, mumlade Wittberg. Om det nu var planerat, vill säga.

– Det troligaste är väl ändå att det har varit planlagt, sa Norrby och lade sitt ena långa ben över det andra. Hur länge hade de varit där på campingen, sa du?

– I tre dagar.

– Gärningsmannen har förstås följt Peter Bovide på campingen och sett vilka rutiner han hade.

– Tydligen sprang han varje morgon vid samma tid. Alltid. Varje dag året runt.

Karin sträckte sig efter termosen med kaffe på bordet.

– Vad jag inte fattar är varför gärningsmannen valde att begå mordet alldeles intill en campingplats som dräller av människor. Verkar inte det ganska korkat?

– Därför att han också kanske bodde på campingen, sa Wittberg. Det kan ha varit en människa som Peter Bovide just hade lärt känna.

– Eller så finns det en anledning till att gärningsmannen inte ville göra det i Bovides närområde, sa Smittenberg. En granne, en arbetskamrat eller nån annan som har starka kopplingar till Bovides liv hemma i Slite. Att mörda honom uppe på Fårö kan vara en avledningsmanöver.

– Låter inte helt orimligt, sa Karin. Tillvägagångssättet talar för att det är en galning som går lös. Vi måste göra allt vi kan för att gripa den här personen så fort det bara går. En väg är att söka vapnet. Gärningsmannen kan ha slängt ifrån sig det i närheten. Vi söker med metalldetekto-rer och vi har fått hjälp av Kustbevakningens dykare som letar igenom området där kroppen hittades.

Inom sig tänkte hon att hon måste se till att Statens kri-minaltekniska laboratorium, SKL, satte högsta prioritet på att undersöka kulorna för att få fram vilket vapen som använts. Hon vände sig mot Sohlman.

– Erik, kan du se till att SKL snabbar på? Vi kan inte utesluta att vi har att göra med en psykiskt sjuk gärnings-man som i värsta fall har fått mersmak. Risken är att han slår till igen.

Peter Bovides kompanjon Johnny Ekwall var blek och medtagen när han anlände till förhöret på polishuset under mordkvällen. Den muskulösa kroppen var hopsjunken och han hade uppenbara problem med att hålla tårarna borta. Tungt sjönk han ner på stolen mitt emot Karin på andra sidan bordet i det trånga förhörsrummet. Han luktade starkt av svett. Karin rynkade på näsan, men tänkte att det fick hon väl överse med när hans arbetskamrat just mördats.

– Jag förstår att det är jobbigt att behöva komma hit, sa hon deltagande, men det är tyvärr nödvändigt. Vi måste samla all information så fort vi kan om Peter Bovide för att kunna hitta gärningsmannen.

Hon satte på bandspelaren och läste in de rutinmässiga uppgifterna. Sedan lutade hon sig tillbaka i stolen och betraktade mannen framför sig. Hon visste att han var femtiotvå, men tyckte att han såg äldre ut. Håret var tunt och han hade djupa fåror i ansiktet.

– Hur länge har ni drivit företaget ihop?

– I fem år. Det var en dröm Peter hade haft länge, att starta eget alltså, och nu började firman äntligen gå riktigt bra. Det är för jävligt.

Han stirrade ner i bordet.

– Hur delade ni upp jobbet?

– Peter sköter mer det administrativa med ekonomiansvaret och att ragga och räkna på jobb. Jag tar hand om det praktiska. Alltså, få tag i arbetare till byggena och sånt. Se till att saker och ting fungerar. Jag jobbar också mer praktiskt själv än Peter, jag är med ute vid byggarbetsplatserna så mycket som möjligt. Peter håller sig mer på kontoret. Man kan väl säga att han är hjärnan i firman och jag hjärtat.

Karin höjde på ögonbrynen åt liknelsen. Hon kände omedelbar sympati för mannen som talade om Peter Bovide som om han fortfarande levde.

– Hur lärde ni känna varann?

– Det var i början av nittiotalet när det fanns uselt med byggjobb. Då knäckte vi extra bägge två som lastare i Slite hamn. Efter det träffades vi på samma byggen ganska ofta och blev goda vänner.

– Hur kommer det sig att du ville starta en firma ihop med Peter?

– Jag har arbetat åt andra i hela mitt liv och tyckte det var dags att göra nåt eget. Peter var alltid drivande på byggena, han inspirerade gubbarna att jobba mer effektivt och fick upp ackordet rejält så jag litade på honom. Var det nån jag skulle försöka starta eget med så var det med honom. Sen hade jag en del pengar undanstoppade så det räckte till startkapitalet.

– Är du gift? Har du barn?

– Nej.

– Kan du beskriva Peter – hur var han?

– Alla gillade honom. Han var en lugn sork, det var ordning på honom, liksom. Och en arbetsmyra, det var han. Jobbade jämt.

– Hur hade han det i sitt äktenskap?

35

– Vendela och ungarna var allt för honom. Han var en av de få jag vet som hade det riktigt bra med frugan. Han jobbade mycket, men hade alltid bråttom hem när arbetet var klart.

Johnny Ekwall suckade djupt och gnuggade sig i ögonen. Karin avvaktade innan hon ställde nästa fråga.

– Och firman gick hyfsat, sa du?

– Ja, det var tufft i början men det senaste året har det ramlat in uppdrag hela tiden. Folk bygger ju som galningar. Vi har också fått några större jobb som ger bra betalt. Det går bättre och bättre. Vi hade till och med funderat på att anställa ett par gubbar till. Och så händer det här. Så förbannat orättvist.

– Har du nån idé om vem som kan ha velat Peter illa?

– Ingen aning.

– Har du märkt av nån förändring på sistone? En ny person han fått kontakt med eller nåt annat? Tänk efter noga nu, allt är viktigt, minsta småsak.

Johnny Ekwall tvekade innan han svarade.

– Jo, det var faktiskt så att Peter berättade för mig att han kände sig förföljd ibland. Nu på sistone alltså, inte så långt innan han dog.

Karin hajade till.

– Hur då förföljd?

– Som att nån hängde efter honom, skuggade honom helt enkelt.

– Vid vilka tillfällen hände det?

– En gång när vi satt på firman och fikade som vanligt så reste han sig helt plötsligt och gick fram till fönstret och kikade ut. Jag frågade vad det var och då sa han att han tyckte sig ha hört nåt och att en skugga strök förbi där ute.

– Såg du nåt?

– Nej. Det hände en annan gång när vi var och handlade i Slite också. Då vände han sig om flera gånger och sa att det kändes som om nån var efter honom.

– När började det här?

– Några veckor sen, kanske i början på juni.

– Har han visat några tecken på sånt förut?

– Nej. Men på sista tiden fick han konstiga telefonsamtal.

– Vadå?

– Såna som ringde och sen bara lade på.

– Fick du också ta emot såna samtal?

– Nej, jag vet bara att det hände Peter några gånger.

– Vad sa den som ringde?

– Jag tror inte de sa nåt. Det kanske bara var vanliga busringningar.

– När på dan kom de här samtalen?

– När som helst tror jag.

– Vet du om han fick påringningar i hemmet?

– Han sa inget om det.

– Var det nån annan på firman som fick den här typen av samtal?

– Nej.

– Tror du att det hade nåt med jobbet att göra?

– Inte den blekaste. Jag vet inte ens om han verkligen var förföljd eller om han bara inbillade sig. Han var lite svag psykiskt, det går inte att komma ifrån.

– Svag? Hur menar du då?

– Ibland var han deppig och sa knappt nåt på en hel dag. Han gick liksom in i sig själv. Man kände av att han var nere.

– Vet du vad det berodde på?

– Nej.

– Pratade ni nånsin om saken?

– Nej. Jag försökte väl fråga några gånger, men jag märkte att han inte ville snacka om det så jag slutade.

– Hur god insyn har du i företagets räkenskaper?

– Ingen alls, faktiskt. Som jag sa så skötte Peter allt det där med siffror. Sånt begriper inte jag mig på.

Johan och Pia jobbade för att få reportaget klart i tid till kvällens första nyhetssändning. De satt i Regionalnytts redaktionslokal i TV & Radiohuset på Östra Hansegatan, strax utanför ringmuren. Gotland ingick i Regionalnytts bevakningsområde sedan några år tillbaka, men saknade fast redaktion på ön. Johan hade fått vänja sig vid att pendla fram och tillbaka mellan Stockholm och Visby. Det hade varit påfrestande, inte bara yrkesmässigt utan även för hans privatliv. Hans förhållande med Emma Winarve var tillräckligt komplicerat ändå, och hade varit det ända från början. Hon var gift när de träffades och hade två små barn. De blev blixtförälskade och inledde en passionerad relation i hemlighet. När Emma blev gravid med Johans barn skilde hon sig och de fick en dotter, Elin, som nu var ett år gammal. Emma hade varit för omtumlad efter skilsmässan för att vilja bo ihop med Johan direkt, något som sårat honom djupt.

Så småningom fick han i alla fall flytta in i villan i Roma.

Familjelyckan blev kortvarig – strax därefter hamnade de mitt i ett gastkramande kidnappardrama, då Elin under några fruktansvärda timmar hölls gömd av en mördare som gäckat polisen och som Johan i sin rapportering för

SVT kommit för nära. Emma anklagade Johan för att ha satt deras dotters liv på spel, även om hon innerst inne förstod att han inte gjort det medvetet. När Elin kommit tillrätta bröt Emma förlovningen. Flera månader hade gått sedan dess och kontakten dem emellan var fortfarande sval. De träffades bara i samband med att Elin skulle hämtas eller lämnas.

Under hela den turbulenta våren hade Johan flängt fram och tillbaka mellan Stockholm och Gotland, och umgåtts med Elin så mycket han kunnat.

Sveriges Television hyrde en lägenhet åt honom på Adelsgatan mitt i stan så han slapp bo på hotell. Ett litet kyffe visserligen, men mer centralt kunde det inte bli.

Själv befann sig Johan i ett känslomässigt elände. Kroppen skrek efter Emma och han kände en ständig värkande längtan att få ha Elin hos sig. Det var som ett svart hål i honom. Just nu visste han inte vad han skulle ta sig till, det var väl bara att gilla läget. Han ville kräva att få träffa sin dotter minst halva tiden som han hade rätt till, men det var faktiskt hans egen mamma som fick honom på andra tankar.

En sak i taget, tröstade hon. En sak i taget. Att komma med krav mitt i kaoset skulle bara göra det hela värre. Tids nog skulle Emma lugna ner sig och ta sitt förnuft till fånga, menade hon. Och han ville tro henne.

Situationen kunde inte beskrivas som annat än katastrofal, men vårvinterns kidnappardrama hade tagit hårt på Johan också och han orkade inte hantera konflikten med Emma just nu. Tills vidare nöjde han sig med de enstaka dagar han fick träffa Elin.

Mörkret hade lagt sig när Karin promenerade hem från polishuset. Hon korsade Norra Hansegatan och fortsatte huvudgatan ner vid Östercentrum. Affärerna var stängda, ett gäng unga grabbar satt vid McDonald's utebord och skrålade i den varma julikvällen. Ungdomar drog förbi, på väg ner till ringmuren och staden som tornade upp sig där innanför. Klockan var närmare midnatt och hon hade fortfarande inte fått kontakt med Knutas. Nu var det för sent att ringa. Istället skickade hon iväg ett kort sms.

"Mord på Fårö. Man ihjälskjuten, rena avrättningen. Ring när du får tid."

Just när hon passerade Alis grillkiosk utanför Österport ringde telefonen.

– Hej, det är Anders. Skojar du?

– Om det vore så väl.

Hon kunde inte låta bli att dra på mun när hon hörde hur paff han lät, förstod att han var frustrerad över att inte vara på plats.

– Jag har försökt ringa dig flera gånger.

– Jaha, mobilen har legat på laddning och varit avstängd. Sen glömde jag bort den. Du vet, jag är på semester, retades han. Berätta nu, vad är det som har hänt?

41

Karin redogjorde i korta drag för händelseförloppet medan hon promenerade in genom Österport i Visby ringmur och nerför Hästgatan.

Krogarna hon passerade var fullsatta med människor som njöt av den varma kvällen. Musik strömmade ut från barer och restauranger. Visbys nöjesliv var hektiskt under sommaren och just nu var det högsäsong.

Hon hade hunnit fram till Mellangatan när hon var klar med sin berättelse.

– Det var som tusan, sa Knutas. Vad gör ni nu?

– Jag har pratat med Martin Kihlgård, han och några till från rikskrim kommer hit i morgon.

Det blev tyst i luren en stund. Karin hade nått fram till sin port. Hon kände ett sting av dåligt samvete. Dels för att Knutas var på en välförtjänt semester, något han verkligen behövde. Dels för att timmen var sen och han borde få ägna sig åt sin fru istället för att gagga jobb med henne.

– Du, fortsatte hon. Nu vet du i alla fall vad som har hänt. Men du är på semester. Vi klarar det här, Anders.

– Det är jag övertygad om att ni gör. Ring mig om det är nåt. Du stör inte.

– Tack. God natt.

– God natt. Hälsa de andra.

– Visst.

När Karin gick till sängs den natten kände hon sig ensammare än på länge.

Hamburg, den 22 juni 1985

Hon satt i köket och tittade längtansfullt ut på andra sidan Friedenstrasse. Huset mitt emot hade en ljus fasad och var sex våningar högt. Hon behövde inte längre räkna fönsterraderna för att veta var han bodde. Gotthard Westenfelder – hon smakade på namnet. Sa det högt. Aldrig tidigare i sitt tjugoåriga liv hade hon varit så förälskad. De träffades på universitetet där hon just avslutat sitt första år. Båda läste till lärare och de gick i samma klass. Allra första dagen hade hon tyckt att det var något speciellt med honom. Inte bara utseendemässigt, även om han såg bra ut med sitt blonda hår och sina gröna ögon. Det dröjde en vecka innan de pratade med varandra. Han hade frågat henne om hon visste hur man fick tag i en av böckerna som tillhörde kurslitteraturen. Hon förstod direkt att hans fråga inte enbart handlade om boken. De gick ut på café och sedan bio dagen efter och då hade han kysst henne. Det var två veckor sedan och hon var så förälskad att hon inte kunde tänka på annat. När hon inte träffade honom såg hon hans ansikte ändå, överallt.

Nu satt hon där och försökte koncentrera sig på den sista tentan före sommarlovet men blicken ville hela tiden glida över till hans hus. Tyvärr låg hans sovrumsfönster åt andra hållet.

Vera stirrade ner i boken men bokstäverna satte igång att simma framför hennes ögon, de gled ihop och isär och levde sitt eget liv. Hon suckade och tittade ut mot gatan en sista gång innan hon reste sig och gick ut på toaletten. Hon blev stående framför spegeln. Studerade sitt ansikte. Vera var ganska nöjd med sitt utseende, även om hon tyckte att systern Tanja var vackrare. Tanja hade fått mammans skönhet, medan Vera ärvt sina drag från pappans ryska släkt. Föräldrarna hade träffats i Västberlin och efter några år där flyttade familjen till Hamburg där pappa Oleg fick nytt arbete som biolog på ett större företag medan mamma Sabine arbetade som lärare på en gymnasieskola.

Vera strök med fingret utefter pannan, följde kindkotornas rundning ner till hakspetsen. Hennes ögon var stora och grå med mörka ögonfransar och ögonbryn. Hon väcktes ur funderingarna när det slog i dörren på nedervåningen och hennes lillasysters röst hördes.

– Hallå?

Vera återtog sin plats vid köksbordet.

– Vad jag är hungrig.

Tanja slet upp kylskåpsdörren och började plocka ut det ena efter det andra: ost, salami, Sabines hemlagade köttpudding från gårdagens middag.

– Har du inte ätit nåt i dag? undrade Vera medan hon roat iakttog hur matberget växte på bordet.

– Jag hann inte.

Tanja stannade upp i rörelsen och log hemlighetsfullt mot sin äldre syster, blinkade med ena ögat.

– Vad är det – säg, suckade Vera. Vem är det nu då?

Hennes yngre systers charm var förtrollande och hon visste att utnyttja den. Hon såg en sport i att få män på fall.

– Det vill du inte veta, sa hon triumferande, damp ner på stolen mitt emot och började bre jordnötssmör på en smörgås.

– Men berätta nu, insisterade Vera. Jag säger inget.

Tanja lutade sig förtroligt framåt.

– Lova.

– Ja, jag lovar.

– Peter.

– Vilken jäkla Peter?

– Peter Hartmann, min filosofilärare.

– Är du helt galen? Du är inte klok, en lärare! Hur gick det till?

– Jo, du vet, jag stannade kvar efter lektionen i dag för att höra mer om vad som kommer på provet i morgon. När vi stod där och pratade så kände jag plötsligt en spänning mellan oss. Han måste ha känt samma sak för han smekte mig på armen och frågade om vi skulle gå och fika. Och då...

Hon avbröts av att dörren öppnades. Deras pappa kom alltid hem tidigare på fredagar och att berätta för honom om amorösa äventyr var uteslutet. Särskilt om de innefattade en lärare.

– Hej flickor, ropade Oleg glatt, blev stående i dörröppningen till köket och log. I handen höll han ett kuvert.

– Vad är det, papi? frågade Tanja. Har det hänt nåt kul?

Oleg knackade med kuvertet i dörrposten.

– Det kanske man skulle kunna säga, sa han triumferande. Han gick in, gav döttrarna varsin kyss på kinden och satte sig sedan på stolen bredvid Tanja.

– Fast jag vill nog vänta tills mamma kommer hem, sa han.

– Nej, protesterade bägge två. Säg vad det är!

– Okej.

De hjälptes åt att skjuta undan maten så att bordsytan blev fri.

Oleg öppnade det stora kuvertet och tog fram en broschyr och några fotografier.

Han höll upp broschyren framför flickorna. Vera lutade sig fram för att se bättre.

På bilden syntes en sandstrand med några vasstrån i förgrunden. Himlen på bilden var kornblå. Det såg ut som en härlig strand någonstans på Kanarieöarna. Sedan läste de texten. Gotska Sandön.

– Vad betyder det här? Ska vi åka dit? frågade Tanja ivrigt.

Utan att svara visade han upp fotografierna, ett efter ett. Solnedgång över glittrande hav, långa, breda sand- och klapperstensstränder, ödslig skog, enorma flockar med exotiska fåglar, en ravin och knubbiga gråsälar som latade sig på klippor i solen.

– Ja, suckade han. Äntligen.

– Men inga utlänningar får vara där, invände Vera. Du har ju sagt att det är militärt skyddsområde.

– Ja, fast nu är det så att jag har fått dispens. Länsstyrelsen på Gotland har gett mig tillåtelse att resa dit eftersom min farfarsfar ligger begravd där.

– Men pappa, det är ju fantastiskt.

Tanja gav honom en stor kram. Vera betraktade sin far. Oleg hade pratat om Gotska Sandön så länge hon kunde minnas. Han arbetade som biolog, var aktiv medlem i en ornitologisk förening och i hennes ögon obegripligt natur-intresserad. Gotska Sandön var ett naturreservat och han hade berättat otaliga gånger om den fantastiska naturen och det rika växt- och fågellivet på ön. Hon visste knappt något om den. Bara att den låg i Sverige, utanför en ö som hette Gotland.

– Får vi också följa med?

– Ja, självklart. Jag har inte sagt nåt till mamma än, jag ville överraska henne.

– Åh, vad roligt, sa Tanja. När åker vi?

– Om tre veckor ungefär. Vi reser till Sverige den sextonde juli och sover en natt i Stockholm. Den stan ska ju vara så vacker. Därifrån går flyget till Visby på Gotland och så bor vi där en natt. Sen tar vi båten till Gotska Sandön och stannar i en vecka.

– Men hur ska vi bo? frågade Tanja. Finns det några hotell där?

– Nej, skrattade Oleg. Det är ett naturskyddsområde. Där finns bara några små stugor. Resten av ön är helt ödslig. Inga människor bor där året runt.

Vera blev rörd när hon såg hur lycklig han var. Den här resan hade han drömt om i hela sitt liv.

Nu skulle den drömmen äntligen gå i uppfyllelse.

Karin vaknade av sig själv och sträckte sig efter klockan på nattduksbordet. Fem i sju. Hon blev liggande en stund och tänkte igenom gårdagens händelser. Bilden av Peter Bovides sargade kropp kom för henne.
Utåt sett fanns inget anmärkningsvärt i hans liv. Peter Bovide var en helt vanlig småbarnsfar som drev en byggfirma tillsammans med en kompanjon. Johnny Ekwall hade verkat uppriktig i sina svar. Karin såg fram emot att få höra resultatet av undersökningen som polisen genomfört, både i Peter Bovides hem och i hans företags lokaler. Sent under gårdagskvällen hade de fortfarande hållit på.
Hon klev ur sängen. Att hon var morgonpigg hade hon gemensamt med Knutas. Hon funderade över vilka andra likheter de hade. Hur skulle han ha hanterat spaningsläget? Hon insåg att hon inte skulle kunna låta bli att ringa honom i dag igen.
Hon öppnade fönstret. Eftersom hon bodde på översta våningen såg hon över hustaken och ut över havet. Långt borta syntes en av gotlandsfärjorna på väg ut från Visby hamn.
Golvplankorna knarrade under hennes fötter när hon gick ut i köket. Hennes kakadua Vincent var vaken och hälsade god morgon på engelska. Han var den enda pa-

48

pegoja hon kände till som var tvåspråkig. Karin hade fått överta honom av en väninna från Australien som flyttat tillbaka till sitt hemland några år tidigare.

Hon kokade en kopp te och bredde ett par limpmackor. Hämtade tidningen i brevinkastet och knäppte på radion. Mordet på Peter Bovide toppade naturligtvis nyhetssändningarna. Lättad konstaterade hon att nyheterna inte innehöll några överraskningar, utöver de uppgifter polisen redan gått ut med. Efter att noggrant ha läst igenom allt som stod om mordet ögnade hon snabbt igenom resten av tidningen. En notis i Gotlands Tidningar fångade hennes intresse.

De ryska båtleveranserna med kol till cementfabriken i Slite skulle fördubblas till hösten. De skulle angöra hamnen i Slite en gång i veckan istället för som nu var fjortonde dag. Orsaken var att fabriken ökade sin produktion. Kolet användes som bränsle i fabrikens ugnar. Stenbrotten i Slite var några av landets största.

Hon hällde upp ännu en kopp te. Något i artikeln oroade henne, men hon kunde inte komma på vad. Hon läste igenom den igen, noggrannare den här gången. Upptäckte inget särskilt.

Hon skulle väl komma på det senare i så fall.

Telefonen ringde innan Karin ens hunnit genom dörren till sitt tjänsterum. Omedelbart kände hon igen turistchefens upphetsade stämma. Vad saken än gällde så lät Sonja Hedström alltid som om det brann i knutarna. Bara ljudet av hennes röst kunde ge den lugnaste person förhöjt blodtryck och hjärtklappning.

– Hej du, det är Sonja Hedström. Vi är fullständigt nerringda av oroliga campingplatsägare och gäster. Allmänheten verkar tro att det här fruktansvärda mordet har med det faktum att mannen bodde på en campingplats att göra!

Som vanligt tog turistchefen för givet att den hon ringde upp alltid hade tid att prata med henne. Frågade inte ens om hon störde, trots att polisen befann sig mitt i en mordutredning. Karin bet ihop för att inte låta alltför stingslig.

– Jaså?

– Ja, det började redan i går förmiddag och sen har det bara eskalerat och blivit värre och värre. Nu har avbokningar börjat trilla in också – tänk om människor inte vågar sig hit efter det här! Tänk om mördaren slår till igen mot nån turistanläggning.

Högsäsongen var väldigt kort på Gotland, den varade från midsommar och en bit in i augusti. Då besökte mellan tre- och fyrahundratusen turister ön, som bara hade knappt sextiotusen bofasta. Visst var inkomsterna från dessa turister ovärderliga. Karin kunde på sätt och vis förstå Sonja Hedströms oro.

– Du kan hälsa dem som ringer att ingenting tyder på att mordet har just med själva campandet eller campingplatsen att göra, sa Karin. Å andra sidan kan vi inte utesluta det, eftersom vi är precis i början av utredningen.

– Det enda som kan lugna allmänheten är att polisen tar fast gärningsmannen. Hur nära är ni ett gripande?

– Omöjligt att säga nåt om just nu. Mordet begicks faktiskt i går.

– Men har ni verkligen ingen aning om vad det här handlar om? Det måste ju finnas spår på platsen och en hel massa människor har säkert sett nåt. Jag menar, han sköts ju, skotten måste ha hörts hur långt som helst och Sudersand var fullbokat. Nu har flera av gästerna avbrutit sin semester och åkt därifrån. Ingen kommer att våga åka dit efter det här. Förstår du vilken katastrof för campingägaren!

Fantastiskt. Sonja Hedström ville tydligen berätta för polisen hur man skötte en mordutredning också.

– Just nu kanske mitt deltagande inte är störst med just den som äger campingen, sa Karin torrt. Och självklart finns det både spår och vittnen, det är just sånt jag måste få tid att ägna mig åt istället för att spilla tid på onödiga telefonsamtal.

– Du behöver inte vara oförskämd, sa Sonja Hedström förnärmat. Peter Bovide var en återkommande gäst på campingen, det är inte så konstigt om det sprids rykten om att mördaren är nån som hatar husvagnsmänniskor eller nåt liknande. Jag ville bara få ett besked som kanske kunde lindra människors oro, åtminstone lite grann, men jag får väl vänta tills Anders är tillbaka.

Turistchefens röst skälvde av harm och med ett klick avslutade hon samtalet. Hon hade helt sonika lagt på luren.

Blixtsnabbt sköt blodet upp genom kroppen på Karin och illröd i ansiktet gick hon ut i korridoren för att dricka vatten. Det brukade hjälpa när hon var upprörd.

När hon tömt muggen dök Thomas Wittberg upp i korridoren. Som vanligt mer solbränd än alla andra, klädd i vit T-shirt för att framhäva brännan och slitna jeans. Det blonda, lockiga håret var ännu längre än vanligt och hängde ner i ögonen som knappt syntes.

– Tjena, hur är läget? Du ser ut som ett åskmoln.

– Fråga mig inte, sa hon mellan tänderna och vände honom avvisande ryggen medan hon fyllde ännu en plastmugg med vatten i automaten.

– Är det så illa? Jag har i alla fall lite nyheter. Kan det hjälpa?

Ett par minuter senare satt de i Karins arbetsrum. Thomas hade slagit sig ner mitt emot henne vid skrivbordet.

– Jag pratade precis med han som körde Fåröfärjan i går morse. Han berättade att på den första turen klockan fyra på morgonen så var det bara tre bilar ombord. Han brukar roa sig med att studera passagerarna på överfarten så därför kommer han ihåg precis vilka som satt i bilarna. Om inte gärningsmannen redan befann sig på Fårö så borde han ha tagit färjan över sundet klockan fyra. Tidigare på natten gick ingen och nästa färja, klockan fem, borde ha varit för sent.

– Okej?

– I den första bilen satt ett ungt par som såg ut som om de hade varit och festat i Visby hela natten. Den andra bilen kördes av en gravid kvinna och den tredje av en man med en hästtransport.

– Kom han ihåg vilka bilar de färdades i?

– Det är det som är så otroligt. Han minns både färger och märken, till och med delar av registreringsnumren. Han brukar lägga åtminstone bokstäverna på minnet.

– Vilket original! Han borde bli kriminalare, skrattade Karin och glömde sin tidigare förargelse. Vad heter han?

– Bo Karlström, sextio år, från Fårösund.

– Bra, ta in honom snabbt som fanken. Han kan ju faktiskt ha sett gärningsmannen. Och se till att leta rätt på de där personerna. Vi måste ta reda på vad de skulle till Fårö och göra så tidigt på morgonen.

När Emma Winarve styrde in med bilen i parkerings-
rutan vid Almedalsbiblioteket ville en del av henne tvär-
vända och köra raka vägen hem igen. Hon kastade en
blick på sitt ansikte i spegeln. Blekheten lyste igenom un-
der solbrännan och hon hade påsar under ögonen. Strunt
samma. Hon skulle bara lämna över Elin en stund till
Johan medan hon gick till tandläkaren. Inget att hetsa
upp sig för.

Hon klev ur och öppnade bakluckan. Kånkade ut vag-
nen med visst besvär, fällde upp den, placerade Elins väska
med blöjor, nappflaska med vatten och gosedjur underst,
lyfte ur sin dotter, pussade henne i nacken innan hon satte
ner henne i vagnen och tryckte in nappen i munnen. Rätt-
tade till sin tunna bomullskjol och håret som hon satt upp
i en svans. Det hade blivit längre och nådde henne långt
ner på ryggen. Hon började gå bort mot Almedalen. Den
vackra parken låg alldeles utanför Visby ringmur, en oas
mellan staden och hamnen.

Solen gassade och det var redan varmt. Parken var för-
hållandevis tom så här tidigt. En äldre dam satt på en bänk
och kastade brödsmulor till änderna i dammen och ett par
morgonpigga mammor med småbarn hade slagit sig ner på
filtar i gräset. Annars såg hon mest turister som var på väg

mot båtarna i hamnen eller till bilen med strandpackning för att åka till havet.

Så bekymmerslöst allt tedde sig på sommaren. Människorna verkade så glada och avslappnade när de småpratande och skrattande strosade förbi. Det fick henne att känna sig ännu mer ensam och misslyckad. Var livet så mycket lättare för alla andra? Var det något fel på henne som inte lyckades få tillvaron att gå ihop?

De hade stämt möte utanför Packhuskällaren på Strandgatan, men redan när hon närmade sig ringmuren såg hon Johans gestalt dyka upp i portöppningen. Han hade inte upptäckt henne ännu, utan tittade åt ett annat håll. Hon kunde inte hjälpa att hon fortfarande tyckte att han var attraktiv. Det mörka håret, de seniga armarna, skäggstubben. De långa, lite hjulbenta benen i shortsen och så gympaskorna, obligatoriska. Johan hade aldrig varit någon klädsnobb.

Under några ögonblick låtsades hon som om ingenting hänt emellan dem, som om de bara skulle träffas och ta en promenad med sitt barn i parken. Att allt var bra.

Hon hann nästan känna hur det skulle vara innan han vände på huvudet och såg på henne. Hon blev varm av att se hur han sken upp.

Han vinkade och började gå emot henne.

– Hej!

– Hej, svarade hon ansträngt.

Han omfamnade Elin och gav Emma en lätt kyss på kinden innan hon hann vika undan.

– Har du tid att gå med ett tag?

Visst skulle hon hinna, tandläkartiden var först om en halvtimme.

– Hur mår du? frågade Johan när han tagit över dragandet av barnvagnen.

– Jodå, det är okej.

De gick tysta en stund.

– Vad läskigt med det där mordet. Vet du nåt mer än vad som har sagts i tidningarna?

– Och radion och TV:n menar du, skojade han. Nej, inte mycket.

– Pappa ringde, de tycker det känns otäckt att det hände så nära dem.

– Javisst, det är ju inte konstigt. Fast jag tror inte att de behöver vara rädda. Mördaren har nog lämnat ön.

Emmas föräldrars hus på Fårös nordligaste udde låg ensligt.

– Så du är väl jättestressad nu då?

Hon betraktade hans profil.

– Ingen fara. Vi måste förstås göra en uppföljning i dag, men vi hinner. Du ska väl vara klar vid elva?

Emma noterade en glimt av oro i Johans mörkbruna ögon vilket gjorde henne irriterad. Tänk att jobbet alltid var så förbannat viktigt.

– Javisst, troligen ännu tidigare.

– Då så. Det fixar sig.

Emma halade upp ett paket cigaretter ur handväskan och tände en.

– Hade inte du slutat?

– Jo, men jag har börjat igen, fräste hon.

Hon hade inte tänkt låta så hård men nu var det för sent, hon undvek att se på honom.

– Du behöver inte bli så sur, jag menade det inte som en anklagelse.

Uppgivenheten i hans röst gick inte att ta miste på. Den retade gallfeber på henne. Som om det räckte med att hon tände en cigg för att allt skulle braka. Så skört var det mellan dem. De kunde helt enkelt inte träffas. Efter fem minuter var allt förstört.

De hade hunnit ut på gångvägen utefter havet. I jämn, lugn takt slog låga vågor in mot de vita småstenarna på stranden. Då och då mötte de en cyklist på väg in mot stan.

Emma ville plötsligt bara därifrån. Hon stannade tvärt.

– Jag måste gå nu.

– Redan?

Johan kastade en blick på klockan.

– Ja. Hon knep ihop munnen. Fortsätt du, det är skönt för Elin här vid havet där det fläktar. Vi ses kvart i elva då, vid Almedalsbiblioteket?

– Jo, det blir bra. Då går jag direkt därifrån till redaktionen. Sen måste nog jag och Pia åka upp till Fårö igen.

– Okej.

Han var alltså redan på väg någon annanstans i sina planer, tänkte hon. Hon vek av och skyndade iväg.

När hon hade hunnit utom synhåll kom tårarna.

Dagen efter mordet var Vendela Bovide kvar på lasarettet i Visby. Karin anmälde sig i receptionen, ombads att slå sig ner och vänta innan hon kunde stiga in i patientrummet. Åsynen av den unga änkan gjorde henne beklämd. Hon satt lutad mot sänggaveln med några kuddar bakom ryggen. Ögonen var slutna, ansiktet nästan genomskinligt. Håret hängde, matt och livlöst, nattlinnet var för stort, händerna knäppta ovanför täcket. Hennes sorg låg tung i rummet.

Karin hälsade utan att få svar och såg sig villrådigt omkring. En stol stod i ena hörnet. Hon drog försiktigt fram den och satte sig bredvid sängen.

– Var är barnen? frågade Vendela Bovide med svag röst.

– De är hos sin farmor och farfar.

– Var då?

– De bor väl i Slite?

Karin skruvade osäkert på sig och övervägde att tillkalla en sköterska. Kvinnan i sängen verkade inte helt närvarande. Det hade gått ett knappt dygn sedan hon fick veta att hennes man hade mördats.

Hennes ansiktsuttryck skrämde Karin. Under alla år som polis hade hon talat med ett stort antal anhöriga vars närmaste förolyckats, men hon hade aldrig upplevt en sådan tillbakahållen, instängd förtvivlan som hos kvinnan i sängen. Den var så stark att det blev svårt att andas.

Karin ville antingen gå därifrån fortare än kvickt eller dra kvinnan intill sig och trösta. Att bara sitta rätt upp och ner på en stol kändes absurt.

– Förlåt att jag stör, började hon. Jag heter Karin Jacobsson och är ansvarig för den här utredningen. Vi talades vid i telefon i går.

Vendela Bovide nickade, knappt märkbart.

– Jag vill börja med att beklaga sorgen. Är du beredd att besvara några frågor?

Tystnad.

– Vet du vilken tid Peter gav sig ut för att springa i går morse?

– Det var fem över halv sex.

– Hur kan du veta det så exakt?

– Jag tittade på klockan när han gick.

– Du var alltså vaken, pratade du med honom innan han gav sig iväg?

– Ja.

– Hur verkade han?

– Som vanligt.

– Hur då?

– Glad. Han skulle göra frukost när han kom hem. Och sätta på kaffe. Det var det sista han sa.

– Brukade han springa på morgnarna?

– Det gjorde han jämt, året runt.

– Ungefär vid samma tid?

– Ja.

– Både vardag och helgdag?

– Varje dag. Han var en rutinmänniska, Peter tyckte om rutiner.

– Varför då?

– För att han var otrygg.

– Vet du varför?

– Nej, det berättade han inte.

– Men det var nåt som bekymrade honom?

– Jag tror det.

Rösten sjönk undan och Vendela vred huvudet så att hon såg ut genom fönstret.

– Vad skulle det kunna vara?

– Jag vet inte, firman kanske.

– Varför skulle han oroa sig för den?

– Det är väl inte så lätt att driva en firma...

– Enligt hans kompanjon, Johnny Ekwall, kände han sig förföljd, vad vet du om det?

En svag ryckning vid ena ögonbrynet.

– Ingenting. Förföljd... nej, det sa han inget om.

– Är du säker?

– Ja.

– Och han fick tydligen ta emot anonyma telefonsamtal till kontoret. Är det nåt du känner till?

– Nej, det har jag inte heller hört nåt om.

– Ringde det personer hem till er som ni inte visste vilka det var?

– Nej. Nån busringning har väl hänt, men det var länge sen.

Vendela plockade nervöst med händerna ovanpå täcket.

Antingen talade hon sanning eller så var det något som gjorde att hon inte ville erkänna att hennes man trott att någon spionerade på honom. Troligen det senare, men Karin valde att vänta med fler frågor om förföljelsen tills vidare.

– Hur gick firman?

– Bra. Det var i alla fall vad han sa.

– Okej. Men du hade ingen insyn i företagets affärer eller bokföring?

– Nej.

Karin gjorde en paus och tittade ner i kollegieblocket hon hade i knäet.

– Märktes det på er ekonomi att firman gick bra?

– Ja, att vi kunde åka på semester. Campa brukade vi göra men vi har aldrig haft råd att åka utomlands. Vi skulle ha åkt till Mallorca efter veckorna på Fårö. Han hade bokat in oss på ett fyrstjärnigt hotell. Jag tyckte det var för dyrt men han var så bestämd och sa att vi hade råd. Han tyckte vi var värda det efter allt slit när han startade företaget. Småbarnsåren var ganska tuffa för mig, han jobbade mest hela tiden.

Vendela hulkade till, drog fram en näsduk ur en hållare på bordet och snöt sig ljudligt.

– Hur kommer det sig att ni åkte just till Sudersand och campade?

– Det har vi gjort i flera år, varje semester. Peter älskade den där campingplatsen. Han kände ägaren som brukade reservera samma plats till oss.

– Umgicks ni med ägaren annars också?

– Nej, nästan ingenting. Mats, som ägaren heter, jobbar hela somrarna på campingen och så fort den stänger åker han och hans fru till nåt ställe vid Svarta havet. Hon kommer därifrån.

Pennan raspade mot blocket. Karin funderade en stund över det Vendela Bovide just sagt. Hon svarade förvånansvärt klart på frågorna med tanke på hennes tillstånd bara några minuter tidigare.

– När Peter lämnade husvagnen i går morse – var det sista gången du såg honom?

– Ja.

– Vad gjorde du själv när han hade gått?

– Jag kunde inte somna om så jag gick upp och kokade kaffe. Jag satt inne i husvagnen eftersom det hade regnat hela natten. Fikade och löste korsord.

– Och sen då?

– Det gick väl ett par timmar, sen vaknade barnen.

– Vad var klockan då?

– Kanske åtta.

– Undrade du inte varför Peter inte kom tillbaka?

– Jo, men ibland stannade han kvar på stranden och gjorde styrkeövningar och badade en stund. Jag tyckte inte att det var så konstigt. Solen tittade ju fram ganska snabbt.

– När började du sakna honom på allvar?

– Jag åt frukost med barnen, de tittade på barnprogram på TV. När jag hade plockat undan och bäddat så hade klockan hunnit bli halv tio. Då började jag undra var han höll hus.

– Blev du orolig?

– Inte direkt. Fast vid tiotiden gick jag och barnen ner till stranden och där hade det samlats en massa människor. Sen ringde polisen.

Den behärskade ytan sprack inom loppet av ett par sekunder och Vendela Bovide bröt ut i en våldsam gråt.

Karin lade sin hand på hennes arm. Vendela ryckte undan armen som om hon bränt sig.

– Rör mig inte, fräste hon så häftigt att saliven sprutade. Det är bara han som får röra vid mig, hör du det?

Karin hoppade till. Hon hade varit helt oförberedd på utbrottet. Hon flyttade stolen bakåt så långt det gick och satt tyst en stund. Det fanns ytterligare några frågor hon gärna ville ha svar på. Hon hoppades i sitt stilla sinne att änkan inte tappat kontrollen fullständigt.

Gråten avtog så småningom tillräckligt mycket för att Karin återigen skulle våga öppna munnen.

– Vet du om din man hade några fiender? Jag menar, om han blivit hotad eller om det fanns nån som tyckte särskilt illa om honom?

En skugga drog över ansiktet.

– Nej, jag vet inte.

– Vet inte?

– Jag tror inte det. Peter var en mycket generös människa som alla tyckte om, han var snäll och hjälpsam och kom mycket sällan i bråk med någon. Han avskydde konflikter. Likadant var det i hans relation till mig. Vi grälade nästan aldrig.

Vendela Bovides röst blev allt svagare och Karin kände tydligt att det var dags att sluta. Den tunna kroppen sjönk djupare ner i sängen.

– Hur mådde egentligen Peter? Var han lycklig?

Svaret dröjde. Det såg ut som om Vendela på allvar funderade över frågan. Som om den var ny för henne, oväntad.

– Jag tror att han var så lycklig som han kunde.

– Jag förstår om det är jobbigt för dig, sa Karin deltagande. Tyvärr måste jag ställa de här frågorna för att vi ska kunna få fast den skyldige så fort som möjligt. Finns det nånting utöver det vanliga som har hänt på sistone?

– Nej.

– Nån ny person som ni eller Peter ensam har lärt känna?

Vendela Bovide såg ut att tänka efter.

Svaret blev återigen nekande.

– Du arbetar också?

– Ja, jag jobbar extra på en skönhetssalong i Visby varannan lördag.

– Vad heter den?

– Sofias Nail and Beauty.

Karin antecknade namnet i sitt block.

– Inget annat?

Karin noterade en kort tvekan innan Vendela Bovide öppnade munnen igen.

– Ibland jobbar jag som croupier på Casino Cosmopol i Stockholm.

– Jaha. Hur ofta då?

– En gång i månaden. Då åker jag över på fredag eftermiddag och jobbar helgen och kommer tillbaka på söndag eftermiddag. Jag har min syster och mamma i Stockholm och jag brukar bo hos syrran på Söder.

– Okej.

– Ja, barnens farmor hjälper till att ta hand om dem då.

– Jag förstår.

Det var dags att avsluta. Hon tackade för hjälpen och lämnade rummet.

Vendela Bovide hade sjunkit ner helt i sängen och tittade frånvarande ut genom fönstret. Hon tycktes redan ha glömt bort Karin.

Sedan Johan lämnat Elin till Emma efter tandläkar-
besöket promenerade han från hamnen uppför backarna
genom stans vindlande gränder och ut genom muren på
andra sidan. TV & Radiohuset, där även Regionalnytts
redaktion var inhyst, låg på den sydöstra sidan om stan,
en bit utanför ringmuren.

Han såg inte människorna han mötte, bilden av Emma
satt kvar på näthinnan. Han passerade Café Vinäger på
Hästgatan där han kysst henne första gången. En flyktig
kyss men minnet av den satt inristat i kroppen. Den gång-
en hade ingen av dem kunnat förutse vad som väntade.
Hade han utsatt sig för allt detta om han vetat? Självklart.
Om inte annat så för Elin.

Han tog vägen förbi Söderport och köpte en mjukglass i
kiosken. Framför honom i kön stod två ungar i Saras och
Filips ålder. Emmas andra barn. Dem hade han byggt upp
en kontakt med de senaste två åren. Var hans ansträng-
ningar förgäves? Och så det viktigaste av allt, Elin. Han
älskade henne. Skulle hon växa upp med honom bara var-
annan vecka? Tanken var olidlig.

Att det skulle vara så svårt. Emma var fortfarande så
otillgänglig, hon verkade helt fastlåst. Det gick inte att pra-
ta med henne. Han kom ingen vart, trots att han försökt

alla möjliga taktiker. Allt från att vara mjuk, positiv, gullig och kravlös till att bli en gnällig martyr som klagade över att hon inte brydde sig om honom och slutligen hade han prövat att själv vara avståndstagande och likgiltig. Inget hjälpte. Kände hon inget för honom längre? När hon brutit förlovningen under våren hade hon åkt upp till sina föräldrar på Fårö med Elin och vägrat träffa honom. Johans liv hade brakat samman. För första gången gick han in i något som liknade en depression och han tappade all livslust. Då hade han fått hjälp av en kurator på företagshälsovården som ledsagade honom genom krisen. Nu visste han inte ens om han hade ork att försöka en gång till.

Framme vid TV & Radiohuset stannade han upp och rökte en cigarett. Han måste skingra tankarna. Kanske skulle han bara hålla sig borta från Emma ett tag och koncentrera sig på jobbet. Mordet skulle väl hålla honom sysselsatt, åtminstone några dagar framöver.

Han gick in genom entrén, morsade på receptionisten och tog trapporna upp till Regionalnytts redaktion.

Pia Lilja var på plats. Koncentrerat stirrade hon in i datorskärmen.

– Tjena, hälsade hon och lade in en snus utan att flytta blicken.

Håret var uppsatt i någon sorts spretig knut som mest liknade ett fågelbo. Ögonen var som vanligt hårt sminkade och i näsan glimmade en ilsket röd sten. Läpparna var lika starkt röda som stenen.

– Tja, hur är läget? Vad fin du är i håret. Johan drog retsamt i en av testarna som stod rätt upp. Vad kan man använda det till – pennställ?

– Ha ha, väldigt kul, muttrade hon, fast ett leende lekte i mungipan.

– Men det är coolt. Verkligen.

Pia hade en egen stil och attityd och han gillade den.

– Har det kommit fram nåt nytt?

Han tittade henne över axeln.

– Nej, det kan man inte säga. Men kolla här, de har våra bilder med på förstasidan.

Bilden på polishelikoptern på stranden täckte hela uppslagen på kvällstidningarna.

– Det där borde du ta betalt för.

– Inte då. Jag är glad för credden. Förresten har Grenfors ringt. Han vill att du hör av dig.

– Varför ringer han helt enkelt inte på mobilen? fnös Johan. Redaktionschefen tillhörde inte hans favoriter.

Äntligen tog Pia ögonen från datorn och vände sig mot honom.

– Därför att den är avstängd. Jag har också försökt.

– Fan också.

Han grävde fram mobilen ur fickan på jeansen och satte den på laddning.

– Okej, vad gör vi i dag?

– Förhoppningsvis får vi veta mer om vem den mördade är och hur mordet gick till. Polisen har utlyst en presskonferens till klockan tre i eftermiddag. Före dess tycker jag att det vore bäst att dra upp till Sudersand. Stämningen dagen efter, typ. Snacka med folk, inte bara såna som bor på campingen utan de som jobbar där också. Offret hade tydligen bott där i flera dar med familjen. De kanske hade lärt känna några, det borde finnas flera som har nåt att säga. Men ring Max och hör vad han vill först.

– Visst.

Redaktionschefen lät stressad.

– Bra att du ringer. Vad vet ni?

– Inte mer än i går. Jag klev just in på redaktionen. Har inte ens hunnit kolla TT än.

67

– Jag har haft möte med rikset och alla vill ha ert inslag i dag igen. Helst redan till lunchen.

– Tillåt mig småle. Inte en chans.

– Men kan ni inte åtminstone göra en snabbintervju med polisen? Så får de nånting?

Det hettade till i Johans kinder. Han störde sig enormt på hur regionalnyheterna hela tiden skulle hålla sig väl med stora viktiga riksredaktionen och förse den med allehanda material på bekostnad av sina egna sändningar.

– Hur menar du att vi då ska hinna åka upp till Fårö? Ta dagen efter-bilder och intervjuer och försöka få reda på lite egna uppgifter? Dessutom har polisen utlyst en presskonferens till klockan tre. Hur ska vi kunna vara med på den om vi ska hålla på att serva rikset med skitgrejer? De får väl skicka en egen reporter.

– Ta det lugnt, det var bara en fråga. Jag pratar med dem. De har redan snackat om att skicka över nån. Lika bra att göra det på en gång, verkar det som – fotograf också. Jag förstår att det blir för mycket för er. Jag återkommer.

Johan lade på och tittade ilsket på Pia som gav honom en klapp på axeln.

– Kom igen, sa hon tröstande. Nu kör vi.

Vid Sudersands campingplats uppe på Fårö märktes knappt något av morddramat dagen före. Åtminstone inte vid första anblicken. Turister rörde sig mellan receptionen, gångstigen ner mot stranden och cafeterian. Varken poliser eller avspärrningsband syntes till.

I receptionen satt en äldre, gråhårig dam bakom en disk.

– Hej, hälsade hon mekaniskt. Vad kan jag hjälpa er med?

Johan presenterade dem båda, vilket föranledde damen att höja intresserat på ögonbrynen.

– Vi skulle vilja veta mer om mannen som blev skjuten i går, började Johan. Vem var han och hur länge hade han bott här?

– Polisen har sagt att jag inte får säga ett knyst till journalister.

Damen knep demonstrativt ihop munnen och blängde misstänksamt på dem.

– Det förstår och respekterar vi. Men du kanske kan berätta nåt om vilka reaktioner du har mött under dan. Jag och Pia här, vi blev så förvånade när vi kom för det märks ingenting. De som är här verkar hur lugna som helst. Om inte annat så måste det ju vara bra att visa upp dan efter mordet i TV. Att campingplatsen fungerar som vanligt, menar jag. Har ni fått några avbokningar?

– Inte alls så många faktiskt.

– Men det kanske du ändå kan berätta medan vi filmar? Det måste väl ligga i ert intresse att tittarna får se att allt är okej här.

Johan skämdes för sitt förtäckta hot, men han kände ingen sympati för den vassa damen på andra sidan skrivbordet.

Han såg att hon överlade med sig själv i några sekunder.

– Nej, sa hon och snörpte på munnen. Det blir ingenting. Ni kan gå ut härifrån nu. Och se till att få kameran med er.

I samma stund som hon avslutade meningen klev en man in genom dörren. Han var lång, gänglig och rufsig i håret. I famnen höll han flera limpor cigaretter. Han presenterade sig som Mats Nilsson och ägare av campingen.

– Hej, sa Johan utan att bry sig om surtanten. Vi kommer från Regionalnytt. Har du tid en stund?

– Jo, det går väl bra.

– Kan vi gå ut och prata?

– Gärna. Jag vill ändå ta en rök.

Utanför förklarade de sitt ärende och efter några minuters samtal sken campingägaren upp.

– Men nu vet jag vem du är, utropade han och petade Johan i magen. Jag känner igen dig från TV.

– Jaså?

– Vet du om att du och jag är buksvågrar!

Mats Nilsson lade upp ett flatgarv och blottade sina nikotinfläckiga tänder. Johan stirrade oförstående på honom.

– Du är väl ihop med Emma, va? Emma Winarve – eller hur?

– Nja... började Johan tvekande.

– Ni har ju till och med en unge ihop. Det läste jag i tidningen. Jag var ihop med Emma i nian, hon gick i min parallellklass. Jävligt snygg var hon då, bra mycket finare än nu. Fast lite små... ja, du vet vad jag menar.

Han pekade på sin egen bröstkorg.

Johan undrade om han hört rätt. Han kände Pias blickar och hur nära hon var att säga något dräpande till den osympatiske campingägaren. Själv fick han anstränga sig till det yttersta för att inte klappa till karln. Han fattade ett blixtsnabbt beslut om vilken taktik som var bäst att välja i det här läget och valde att tänka på inslaget, alltså den smöriga vägen. Även om det kostade på.

– Visst, kul, då har vi nåt gemensamt.

Han lyckades klämma fram ett ansträngt leende. Mats Nilsson verkade inte uppfatta sarkasmen i hans röst. Johan passade på att byta ämne.

– Hur känns det efter att den där killen blev skjuten i går?

Campingägarens ansikte mulnade.

– Kille och kille. Peter var över fyrtio. Jävligt läskigt, det där.

Johan lystrade. Polisen hade ännu inte avslöjat offrets identitet. Här gällde det att gå försiktigt fram.

– Kände du honom?

– Jodå, ganska bra. Han och frun har varit här flera år i rad, så till slut lär man ju känna stamgästerna. Det är rent för jävligt att han skulle gå och bli skjuten. Man undrar vad som ligger bakom.

– Är det okej att jag filmar medan ni pratar? undrade Pia.

– Jovisst.

– Vad hette han mer än Peter?

– Bovide.

– Hur länge hade de varit här när det hände?

– Över helgen bara. De kom i fredags kväll och skulle stanna i två veckor. Det brukade de alltid göra. Och jämt ville de ha samma plats. Redan när de åkte härifrån bokade han den för nästa år.

– Var ligger den?

Han nickade bort mot campingplatsen.

– Det är femtiotrean, så långt bort man kan komma, vet du, och så närmast stranden. Det finns en skylt, men det är avspärrat nu så ni kan inte komma ända fram. De fick den platsen första sommaren de var här och sen ville de inte ställa husvagnen nån annanstans. Fast det inte finns eluttag där borta, vet du, de fick köra med gasol men det går ju bra det med.

– Han var alltså gift och hade barn?

– Visst. Vendela heter frun hans och de har två barn, en liten tjej och en kille.

– Hur gamla är barnen?

– De är inte så stora de, nej. Tre och fem eller nåt sånt. Va fan vet jag, jag har inga ungar.

– Var kom de ifrån?

– Slite, så de hade ju inte särskilt långt att åka, om man säger så.

– Vet du vad han jobbade med?

– Visst, han var snickare och hade egen byggfirma, han var jävligt duktig. Han var ju hjälpsam, vet du. Snickrade en del åt mig så jag gav honom en rejäl rabatt på hyran och såg till att han fick den plats han ville. Lite måste man ju göra tillbaka. Jag vet att han ställde upp för andra också här på campingen när nåt krånglade. Han var duktig på det mesta.

– Vad heter firman?

– Slite Bygg.

– Hur var Peter som person?

– Schysst snubbe absolut, men han hade lite konstiga vanor.

– Som vadå?

– Att han var ute och kutade varje morgon till exempel. Och så in i helsike tidigt. Jag brukade se honom ibland när jag måste vara här extra tidigt, för brödleveranser och sånt. Före sex kunde man se honom komma skubbande.

Johan var så tagen av all information som flödade ur mannen framför honom att han nästan glömde bort att han befann sig i en intervjusituation. Han kom på sig själv och ändrade inriktning.

– Hur reagerade du när du fick höra om mordet?

– Man blir chockad, vet du. Att nån överhuvudtaget skulle bli mördad här. Nån man känner till råga på allt. Och som det gick till. Ihjälskjuten med flera skott. Rena rama gangsterfasonerna här på vår lilla camping.

– Hur har mordet påverkat camparna?

– Det är klart att de blir oroliga. Jag har varit tvungen att hålla receptionen öppen nonstop sen det hände. Det har varit massor med gäster här och frågat.

– Vad är det de har frågat om?

– Vad som har hänt, hur det gick till och om de har fått tag på mördaren. De tror att jag har svar på allt. Jag ska vara både informationscentral, ställföreträdande psykolog och mästerdetektiv. Och jag vet ju inte så mycket. Jag tror i alla fall inte att det var nån som bodde här på campingen.

– Varför inte då?

– Vem skulle det vara? Här bor helt vanliga människor som bara vill ha semester i lugn och ro. Vem av dem skulle gå omkring med en pistol och ge sig till att börja skjuta ihjäl folk? Det hör du väl själv, hur osannolikt det låter.

Det fanns en vädjan i mannens röst och Johan nickade uppmuntrande för att han skulle fortsätta prata.

– Du måste ändå ha funderat en hel del. Har det hänt nåt mystiskt här på sistone som kan ha samband med mordet?

– Nej, ingenting. Allt har varit precis som vanligt. Vädret har ju varit lite si och så, men de flesta har verkat rätt nöjda och lugna, tycker jag. Vi har inte haft nåt bråk eller nånting sånt.

– Ingen främmande person som har betett sig misstänkt?

Mats Nilsson skakade sorgset på huvudet. Johan fick en känsla av att det först nu sjönk in i honom på riktigt vad som faktiskt hade hänt alldeles i närheten av hans fridfulla campingplats.

– Har ni fått många avbokningar efter mordet?

– En drös människor försvann så fort de fick veta vad som hade hänt och vi har väl haft en tjugo, trettio personer som har ringt och bokat av. Fast många har faktiskt stannat kvar, särskilt våra stamgäster. Vi har säkert åttio procent stammisar, vet du, många kommer tillbaka år efter år – de flesta av dem är gotlänningar och de fattar nog att det här var en engångsgrej.

– Hur säker är du på det själv?

– Det är klart att man kan ju aldrig veta, men jag har svårt att tänka mig att vi har en seriemördare som är ute efter just campare som stryker omkring här på Fårö. Eller vad tror du?

Johan lät frågan bli hängande i luften.

När Karin kom tillbaka till polishuset efter besöket hos Vendela Bovide hade Thomas Wittberg redan hunnit lokalisera passagerarna som rest med den första färjan över Fårösund dagen före.

Mannen som körde färjan hade kommit ihåg tillräckligt mycket av registreringsnumren för att ägarna skulle kunna spåras.

– Det var lättare än jag trodde att få tag på de här personerna, sa Thomas belåtet till Karin när de satt mitt emot varandra i hennes arbetsrum.

Han strök den blonda luggen ur pannan och läste innantill.

– Om vi tar det unga paret först. De är göteborgare och semestrar på Fårö sen en vecka. De hade varit och festat i Visby och var på väg tillbaka. Därför åkte de så tidigt. De hyr en stuga av en bondefamilj och är inbokade på förhör nu klockan ett. De reser hem med båten i eftermiddag.

– Jaha, det får vi väl se – om vi tycker att vi kan släppa iväg dem.

– Den ensamma kvinnan är gift och bor i Kyllaj.

– Året runt? Jag trodde att det bara fanns sommarboende där.

– Nej, de bor faktiskt där permanent, men jag tror att de

nästan är ensamma. Kanske finns det nån familj till.

Karin hade bara varit i Kyllaj en enda gång i livet. Det var på en sommarfest i trettonårsåldern och hon hade fått sitt livs första kyss nere på stranden. Det var ett vackert minne och den lilla orten vid havet hade en speciell plats i hennes hjärta.

Hon sköt undan tanken.

– Kommer hon också hit?

– Nej, hon är gravid och rätt långt gången vad jag förstår. Hon bad om att få bli förhörd per telefon, men jag förklarade att det inte går, att vi måste träffa henne personligen. Tydligen hade hon svårt att röra sig, hon sa nåt om foglossning.

– Är hon höggravid så är hon knappast intressant i utredningen, men hon kan naturligtvis ha sett nåt. Jag åker gärna till Kyllaj, har inte varit där sen jag var tretton, men i dag hinner jag inte. Hör med henne om hon lagt märke till nåt avvikande, så får vi nöja oss med det så länge. Vad gjorde hon förresten på Fåröfärjan klockan fyra på morgonen?

– Hon sa att hon inte kunde sova på nätterna nu när hon är gravid och det är så varmt så hon passar på att åka omkring och lära känna bygden på tider när det inte är nån trafik. Hon har inte bott här så länge. Ljust är det ju nästan dygnet runt ändå.

– Det låter lite konstigt, men man har ju hört om alla möjliga knäppa idéer som gravida får för sig. Hur är det med den tredje bilen, den med hästtransporten?

– En bonde på Fårö äger den. Hans son hade varit över på fastlandet och köpt hästen och kom med nattbåten från Nynäshamn. Familjen har drivit gården på Fårö i många år.

– Fasiken också. Karin snurrade runt på stolen. Jag hade

hoppats på det där med färjan. Men det hade väl varit för enkelt förstås. Hur ofta träffar man på människor med en iakttagelseförmåga och ett minne som den där färjkarlen?

– Men vi behöver inte släppa det helt. Passagerarna ska fortfarande förhöras.

– Jovisst, men det troligaste är väl egentligen att Peter Bovides mördare redan befann sig på Fårö på morgonen då mordet begicks, jag menar att han hade sovit där på natten. Det är faktiskt inte heller uteslutet att han fortfarande är kvar på ön. Fortsätt kolla färjorna några dagar till.

Karin hade just avslutat ett samtal med Ekobrotts-myndigheten som ombetts granska Peter Bovides företag när hon hörde röster ute i korridoren. Kollegerna från rikskriminalen hade kommit. Hon blev varm i hjärtat när hon kände igen Martin Kihlgårds bullriga stämma som blandades med skratt och glada röster. Så fort kommissarien visade sig i polishusets korridorer höjdes stämningen avsevärt. Bara åsynen av honom fick medarbetarna att dra på mun. Martin Kihlgård var närmare en och nittio lång och vägde en bra bit över hundra kilo. Håret var okammat och stod på något underligt vis åt alla håll. Hans ögon var klotrunda och gav intrycket att han stirrade uppmärksamt på den han pratade med.

– Tjänare Karin, utbrast han hjärtligt när han fick syn på sin betydligt mindre kollega. Trettio centimeter kortare och med en vikt som motsvarade hälften av Martin Kihl-gårds drunknade hon i hans famn.

– Hej, vad kul att du är här.

Karin besvarade björnkramen så gott hon kunde. Bak-om den storvuxne kommissarien skymtade hon flera kol-leger från Stockholm.

Strax samlades hela spaningsledningen i avdelningens möteslokal. En bricka med kaffe och kalla drycker kom in tillsammans med ett fat frukt. Karin hade speciellt sagt till om fräschare fikaalternativ på mötena än de kanelbullar och wienerbröd som annars fyllde faten. Roat noterade hon Martin Kihlgårds besvikna uppsyn.

– Jag hörde att Knutte är på semester, sa Kihlgård när de satte sig.

– Ja, svarade Karin. Han är i Danmark med familjen. Hans fru kommer ju därifrån.

– Line ja. Rasande trevlig kvinna. Vilket sinne för humor. De är roliga, de där danskarna.

– Just det.

Karin kände en snabb fläkt av irritation. Var den kom ifrån visste hon inte. Lika snabbt var den borta.

– När kommer han tillbaka?

– Om en vecka.

– Oj då.

Kihlgård sökte med blicken över bordet. Antagligen efter godsaker, tänkte Karin. Han var det största matvrak och den värsta godisgris hon träffat.

Hon bad medarbetarna ge en kort presentation av sig själva innan hon vände sig mot Thomas Wittberg.

– Du har ju sammanställt förhören, Thomas. Vad har de gett?

– Mordet inträffade strax efter klockan sex i går morse. Det kan vi säga säkert eftersom ett par som bor i en stuga nära mordplatsen hörde skotten, samtidigt som de lyssnade på nyheterna i radio. De båda uppfattade minst fem eller sex skott. De slog inte larm eftersom de var helt säkra på att det rörde sig om rabbisjakt. Det förekommer en hel del i trakterna – tjuvjakt på kaniner alltså, sa han vänd mot kollegerna från Stockholm. I de lugna trakterna uppe på Fårö förväntar man sig knappast ett mord.

– De kunde väl ha ringt polisen i vilket fall som helst, protesterade Kihlgård. Kaninjakten är ju olaglig!

– Visst, medgav Wittberg. Men Fåröborna är så vana att de inte bryr sig längre.

– Ja, det finns i alla fall inget som motsäger vittnenas uppfattning om tidpunkten för mordet, sa Sohlman. Peter Bovide avled troligen direkt av det första skottet, det som tog i pannan. Han hade alltså varit död i tre och en halv timme när han hittades.

Han reste sig och drog ner den vita filmduken längst fram i rummet. Han släckte ljuset och satte på datorn. Genast framträdde en detaljerad karta över Sudersandsviken och campingplatsen.

– Om han lämnade husvagnen strax efter halv sex, så borde han ha nått fram dit senast fem, tio minuter i sex. Det tar väl ungefär en kvart, tjugo minuter att springa bort till den andra änden av stranden.

Sohlman pekade med en penna på vägen som Peter Bovide sprungit. Det var knäpptyst i rummet.

– Här nånstans på stranden, alldeles ovanför vattenbrynet, mötte han alltså sin baneman. Skospåren i sanden fanns kvar när vi undersökte platsen. Det syns av både blodfläckar som finns kvar i sanden och hur kroppen har fallit att offret först har skjutits i pannan. Han har fallit omkull i sanden, sen har gärningsmannen tagit några steg framåt och fortsatt att skjuta – det handlar om inte mindre än sju skott som trängt in i buken. Därefter har kroppen släpats ut i vattnet där den har flutit ut en ganska bra bit, åtminstone en tjugo, trettio meter. Det var frånlandsvind i går morse så det är inte så konstigt.

Sohlman rev sig i håret som han brukade och fortsatte.

– Vi har hittat två tomhylsor på stranden, men inga kulor. De sitter troligen kvar i kroppen. Den obduceras just nu så vi får vänta på det preliminära resultatet.

– Ja, det kommer förhoppningsvis redan i kväll, sa Karin. Nu tycker jag att vi resonerar en stund kring vad som kan ligga bakom det här mordet. Vilka olika alternativ finns som ni ser det? Jag vill att vi brainstormar. Tänk fritt.

Kollegerna runt bordet som arbetat med Knutas i en herrans massa år tittade förvånat på henne. Det här var de inte vana vid. Att uppmanas att fabulera kring möjliga scenarier med så få fakta på bordet. Knutas avskydde spekulationer. Thomas Wittberg var först med att fånga bollen.

– Om han sköts till döds strax efter sex, men hann bort till stället där han hittades redan fem, tio minuter före sex så är ju frågan – vad gjorde Peter Bovide under sina sista minuter?

– Han kanske fick ont när han sprang och blev tvungen att stanna. Eller så var han helt enkelt för trött och behövde ta igen sig, föreslog Karin.

– Varför skulle han vara det efter bara några kilometer? invände Wittberg. Han hade ju sprungit varje dag i åratal. Det kan ha varit gärningsmannen han snackade med innan han sköts ihjäl.

– Det låter som en troligare förklaring i mina öron, insköt Kihlgård. Offret och gärningsmannen kan mycket väl ha känt varann.

– En annan möjlighet är att han stött på en beväpnad galning som bara var ute efter att mörda nån, fortsatte Karin. Vem som helst.

– Frågan man ändå måste ställa sig, sa Kihlgård, är ju hur det kommer sig att en snickare och småbarnsfar från

81

Slite skjuts ihjäl kallblodigt på en campingplats under sin sedvanliga joggingrunda? De låter helt osannolikt när man säger det. På lilla, lugna Fårö dessutom.

– Säg inte det, protesterade Wittberg. Tänk på att vi hade världens mördarjakt på Fårö för bara några år sen. Emma Winarve minns du väl? Du blev ju riktigt förtjust i henne.

– Jovisst, sa Kihlgård och sken upp. Förresten, är hon fortfarande tillsammans med den där envetna journalisten?

– Ingen som helst aning. Wittberg slog ut med armarna. De fick en baby och allt men sen har det visst strulat till sig.

– Men hallå, avbröt Karin. Håll er till saken. Snacka skit och skvallra får ni göra sen.

Hon såg allvarligt på medarbetarna kring bordet.

– Enligt Peter Bovides kompanjon hade han känt sig förföljd under den senaste tiden. Johnny Ekwall kunde inte peka på exakt vad det rörde sig om, men flera gånger hade Peter nämnt att det kändes som om nån skuggade honom. Han har också fått anonyma telefonsamtal till kontoret. Tydligen sades det ingenting, men han upplevde det som obehagligt, vad jag förstår.

– När började det här? frågade Kihlgård.

– För några veckor sen.

– Och han har aldrig förr varit hotad?

– Inte såvitt jag vet.

– Om samtalen och känslan av att vara skuggad började samtidigt så borde det ju ligga nåt i det, fortsatte Kihlgård. Det stärker självfallet teorin att gärningsmannen var ute efter just honom. Vi får kolla om det finns nån annan som kan bekräfta de uppgifterna. Jag kan ta tag i den tråden.

– Bra, sa Karin. Det konstiga är att hans fru förnekar

att hon kände till det och de verkar ju ha haft ett bra för-
hållande.

– Han kanske inte ville oroa henne, insköt Wittberg.
Kanske hade han nåt skumt på gång som han ville hålla
henne utanför.

– Så kan det förstås vara, sa Karin. Eller så är det just
frun vi ska koncentrera oss på. Hon arbetar på ett casino
i Stockholm. I spelbranschen rör sig som bekant en massa
ljusskygga typer.

– Kan det vara en hämnd riktad mot henne menar du?
sa Kihlgård.

– Ja, eller båda. Frun kanske står näst på tur – vad vet
jag? Vi får ta hjälp av Stockholm med att förhöra Vendelas
arbetskamrater på casinot.

– Var inte Peter Bovide dömd för misshandel? framkas-
tade Wittberg. Visserligen var det länge sen och bara en
gång, men man vet ju aldrig. Jag tar och kollar upp det.

Karin nickade eftertänksamt och gjorde en anteckning
i sitt block.

– Hur länge hade han varit på campingplatsen, några
dagar? fortsatte Wittberg. Och han stack alltid ut ungefär
samma tid på morgonen för att springa ungefär samma
runda?

– Ja, sa Karin. Det bekräftade frun när jag förhörde
henne tidigare i dag.

– Det som ligger närmast till hands då är såklart att
gärningsmannen har följt hans vanor och tagit reda på
vad han brukade göra. Det bekräftar också kompanjo-
nens uppgifter om att han kände sig förföljd. Mördaren
har förstås valt ut lämpligaste tid och plats att ta död på
honom, det vill säga längst bort på stranden klockan sex
på morgonen när alla ligger och sover.

– Med andra ord har han antagligen befunnit sig på

campingplatsen under helgen åtminstone, kanske till och med bott där, sa Kihlgård.

– Det där får vi självklart fortsätta hålla ögonen på, sa Karin. Om man ser på området så måste man ta sig ner en bit för att komma ut på själva stranden.

Erik Sohlman hade rest sig och visade på en karta.

– Uppenbarligen har gärningsmannen gått till fots. Vittnesförhör pågår och man tycker att nån enda människa borde ha lagt märke till honom, även om det var tidigt. Så här års är ju folk ute alla tider på dygnet.

Karin vände sig mot Sohlman.

– Vet vi nåt om vapnet?

– Bara att det troligen rör sig om en pistol att döma av skadorna och de tomhylsor vi hittat. Vi får se vad SKL säger.

– I eftermiddag har vi flera viktiga förhör, fortsatte Karin. Thomas?

Wittberg berättade om de iakttagelser som gjorts av mannen som körde första morgonfärjan. Under tiden noterade Karin hur Kihlgård började skruva på sig.

– Intressant, sa han när Wittberg var färdig med sin redogörelse. Är det lunch nu?

För en gångs skull agerade hemmaredaktionen snabbt på Johans krav. På tisdagseftermiddagen när han och Pia var på väg tillbaka till jobbet ringde telefonen. Johan stelnade till när han kände igen rösten. Det var Madeleine Haga, reporter på riksnyheterna. Hon och fotografen Peter Bylund hade just anlänt till Gotland och bodde på Strand hotell.

De kom överens om att ses på redaktionen.

Johan hade känt Madeleine Haga i flera år. En gång för länge sedan höll det på att bli något mellan dem, men det rann ut i sanden innan det hann börja. Så blev han kallad till Gotland och träffade Emma. Sedan dess hade det inte funnits någon annan kvinna i hans liv.

När Madeleine klev in genom dörren till Regionalnytts redaktion på Östra Hansegatan i Visby kunde han inte hjälpa att han blev påverkad. Hon var nyss hemkommen från en semesterresa i Spanien och var knallbrun. Liten och mörk, klädd i jeanskjol och ett linne som borde vara för urringat för en reporter. De stora bruna ögonen glödde.

– Hej, sa hon glatt.

Han reste sig från datorn och kramade om henne. Hon doftade svagt av citron.

– Tjena.

Fotografen Peter Bylund dök upp strax bakom. De kramade om varandra.

– Vilken överraskning, sa Johan. Att du har hittat hit igen – hur har du haft det i Ryssland?

Peter Bylund hade jobbat tillsammans med Johan en sommar flera år tidigare. Den sommaren han träffade Emma. Även Peter hade blivit lite förälskad i henne.

– Jo bra, Moskva var såklart helt annorlunda jämfört med för tio år sen, när jag var där senast. Det är en helt annan stad.

– Hur länge var du där?

– Nästan två år har det blivit. Helt sjukt, men så är det.

– Du får berätta mer sen, skitkul att du är här i alla fall.

– Hur är det själv då, med dig och Emma? Jag hörde att ni hade fått barn och allt.

– Jo, vi har en dotter, Elin. Hon har just fyllt ett år. Hon är världens mest fantastiska unge.

– Fan vad roligt, att du är farsa – det hade man inte kunnat tro.

Peter dunkade honom i ryggen.

Johans ansikte mörknade.

– Det är inte så bra, faktiskt, rätt struligt om man säger så.

– Okej, vi behöver inte prata om det nu.

Madeleine tittade intresserat på honom utan att säga något. Peter klappade honom på axeln.

– Hur gör vi nu?

Pia kom ut från toaletten. Hon hälsade på de andra två och satte sig vid datorn.

– Vi håller på och tanka in materialet. Vill ni kolla?

– Absolut, sa Peter som hade lyst upp vid åsynen av Pia.

Han slog sig ner bredvid. Johan och Madeleine tog plats på andra sidan.

– Vi lär ju inte hinna göra nåt vettigt i dag, men säg till om du vill att jag ska göra kortinslagen till riksnyheterna, erbjöd sig Madeleine.

Johan tvekade. Egentligen skulle det vara en avlastning, han var superstressad och ville inget hellre än att bli klar så fort som möjligt. Samtidigt gillade han inte att bara lämna över sitt material till en annan reporter. Men han litade på Madeleine.

– Kör till.

Grenfors skulle bli nöjd. Johan kastade en blick på sina nyanlända kolleger – han gillade verkligen båda två.

Han var glad att de hade kommit.

Hamburg, den 16 Juli 1985

Fem timmar återstod innan flyget skulle lyfta mot Sverige. De hade gått upp tidigt för att packa. Vera misstänkte att hennes pappa knappt hade fått en blund i ögonen. Redan klockan sex hade hon hört honom stöka i köket. Framför sig på sängen hade hon högar med kläder i prydliga rader som snart skulle packas ner.

– Tänk nu på att ni inte behöver ta med er mycket kläder alls. Och absolut inga fina, ropade Oleg från köket. Vi ska leva friluftsliv – långt bort från civilisationen!

Vera studerade högarna: trosor, behåar, bikinis, shorts, linnen, några kjolar och klänningar, jeans och en tjockare tröja.

Det skulle väl räcka, konstaterade hon och började lägga ner persedlarna i ryggsäcken.

– Vad tar du med dig?

Tanja stack in huvudet i sin storasysters rum.

Håret var uppsatt i en slarvig knut, kinderna lyste röda och ögonen glödde. Tanja var minst lika exalterad som sin pappa över resan. Hon var nitton år gammal och hade aldrig rest utomlands.

– Det här.

Vera svepte med handen över sängen. Tanja synade högarna, kollade innehållet i ryggsäcken, lyfte ur ett och annat plagg.

– Inget annat?

– Nej vadå?

– Men ska vi inte gå ut och dansa nån gång, du och jag? I Stockholm eller Visby åtminstone?

Hon puffade sin syster i sidan.

– Jag vill ha lite kul med de läckra svenskarna. Det kan vi inte missa när vi ändå är där. De ska vara snyggast i världen, vet du väl!

– Tror du verkligen på det?

– Men herregud, har du inte sett bilder! Och de svenska tjejerna är världsberömda – varför skulle inte männen se lika bra ut?

– Det har du rätt i, skrattade Vera och öppnade garderoben. Nåt snyggt måste man förstås ha med sig. Det är klart att vi ska gå ut. Det kan jag behöva.

En vecka tidigare hade Gotthard gjort tvärt slut. Han hade träffat en annan när han var på semester i Portugal. En svenska till råga på allt.

Hon hade alltid otur med killar, till skillnad från sin yngre syster. Fattade egentligen inte vad det berodde på. De var rätt lika, det som skilde dem mest åt var kynnet. Vera var mera allvarlig, eftertänksam. Saknade systerns spontanitet. Ibland önskade hon att hon kunde vara som sin lillasyster, öppnare, gladare, mer lättillgänglig. Särskilt när hon såg hur Tanja stal all uppmärksamhet, till och med från deras föräldrar. Fast det hade inte bara med hennes personlighet att göra. Vera var väl medveten om orsaken, men det gjorde ändå ont. Tanja hade drabbats av leukemi när hon var tretton år och varit allvarligt sjuk under en längre tid. Föräldrarna hade blivit förlamade av chock och förtvivlan och ägnat Tanja all sin tid. Vera fick klara sig bäst hon ville. Hennes egen sorg och oro över systern fick hon bära ensam.

Det hela slutade ändå bra. Tanja genomgick en intensiv behandling och hennes kropp blev fri från blodcancern. Sakta men säkert återkom hon till sitt gamla jag och blev ännu mer stark och energisk än tidigare. Visst var Vera oändligt glad över att Tanja överlevde, samtidigt som föräldrarnas kärlek och omtanke om systern stegrades ytterligare efter sjukdomen.

Ibland när deras pappa satt och pratade och skrattade med Tanja medan Vera också befann sig i rummet, kunde han plötsligt titta till på henne, som om han just upptäckte henne och förvånades över att hon också var närvarande. Då kunde han ibland se skamsen ut, som om han ertappat sig själv. Det var nästan ännu värre.

Konstigt nog hyste Vera inget agg mot sin syster för att det var en sådan obalans dem emellan. Inte nu längre. Det var värre när de var små och hon gav sin lillasyster tjuvnyp och elaka kommentarer för att åtminstone få ge igen lite grann. Nu när de var så gott som vuxna hade hon accepterat situationen. Trodde hon. Hon skulle ändå aldrig kunna tävla med Tanja, vare sig när det gällde uppmärksamhet från män eller föräldrarna, så det var lika bra att ge upp och utgå från sig själv. Sluta att jämföra sig med henne. Det gjorde henne bara deprimerad.

Nu betraktade hon Tanja vars iver och entusiasm inför resan smittade av sig. Vera älskade verkligen sin syster, det var inte hennes fel att det var som det var.

– Det är ändå bara du som tar alla killarna, sa hon och suckade när Tanja visade upp den ena toppen häftigare än den andra.

– Det gör jag inte alls. Du är ju jättesnygg! Kom igen, vi packar med lite läckra kläder också, strunt samma vad pappa tycker.

– Okej.

Oleg sprang runt i lägenheten, visslade och dansade om-
kring medan han packade, tog tag i Sabine och svängde
runt med henne så hon skrattade högt. Vera hade aldrig
sett sin pappa så uppspelt. Under hela deras uppväxt hade
han pratat om Gotska Sandön, hur vackert det måste vara
där, alla ovanliga fåglar, sälarna, växterna. Att hans far-
farsfar omkom under en förlisning på havet utanför en
strand som kallades Franska Bukten, att han låg begravd
där, att tre kanoner räddats från fartyget och de fanns
kvar på ön. Sedan han fått dispens att resa dit hade han
knappt pratat om annat.

– Taxin har kommit! ropade deras mamma från köket.

De tittade sig omkring en sista gång i lägenheten innan
de stängde dörren bakom sig.

Karin Jacobsson och Martin Kihlgård smet iväg ner till pizzerian om hörnet för en snabb middag. De räknade med att få jobba hela kvällen. Eftersom de inte setts på länge var det skönt att få en stund för sig själva. De hade arbetat tillsammans med en rad fall de senaste åren och trivdes i varandras sällskap.

I väntan på att maten skulle serveras satt de och dryftade vilka motiv mördaren kunde ha haft för att ta livet av Peter Bovide.

Kihlgård lassade in den dressingindränkta pizzasalladen blandat med brödbitar medan han talade.

– Ett möjligt motiv är naturligtvis svartsjuka – ett triangeldrama. Hur trogen var Peter Bovide? Han kanske hade ett förhållande vid sidan om?

– Tillvägagångssättet tyder närmast på hämnd, sa Karin. Varför annars skjuta en massa skott i magen som uppenbarligen var helt onödiga? Han dog ju av det första.

– Hur vet du det? mumlade Kihlgård mellan tuggorna.

– Rättsläkaren ringde precis innan vi gick.

– Jaså, vad sa han?

– Han fastställde tiden för mordet. Peter Bovide dog omkring klockan sex på morgonen och det var det första skottet som dödade honom. De har hittat sju kulor i magen och en i huvudet. De har redan skickats till SKL som har lovat att skynda på. Jag har fått ett halvt löfte om att få veta mera om ammunitionen och förhoppningsvis vilket vapen den har kommit ifrån redan i morgon. Dessutom berättade rättsläkaren att skottvinkeln har varit snett ovanför offret. Alltså att Peter Bovide troligen satt eller stod på knä när han sköts i pannan.

– Jaså?

– Ja, om inte gärningsmannen stod på en stege och sköt och det är väl inte särskilt troligt. När han fick ta emot skotten i magen låg han ner. Alltså stämmer Sohlmans teori om ordningsföljd. Först sköts han i pannan, föll till marken av skottet och sen avlossades resten av skotten mot magen.

Kihlgård såg tankfull ut.

– Men det var väl konstigt? Varför skulle han sitta – han var ju ute och sprang?

– De kanske började prata och slog sig ner där på stranden, vad vet jag? Karin ryckte på axlarna. Jag har svårt att tänka mig att han mördades av en slump. De kanske till och med hade stämt träff.

Maten kom in och de åt en stund under tystnad.

– Det låter inte längre som om det bara är en galning som sköt på måfå, sa Kihlgård eftertänksamt.

– Men tror du verkligen att det är nån som bodde på campingen? frågade Karin med tvivel i rösten. Vore det inte lite väl korkat att mörda nån som bor på samma campingplats? Mördaren borde inse att han skulle bli förhörd och synad ända in i sömmarna.

– Jovisst, men om det har skett oplanerat eller i vredesmod kan det mycket väl hända. Fast det kan också vara nån borta i den där stugbyn. Den ligger faktiskt närmare själva brottsplatsen än campingen. Eller så är det nån utifrån.

– Jovisst, sa Karin. Hon tuggade frånvarande på samma skiva capricciosa som hon tagit små bitar av hela tiden. Kihlgård hade redan hunnit igenom det mesta av sin calzone.

– Jag tycker ändå att vi måste utgå från att mordet var planerat och genomfört i ett visst syfte. Den här känslan av att vara skuggad och de anonyma telefonsamtalen är viktiga pusselbitar.

Karin öppnade munnen för att säga något. Kihlgård viftade avvärjande med handen.

– Ja, ja, jag vet att han ansågs som lite deppig och svag psykiskt. Men det utesluter inte att någon skuggade honom, eller hur? Då måste vi ställa oss frågan – vem var Peter Bovide? Vad sysslade han med? Vilka träffade han? Hur levde han?

– De där förtäckta hoten eller vad det var, kan mycket väl ha att göra med svartjobb, sa Karin. Jag menar, det är ju så otroligt utbrett i byggbranschen med svart arbetskraft. Det ska bli jäkligt spännande att se vad den ekonomiska granskningen av företaget ger. Det värsta är att det tar en sån evinnerlig tid.

Hon sköt ifrån sig tallriken, trots att mer än halva pizzan var orörd.

– Sen har vi det här med att han tydligen var en bråkstake som ung, sa Kihlgård. Jag tänker på anmälan om misshandeln. Sånt sker sällan isolerat. Mordmotivet kan ligga längre bakåt i tiden. Tillvägagångssättet får i alla fall mig att tänka på maffia. Peter Bovide kanske var inblandad i riktigt stora saker när han var yngre och nu hade tiden kommit ifatt honom. Det har skett förr.

Han kastade lystna blickar på Karins tallrik.

– Ta du, erbjöd hon.

– Det är ju synd att kasta bort den goda maten.

Kvickt bytte han ut sin egen tomma tallrik mot kollegans.

Just när Karin skulle bemöta Kihlgårds teori ringde hennes mobil. Det var Knutas.

– Jaså, ringer du nu igen? skojade hon. Tror du inte att jag klarar av att sköta utredningen själv, eller? Koppla av, Anders – du är på semester.

– Inte nu längre.

– Vadå?

– Jag klev just innanför dörren här på polishuset. Ja, jag åkte raka vägen hit från flygplatsen.

– Va?

– Jag kunde inte låta bli. Efter mordet kunde jag ändå inte koppla av eftersom jag var så nära hemifrån. Det var lika bra att komma hit. Familjen är kvar i Danmark, men jag tog första bästa plan hem.

Kihlgård betraktade Karins snopna min.

– Jaha.

– Du låter inte särskilt översvallande, sa Knutas harmset.

– Jo då, visst är jag glad att du är här. Såklart. Fattar du väl.

Emma hade just lyft vinglaset till munnen när hon fick syn på Johan över alla huvuden på Donners Bar. Typiskt att han skulle vara här också nu när hon för en gångs skull gick ut.

Hon tog flera små klunkar och släppte honom inte med blicken. Han hade inte upptäckt henne utan stod i glatt samspråk med Pia Lilja och en annan kille hon tyckte sig känna igen, men som hon inte kunde placera. Närmast Johan stod en främmande tjej. Hennes utseende var minst sagt störande. Hon var allt det Emma inte var: liten, mörk, mystisk, kurvig. Som en mjuk, kelsjuk katt skrattade hon och puffade kärleksfullt på Johan som antagligen retades tillbaka på sitt vanliga, lekfulla sätt. Hans hår verkade ovanligt långt och lockigt, han var orakad och blek bland alla solbrända turister. Vad sysslade han med egentligen? tänkte hon surt. Festade på nätterna och sov bort halva dagarna? Varför hade han inte fått någon färg, han som så lätt blev brun? Hon hade inte tänkt på det när de träffats i Almedalen dagen före. Då tyckte hon bara att han var snygg.

Hon betraktade honom irriterat. Pappan till hennes yngsta barn stod just nu på andra sidan utomhusbaren med en öl i ena handen, en cigg i den andra, obekymrat flirtande, utan den minsta tanke på henne och Elin.

Visserligen hade han ringt henne flera gånger på mobilen och lämnat meddelanden. Hon iddes inte svara. När hon inte visste hur hon skulle hantera en situation så flydde hon. Emma var medveten om det men saknade förmåga att bryta mönstret.

Hennes förhållande med Johan hade gått i baklås och hon såg ingen väg ut. Han skulle vara på Gotland hela sommaren och jobba och hon hade planerat i sitt huvud hur de skulle dela upp Elin mellan sig. Längre orkade hon inte tänka.

Nu måste hon hitta ett sätt att ta sig därifrån utan att stöta ihop med honom. Knappt hade hon tänkt tanken förrän han fick syn på henne. Hon såg hur han hajade till och hon vände snabbt bort huvudet och låtsades som om hon inte upptäckt honom. Det tog tio sekunder innan han var framme.

– Hej, Emma.

En värme i magen när han uttalade hennes namn. Hon såg in i hans mörkbruna ögon. Bort med blicken för att inte fastna. Han gjorde henne svag, ända in i märgen.

– Hej, svarade hon lugnt.

– Vad gör du här?

– Vad gör du här själv?

– Vi kommer precis från jobbet, Pia, jag, Peter och Madeleine som jobbar för rikset. Mordet på Fårö, du vet.

– Visst.

Hon nickade avmätt. Så det var vad de var, arbetskolleger.

– Hur mår Elin?

– Bra, bara bra. Hon log ansträngt. Mamma och pappa är hemma och tar hand om henne i kväll.

– Okej.

Johan nickade och tittade bort mot de andra.

Emma kände sig illa till mods.

– Du ska väl gå tillbaka till dina jobbarkompisar? sa hon med sarkastisk betoning på sista ordet.

Hennes egen väninna hade försvunnit i vimlet. Fan att hon inte var där med en kille.

Han vände sig emot henne.

– Du, jag har ringt flera gånger till dig i dag. Varför har du inte svarat?

En mikrodels sekund skälvde hon till, ville försvinna in i hans famn och bara stanna världen. Istället svarade hon.

– Jag har haft fullt upp. Förresten, jag måste gå nu.

Hon låtsades vinka mot någon borta vid entrén och stegade i väg. Hon hann notera Johans min i ögonvrån, men när hon kastade en blick in mot baren innan hon gick ut på gatan stod han återigen och pratade obekymrat med den där mörka. Bitterheten sved. Utan att hon visste varför kände hon sig förödmjukad. Förstod inte varför hon reagerade så starkt.

Det kändes som om det nu var definitivt slut med Johan. På riktigt.

Onsdag den 12 juli

Knutas välkomnades med öppna armar på spanings-
ledningens möte nästa morgon när alla var samlade. Den
enda han funderade över var Karin. Han hoppades att hon
inte tog illa upp och tolkade hans återkomst som att han
inte litade på henne. Hon hade inte varit så hjärtlig som
hon brukade.

Det fanns både kaffe och kanelbullar från Konditori
Siesta på bordet. Knutas kastade en blick på Kihlgård som
hade två bullar framför sig. Det var förstås han som bytt
ut frukten.

De hade just börjat när dörren slogs upp och Erik Sohl-
man kom in och viftade med ett papper i handen. Det röda
håret var rufsigt och ögonen lyste. Knutas kände igen ut-
trycket från när Sohlman tittade på fotbollsmatcher eller
om det hade gått riktigt bra för AIK.

– Tjena, ledsen att jag är sen, men jag har snackat med
både SKL och rättsläkaren nu på morgonen. De har varit
ovanligt snabba den här gången.

Genast kändes förväntan stiga i rummet och alla tittade
intresserat på Sohlman.

– Vi har fått svar från SKL när det gäller ammunitionen.
Den är rysk.

– Rysk? upprepade Knutas dumt.

99

– Jajamänsan. Och den är så speciell att de till och med kan säga vilket vapen den kommer ifrån. Det är en rysk armépistol av fabrikatet Tulski, modellen heter Korovin. Det är en helautomatisk pistol i den udda kalibern 6,35 millimeter. Den är riktigt gammal, tillverkningsåret är 1926.

– Vem använder sig av en åttio år gammal rysk armépistol? utbrast Wittberg. Det låter inte speciellt proffsigt.

– Vi får kolla alla licensinnehavare på Gotland, ja kanske i hela Sverige, sa Knutas. Om det finns nån som har licens för just ett sånt vapen. Hur ser det ut? Har du en bild, Erik?

– Nej, men det fixar jag snabbt. Om jag inte missminner mig är det en ganska liten pistol, av Browningmodell.

– Vi måste undersöka vilka ryska kontakter Peter Bovide har haft, fortsatte Knutas. Vem kan ha importerat en rysk gammal armépistol och framför allt – vilken typ av person använder sig av ett sånt vapen när man ska ge sig till att mörda nån?

– Det bästa vore förstås om vi hittade pistolen, men chansen minskar för varje dag, sa Sohlman. Kustbevakningens dykare letar i vattnet i dag också, men sen lägger de ner. Och på stranden tror jag inte att vapnet ligger. Då hade hundarna hittat det.

– Vilka tillfälligt anställda hade firman, förutom de fasta? frågade Wittberg. Vet ni om Peter Bovide använde sig av svartjobbare?

– Jag har lämnat över den granskningen till Ekobrottsmyndigheten, sa Karin. De håller på att nagelfara allt; räkenskaper, bokföring, anställda, vilka uppdrag han hade. Rubbet.

– Vartenda byggföretag använder sig väl av tillfälliga påhoppare och det vimlar ju av åtminstone balter och polacker inom byggbranschen, fortsatte Wittberg. Kanske också ryssar.

– Jovisst, men det är inget som säger att gärningsmannen måste vara ryss, bara för att vapnet kommer därifrån, invände Karin. Det finns en massa ryska vapen i omlopp på den illegala marknaden.

Knutas vände sig mot Kihlgård som hade munnen full.

– Hur går det med kartläggningen av Peter Bovides liv?

Kihlgård tuggade omsorgsfullt ur innan han svarade.

– Om vi först tar familj, vänner och bekantskapskrets så har ett stort antal förhör gjorts och för att sammanfatta allt så kan jag säga att inget konstigt har framkommit än så länge. Inga grannar har märkt nåt speciellt med familjen eller att paret Bovide skulle ha bråkat eller varit osams. Inte en enda människa kan bekräfta att Peter Bovide känt sig förföljd eller att personer ringt anonymt till kontoret. De uppgifterna har vi än så länge enbart från kompanjonen Johnny Ekwall.

– De andra då, som jobbar på firman. Hon, Linda, kontoristen? frågade Karin.

Kihlgård skakade på huvudet.

– Hon svarar svävande, påstår att nån kan ha ringt, men att hon uppfattat det som en busringning. Att Peter Bovide kände sig förföljd säger hon sig inte veta nåt om.

Kihlgård tog en djup klunk av sitt kaffe och fortsatte:

– Enligt släkten var de det perfekta paret som det var ordning och reda med; hemmet välstädat, barnen hela och rena och de har alltid betett sig hur harmoniskt som helst. Alla som vi pratat med verkar uppriktigt chockade över mordet.

– En annan sak som jag tänker på när jag hör att det är ett ryskt vapen som har använts är att det har att göra med trafiken kring de ryska koltransporterna i hamnen i Slite, inflikade Wittberg. Jag menar, båtarna kommer in flera gånger i månaden och alla vet att de säljer illegal sprit där.

Karin erinrade sig notisen i tidningen. Samma tanke hade just slagit henne.

Knutas höll med om det sannolika i Wittbergs resonemang. Kolbåtarna var ett problem. Polisen var väl medveten om att det förekom illegal spritförsäljning, men hade inte resurser att kontrollera varenda last. Allt de mäktade med var att göra stickkontroller.

– Det låter rimligt, sa Kihlgård. Det är ett spår vi borde kolla.

– Är det nån som vet när transporten kommer in nästa gång? frågade Knutas. Och vem är ansvarig för avlastningen från svensk sida?

– Det är hamnchefen på Cementa, sa Wittberg. Det är ju dit kolet ska. De använder kolet som bränsle i ugnarna.

– Okej, sa Knutas. Jag ringer honom efter mötet.

– Vänta, uppmanade Kihlgård. Det var nåt om Cementa som en av grannarna nämnde.

Han bläddrade ivrigt i anteckningsboken.

– Jo, här. En Arne Nilsson som bor granne med Peter Bovide berättade att Peter hade haft en stor fyrtioårsfest för inte länge sen. Det hade varit en ganska så blöt tillställning. Han sa nåt om vodka... jo – att vodkan flödade och att det inte var vanlig systemsprit utan en starkare variant direktimporterad från Ryssland. Den hade visst kommit från en av de ryska båtar som levererar kol till Cementa.

– Det lär väl inte vara särskilt originellt att folk köper svartsprit, invände Erik Sohlman. Varför skulle det ha med mordet att göra?

– Det är åtminstone värt att kolla, sa Knutas. Jag ska höra efter när nästa båt väntas in.

När Johan vaknade visste han först inte var han befann sig. Han kisade mot taket som hade en gulaktig ton han inte kände igen. Försiktigt vred han sig i sängen, mjukare och bredare än hans egen. I en första hundradels sekund trodde han att han låg i Emmas sängkammare ute i Roma, hann uppleva ett stråk av euforisk glädje som sköt genom kroppen innan han insåg att han inte ens tillbringat gårdagskvällen med henne och att ljuden utanför fönstret var bra många fler och högre än i det rofyllda villaområdet i Roma. Så kom minnesbilderna från gårdagen ifatt. Visst fan. De hade varit på Donners Brunn och sedan gått vidare till utekrogen Vinäger där de träffat ett gäng från lokalradion. De hade festat ihop hela natten och haft skitkul. Kvällen slutade med att han och Madeleine satt och hånglade utanför Sankta Karins kyrkoruin istället för att gå åt varsitt håll. Sedan hade han följt med henne till hotellet. Nej, tänkte han. Nej, nej.

Han vände sig på sidan och såg bara ett mörkt hårburr sticka upp ovanför täcket.

Shit. De hade haft sex. Han hade legat med sin kollega på jobbet. Fy fan vad lågt. Han ville glömma alltihop. Så tyst han förmådde kröp han ur sängen och in på toaletten. Han vred på kranen så att strålen inte skulle höras. Såg sig själv i spegeln, han var gulblek i ansiktet. Mötte sin egen rödsprängda blick. Ögonen var trötta, lite sorgsna. Vem var det han såg? Upptäckte några nya rynkor kring ögonen och på halsen. Ett nytt veck som inte funnits där förut. Ansiktet hade förändrats, åldrats. Han hade en äcklig smak i munnen. Emmas ansikte kom för honom. Hur kunde han vara så dum i huvudet? Han kände sig smutsig och självföraktet gjorde honom illamående. Duscha fick han göra hemma. Han måste ut därifrån, måste bort. Han smög sig ut i rummet och rafsade ihop sina kläder, livrädd att Madeleine skulle vakna.

Ljudlöst stängde han dörren efter sig.

Nästa koltransport skulle inte komma till Slite hamn förrän en vecka senare. Knutas lät saken bero tills vidare och bestämde sig istället för att åka hem till Peter Bovides föräldrar, trots att de redan förhörts. Han ville träffa dem själv.

Det var skönt att lämna polishuset och komma iväg ensam. Han valde att köra sin egen bil, en gammal merca som saknade luftkonditionering, så han var rejält svettig när han klev ur i Slite. Katarina och Stig Bovide bodde i en marklägenhet mitt i samhället. Persiennerna var nerdragna, utanför såg det ut som om ingen var hemma.

Knutas tryckte in ringklockan. Det dröjde en stund.

Sakta öppnades dörren och Knutas blev illa berörd när han såg ansiktsuttrycket på den äldre kvinnan. Trots att Katarina Bovide var både fräknig och solbränd och faktiskt påminde lite om Line i sin hellånga, klarröda klänning syntes hennes sorg och förtvivlan smärtsamt tydligt.

Hon nickade bara åt honom och gick före in i ett vardagsrum som säkert var trivsamt i vanliga fall, men som nu låg i dunkel. Gardinerna hade dragits för fönstren så knappt något ljus kom in. Det var som om Peter Bovides föräldrar ville stänga den vackra sommaren ute. Som om de inte stod ut med skönheten.

Strax visade sig en man i dörröppningen. Han verkade

lika utmärglad och tömd på livslust som sin hustru. Stig Bovide var lång och magerlagd med tunt, ljusbrunt hår och blå ögon. Han var klädd i en ljus skjorta som han bar instoppad i blå jeans. Fötterna var instuckna i ett par tofflor av märket Birkenstock. Sorgen låg tung i rummet. Det var på gränsen till olidligt varmt. Knutas var törstig, men ingen erbjöd honom något att dricka. Han bestämde sig för att försöka härda ut.

– Jo, började han. Jag beklagar naturligtvis sorgen. Som ni kanske har hört leder jag utredningen, jag har varit bortrest men kom tillbaka i går och har nu tagit över ansvaret från Karin Jacobsson. Hon är min ställföreträdare.

Han harklade sig och undrade varför han satt och spillde ord på allt det här.

– Nåväl. Jag har några frågor som jag gärna vill ha svar på.

– Vi har redan pratat med polisen, sa Stig Bovide. Med en som heter Kihlgård. Han var här i går.

– Jo, jag vet. Men eftersom jag har tagit över ansvaret ville jag träffa er personligen. Jag hoppas att det går bra. Vi ska naturligtvis göra allt som står i vår makt för att gripa gärningsmannen och då är det viktigt att jag får veta så mycket som möjligt om Peter. Kan ni börja med att berätta för mig om hur ni tror att han hade det?

– Hade det? upprepade Katarina Bovide tonlöst.

– Jag menar alltså hur han mådde i största allmänhet, både på jobbet och i sitt äktenskap.

– Ja, jag vet inte. Katarina Bovide drog ut på svaret. Det var väl ganska bra med honom. Han och Vendela hade väl sina svårigheter som vem som helst men inte värre än andra småbarnsföräldrar, eller hur?

Hon tittade frågande på sin make. Han sa inget, men nickade.

– De hade fullt upp med William och Mikaela förstås, men vi hjälpte till så gott vi kunde. Just nu är barnen hos Peters syster i Othem. Vi tyckte det var bäst nu i början eftersom hon bor på landet och har djur och så får de umgås med sina kusiner. Så att de får lite annat att tänka på. Men vi är där varje dag och hjälper till. Ja, tills Vendela orkar.

– Så ni tror att Peter mådde ganska bra då?

– Nja, sa Stig Bovide. Bra och bra. Han hade sin epilepsi som han drogs med. Den kunde vara ganska besvärlig.

Knutas rynkade pannan.

– Ni menar att han led av epileptiska anfall?

– Ja.

– Hur ofta?

– Det var inte så ofta, kanske några gånger om året. Det blev värre om han stressade eller var deprimerad.

– Deprimerad? Brukade han vara det?

Båda föräldrarna skruvade besvärat på sig.

– Han var nedstämd ibland, sa mamman dröjande. Då var det svårt att få kontakt med honom. Han gick liksom in i sig själv.

– Han hade ett stort behov av att vara ensam, fyllde pappan i. Därför tror jag att han tyckte det var skönt att springa. Ibland var han ute i timtal. Jag vet att Vendela inte var så glad åt det där alla gånger.

– Hon tyckte förstås att han var borta för länge från henne och barnen, förklarade Katarina. Det är inte så konstigt, han jobbade så mycket också, sa hon och suckade.

– Hur ofta var han deprimerad?

– Ett par gånger om året kanske.

– Gick han till psykolog eller tog han nån medicin?

– Ja, han åt antidepressiva tabletter, sa Katarina Bovide.

Hennes make stirrade förbluffad på henne.

– Gjorde han?

– Ja, kära du. Hon lade handen på hans arm. Jag ville inte oroa dig. Förlåt.

Stig Bovide släppte inte sin fru med blicken. Han knep ihop munnen, men sa inget. Knutas bytte ämne.

– Vi vet ju att Peter kände sig förföljd den sista tiden, vad säger ni om det?

– Nej, det har vi verkligen inte hört nåt om.

Stig Bovide blev mer aggressiv i rösten.

– På vilket sätt kände han sig förföljd och vem har sagt det egentligen?

– Det kan jag tyvärr inte gå in på. Är ni säkra på att Peter inte har nämnt nåt om det?

– Gå in på? röt Stig Bovide. Vad i hela friden? Det är vår son vi pratar om här. Vår mördade son! Vi är hans föräldrar, förstår du det?

Han pekade häftigt fram och tillbaka på sig själv och hustrun.

– Vi kräver att ni poliser berättar allt som händer i utredningen för oss. Och då menar jag precis allt!

Det plötsliga utbrottet överraskade Knutas. Stig Bovide hade rest sig upp och stod lutad över honom. Ansiktet var förvridet av vrede.

– Du klampar in här i vårt hem, två dagar efter att vår son har hittats mördad och ställer en massa frågor som du kräver att vi ska svara på. Och sen vägrar du berätta vad vår pojke har varit med om. Är du helt från vettet? Ut härifrån, ut!

Han tog tag i Knutas skjortkrage.

– Lugna ner dig, skrek Katarina Bovide. Vad tar du dig till?

Hon lyckades slita bort maken från Knutas som snabbt reste sig.

– Vi får nog fortsätta det här förhöret vid ett senare tillfälle, mumlade Knutas. Jag är ledsen om jag gjorde er upprörd men i utredningen måste vi vara förtegna. Även mot anhöriga. Vi hör av oss. Adjö. Och återigen, jag beklagar sorgen.

Katarina Bovide höll ett stadigt tag om sin man som stirrade vilt på Knutas utan att säga något. Han andades häftigt och verkade ha svårt att återfå kontrollen. Knutas flydde ut i den trånga tamburen, tog sin kavaj och skyndade ut.

Sorgen och all förtvivlan i lägenheten följde honom ut.

Johan hade svårt att koncentrera sig på jobbet. Pia undrade vad det var med honom, men han orkade inte berätta för henne vad som hänt. Inte just nu. Säkert anade hon ändå. Kvällen före hade han och Madeleine dröjt sig kvar på gatan efter det att krogen hade stängt och hon hade inte följt med Peter tillbaka till deras hotell. Skit samma, tänkte han. Pia fick tro vad hon ville. Han var faktiskt varken gift eller förlovad. Förlovningen hade Emma brutit och eftersom de inte varit tillsammans på månader hade han egentligen inget skäl att ha dåligt samvete. Hon hade stött bort honom. Ändå kände han sig usel och förstod inte hur han hade kunnat bete sig så lumpet. Han måste prata med Madde så fort hon kom till jobbet.

Regionalnytts redaktionschef Grenfors ringde från Stockholm. Nu under sommaren hoppade han in och jobbade som redaktör. Det gladde knappast någon, förutom honom själv. De resonerade om vad de skulle göra för inslag under dagen.

– Jag får en känsla av att polisen inte vet var de ska söka överhuvudtaget, sa Johan. Mordet verkar vara en gåta. Åtminstone utåt sett var Peter Bovide en helt vanlig skötsam familjefar, som älskade sin fru, jobbade hårt och inte gjorde så mycket väsen av sig.

– Har ni snackat med hans föräldrar?

– Nej, sa Johan spetsigt, irriterad över frågan. Tycker du verkligen att det är okej? Det är bara två dar sen deras son hittades mördad. De lär vara helt chockade fortfarande.

– Men gör ett försök, framhärdade Grenfors. Man har inte sett eller hört dem nånstans. Vi skulle vara först, och rikset...

– Nog tjatat om rikset, avbröt Johan, trött på det evinnerliga smörandet för riksnyheterna. Om rikset så gärna vill ha föräldrarna, låt dem då göra den intervjun. Madde får jaga föräldrarna – jag gör det inte.

Han hade knappt avslutat meningen förrän Madeleine klev innanför dörren. Hon tittade undrande på Johan.

– Jag ringer upp dig sen, bet han av och lade på luren.

– Hej, sa Madde.

Blicken var både road och oroad.

– Tjena.

Johan övervägde under några sekunder hur han skulle göra. Bäst att ta tjuren vid hornen på en gång. Han reste sig från stolen och skulle just ta tag i Madeleine och be henne följa med ut när telefonen ringde. Pia lyfte luren. Av hennes min och tonfall att döma förstod de att det var något särskilt hon fick höra. Hon tecknade åt Johan att slänga åt henne en penna. Ivrigt antecknade hon vad personen i den andra änden sa. Hennes min var så spänd att Johan helt glömde bort att han just tänkt prata med Madde. När hon var klar lade hon långsamt på luren.

– Håll i er nu, för det här tipset kan vara nåt utöver det vanliga.

Johan satte sig igen.

– Det var en tjej som jag känner, Anna, som jobbar på Sofias Nail & Beauty här i stan. Ja, det är alltså en skönhetssalong. Anna jobbar som nagelskulptris och känner

Vendela Bovide jättebra, det är en av hennes bästa kompisar. Hon jobbar också där, på lördagarna.

– Jaha?

– Anna berättade att de två hade varit ute och käkat bara nån vecka före mordet. Som en liten avskedsmiddag inför semestern, för sen skulle ju Vendela vara borta i en månad.

– Okej, sa Johan spänt.

Han kastade en snabb blick på Madde som sjunkit ner på stolen bredvid.

– Vendela hade varit orolig på middagen. Peter hade nämligen blivit hotad. Nu vet Anna inte vad hon ska ta sig till. Hon är rädd att Vendela ska råka illa ut.

– Hon kan ju börja med att prata med oss, föreslog Johan.

– Tänk att jag hade precis samma idé.

Med Vendela Bovides tillåtelse hade polisen undersökt familjen Bovides bostad och företagets lokaler, men inte hittat något av intresse. Kontorets datorer hade beslagtagits och höll på att gås igenom. På onsdagseftermiddagen åkte Thomas och Karin hem till änkan för att göra ett grundligare förhör. Hon hade kommit hem från sjukhuset och de hade bestämt att ses klockan tre.

Familjen Bovides hus låg utefter vägen mot Othem längre norrut. En röd trävilla med vita knutar och en välkrattad grusplan framför. På gräsmattan stod en stor, blå studsmatta, en lekstuga låg längre bort och en randig hängmatta var uppspänd mellan två äppelträd. Ett lågt trästaket omgärdade den plana tomten. Det verkade nymålat. Gräsmattan var välklippt.

De ringde på och lyssnade till den ihåliga klangen.

De avvaktade en stund, ringde igen.

Karin kände på dörren. Den var olåst. Hon gläntade på den och ropade ett försiktigt hallå. Inget svar.

De klev in hallen, som var varm och kändes instängd.

– Jag kollar övervåningen, så kan väl du titta runt här nere, sa Thomas och försvann uppför trappan.

Köket låg direkt till vänster, Karin kikade in. Ljusa fönsterluckor, blommiga gardiner och fönsterbänkarna fulla med blomkrukor. Blommorna slokade, som om de inte fått vatten på flera dagar. Allt var skinande rent, men huset verkade övergivet. Hon fortsatte in i vardagsrummet. Golvet knarrade under hennes fötter. Rummet var ganska stort med trägolv, en skinnsoffa, två fåtöljer, en TV och en bokhylla. Bilder på de båda barnen prydde väggarna.

Karin lyfte upp de inramade fotografierna som stod på hyllan, ett efter ett. Traditionellt bröllopsporträtt taget av Hemlins foto i Visby, ett foto av Peter Bovide då han tog emot en pokal. Det var något med hans blick och det där sneda leendet som hon inte tyckte om. Särskilt blicken. Den var tom på något underligt vis.

– Har du hittat nåt?

Thomas hade kommit ner från övervåningen och tittade frågande på henne.

– Nej, har du?

– Inget särskilt.

Karin kastade en blick på en moraklocka som stod på golvet. Den var kvart över tre.

– Undrar var hon är. Det verkar konstigt att lämna dörren olåst. Fast de gör väl så här på landet.

Thomas ryckte till.

– Vad var det?

– Vadå?

– Jag tyckte att jag hörde en bil.

Båda tystnade och lyssnade spänt. Visst var det en bilmotor som hördes utanför.

Snabbt slank de båda ut genom altandörren på baksidan. De hade ingen lust att bli ertappade med att snoka runt inne i huset. Karin kikade runt hörnet och såg att Vendela blev avsläppt av en person hon kände igen. Det var Johnny Ekwall, hennes mans kompanjon.

När bilen kört därifrån gick de runt till framsidan och ringde på.

Det dröjde några minuter innan Vendela Bovide öppnade.

Hon tittade undrande på de båda poliserna.

– Hej, sa Karin och presenterade Thomas. Vi hade avtalat tid klockan tre i dag, men du kanske hade glömt det?

En rodnad sköt upp i änkans ansikte.

– Var det i dag? Jag trodde det var i morgon.

– Nej, då har vi missuppfattat varann, sa Karin. Går det bra nu ändå? Det tar inte så lång stund.

Vendela Bovide tvekade ett ögonblick.

– Var är barnen? frågade Karin för att bryta dödläget.

– De är hos Peters syster i Othem. Ja, jag bor där också just nu, men måste ju hit och ta hand om en del. Jag klarar inte av att sova i huset ännu.

– Kan vi?

Karin avslutade inte meningen utan tog ett steg framåt.

– Jo, javisst.

Vendela lät långtifrån säker, men släppte in dem. Hon gick före in i vardagsrummet.

– Slå er ner. Vill ni ha nåt att dricka?

– Ja, tack, sa de båda poliserna i kör. Det var varmt och törsten fanns ständigt där.

Vendela Bovide kom strax tillbaka med en kanna och några glas.

– Vem var det som släppte av dig här utanför?

Vendela slog ned blicken, fyllde glasen.

– Det var Johnny på firman. Han är så snäll och hjälpsam.

Karin betraktade henne forskande.

– Det har visat sig att vapnet som användes vid mordet

på din man var ryskt, sa Wittberg. Nu undrar vi om din man hade några kontakter med ryssar?

– Ryskt? Vendela darrade på rösten. Var vapnet ryskt?

– Ja. Hade din man några kontakter med ryssar eller några andra öststatsländer? Många kommer ju hit och gästarbetar, inte minst inom byggbranschen.

– Jo, visst hade han tillfälligt anställda från Polen i alla fall. Men Ryssland vet jag inte. Peter hade hand om firman. Jag lade mig inte i företaget, det fick han sköta själv.

– Pratade han nånsin om de här gästarbetarna?

– Nej, han tillbringade så mycket tid på jobbet att vi undvek att prata om firman här hemma.

– Så du känner inte till nåt om detta?

– Nej.

– Det har ju framkommit, som vi berättat tidigare, att Peter kände sig förföljd under våren och början av sommaren, och att han tog emot anonyma telefonsamtal, inflikade Karin. Kan du verkligen inte påminna dig nåt om det?

– Nej, det har jag aldrig hört talas om. En sån sak hade jag naturligtvis kommit ihåg.

Karin var övertygad om att Vendela Bovide ljög. Hon såg änkan rakt i ögonen och frågade en sista gång.

– Han nämnde alltså aldrig att han känt på sig att nån spionerade eller skuggade honom?

– Nej. Och om det verkligen stämmer så är jag övertygad om att han hade berättat det för mig. Vi pratade om allt.

– Utom firman då?

– Ja.

– Hur mycket jobbade han? frågade Wittberg.

– Rätt mycket kan man väl säga. Som alla småföretagare. Han stack iväg tidigt på morgnarna, men kom hem och åt lunch så fort han jobbade på kontoret eller vid nåt bygge i närheten. Sen brukade han vara hemma vid sex, sjutiden igen. Ibland jobbade han på kvällarna. Med ekonomi mest, han satt och gjorde offerter och sånt.

– Och på helgerna?

– Då var han oftast ledig.

– Hur hade ni det i äktenskapet? Vad kände du för honom? frågade Karin.

– Jag älskade honom. Att han är död gör att jag inte heller vill leva. Det är barnen som håller mig kvar.

Hon uttalade orden torrt och sakligt, som om det handlade om vilken banalitet som helst. När det gällde Vendelas känslor för sin man var det något i hennes röst som gjorde att både Wittberg och Karin trodde på vad hon sa.

Salongen Sofias Nail & Beauty låg vid en tvärgata till Hästgatan, lite vid sidan av de största turiststråken.

Rosor klättrade uppför den knaggliga fasaden och på den rundade stentrappan utanför entrédörren låg en röd katt och gonade sig i solen. När Johan och Pia steg in pinglade en klocka och en påträngande doft av blommig parfym slog emot dem.

– Det doftar som ett helt skumbad härinne, väste Pia i Johans öra.

Tre stadiga träbord stod utefter väggarna, täckta med frottéhanddukar i milda färger, små burkar och flaskor var prydligt uppradade. Vid ett av borden satt två yngre kvinnor på ömse sidor. Den ena hade sina händer framsträckta och den andra filade och pysslade med hennes naglar. De var så inbegripna i sitt lågmälda samtal att de inte brydde sig om att se efter vem som kom. Från dolda högtalare kom mjuk österländsk musik.

Längst in i rummet fanns en gammal kassaapparat och en disk. Bakom den satt ytterligare en kvinna med nedböjt huvud och skrev i en bok. Hon tittade upp när de kom.

– Hej Pia!

Kvinnan bakom disken var klädd i en blå linneklänning och hade sitt lockiga blonda hår uppsatt i en knut.

Hon reste sig för att omfamna Pia, och hälsade sedan på Johan.

– Vi går till caféet här bredvid så får vi sitta ifred.

När de slagit sig ner vid ett bord i caféets trädgård tittade Anna oroligt på Pias kamera.

– Det här kommer väl inte i TV nu? För det vill jag inte.

– Nej då, lugnade Johan. Vi tar inte med nåt som du inte vill. Vi skyddar våra källor. Ingen får veta att det du säger kommer från dig.

– Lova det.

– Ja. Det är klart vi lovar, sa Pia. Du kan lita på mig.

– På vilket sätt blev Peter Bovide hotad? frågade Johan.

– Det kom anonyma telefonsamtal, både hem och till jobbet. Och det är inte det värsta. Bara några dar innan jag och Vendela var ute och åt vår sista middag före semestern så hade några obehagliga typer kommit hem till dem ganska sent på kvällen.

– Vad gjorde de?

– De kom aldrig in i huset utan pratade med Peter ute på tomten, tydligen ganska länge. När han kom in igen sa Vendela att han var väldigt upprörd.

– Berättade han vilka de var?

– Nej, men de pratade engelska med brytning. Vendela trodde att de var finnar eller balter.

– Varför hotade de honom?

– Han hade sagt att de hade problem med ett av byggena de höll på med, men att det skulle ordna sig. Han hade inte fått betalt av husägaren som beställde huset och därför hade han inte pengar att betala arbetarna. Och det var tydligen ett rätt stort projekt.

– Har Vendela nån aning om vilka byggjobbarna är

eller vilket husbygge det handlar om?

– Jag vet inte. Det sa hon inte.

– Och polisen känner inte till detta?

– Nej. Hon vill inte berätta om det här för då är hon rädd att allt ska rullas upp.

Anna lutade sig fram över bordet.

– Det handlade tydligen om svartbyggen, viskade hon.

– Du måste ändå gå till polisen och tala om vad du vet, det här kan vara allvarliga saker, sa Johan. Och vi berättar om hoten i vårt reportage i kväll. Fast som sagt, vi säger inget om var uppgifterna kommer ifrån.

– Bra. Vendela vet inte att jag och Pia känner varann så jag tror inte att hon kommer att fatta att det är jag. Men egentligen bryr jag mig inte, sa hon trotsigt. Jag ringer polisen så fort jag kommer tillbaka till salongen. Hon får väl bli förbannad. Jag berättar det här bara för att skydda henne.

Hon ryckte på axlarna och försökte verka oberörd, men det syntes hur bekymrad hon var.

– Såja, allt ordnar sig ska du se, sa Pia.

– Det är så fruktansvärt allting, mumlade Anna. Jag är så ledsen för att Peter är borta. Och för Vendela. Och barnen.

I Johans huvud surrade en svärm av frågor. Var det här, vid detta cafébord, de hade hittat motivet till mordet på Peter Bovide? I hur stor fara var Vendela? Hur skulle han hantera informationen?

Detta var alldeles för allvarligt för att behålla för sig själv.

När de lämnat Anna Nyberg och skönhetssalongen försökte Johan ringa både Grenfors och Knutas. Ingen av dem svarade i telefon.

– Vad gör vi nu? frågade han Pia.

– Det enda raka är att börja jobba med ett inslag. Vi måste göra nåt på det här till i kväll, men vi behöver ju två oberoende källor. Det räcker tyvärr inte med bara Annas uppgifter, även om jag är övertygad om att det hon säger är sant. Vem kan bekräfta att Peter Bovide blev hotad?

– Nån på Slite Bygg kanske, men ingen svarar där heller, suckade Johan. Frågan är om vi vågar åka ända upp dit, om ingen ändå finns på kontoret. Jag ringer facket och hör om de vet nåt om svartjobben så länge.

– Gör det så kör vi mot Slite.

– Okej.

Johan fick tag i en ombudsman på Byggnadsarbetare-förbundet på Gotland.

– Jo, jag skulle vilja ha information om ett företag som heter Slite Bygg.

– Jaså, ja, det är han som sköts ihjäl uppe på Fårö. Peter Bovide. Läskig historia.

– Jag har hört att han använde svart arbetskraft. Känner du till det?

– Ja, vi misstänker faktiskt det. Han har ju kollektivavtal på sina arbetsplatser, men det går rykten om att han inte betalar ut rätt löner. De här öststatsjobbarna säljer sig ju för ingenting.

– Vadå menar du?

– De kommer hit och pressar ner lönerna. Och så tar de jobben från våra egna medlemmar.

– Ja, ja, sa Johan otåligt. Vet du vilka byggen han hade på gång just nu?

– Jo, vi har fått in arbetsplatsanmälan på några som de fortfarande håller på med. Jag kan kolla. Vänta.

Johan hörde hur han knackade på datorn. Det dröjde någon minut innan han var tillbaka i luren.

– De vi känner till är ett villabygge på Furillen, en renovering av en restaurang i Åminne och ett murarjobb i Stenkyrkehuk. Ja, det är ett kalkstenshus som byggs precis intill den gamla fyren där uppe. Sen snackas det om att han har ett gäng polacker eller balter eller vad det nu är som bygger sommarstugor svart runt om på norra Gotland.

– Men hur kollar ni sånt – om ni tror att de håller på med svartjobb?

– Det är jättesvårt. Vi kan inte upptäcka varenda liten byggarbetsplats på ön, det byggs överallt. Enda sättet är att folk ringer in till oss om de misstänker svartjobb, men det är ju ingen som bryr sig.

Ombudsmannen undslapp sig en tung suck. Johan kollade klockan och gjorde en snabb överläggning.

– Vet du exakt var i Stenkyrkehuk det där kalkstenshuset byggs?

– Det är väl knappt tre mil. Du tar väg 149 från Visby, norrut. Sen tar du av vid affären i Hälge, förbi Vale och så kommer du in på en liten grusväg som leder till fyren. På tomten bortom fyren ligger bygget, du lär se det. De har rensat bort en massa skog runtom och breddat vägen.

– Okej, tack.

Johan vände sig mot Pia när han avslutat samtalet.

– Kör mot Stenkyrkehuk.

Hammarslagen hördes redan på långt håll. De hade följt ombudsmannens instruktioner och letat sig fram till tomten som låg intill den gamla fyren. Huset som höll på att byggas var beläget på en kalkstensklippa ett trettiotal meter över havet med en vidunderlig utsikt över Östersjöns skimrande vatten. Väggarna var murade och två män med bara överkroppar satt uppflugna på taket och spikade på takpappen. Solen stod högt på himlen och ryggarna blänkte av svett. På husets ena gavelsida stod ytterligare två män i färd med att lägga på puts på fasaden.

– Vilket läge, suckade Pia hänfört.

– Inte illa.

Johan såg sig omkring. En liten knagglig grusväg hade dragits fram till tomten som var omgiven av skog. Grannhus fanns i närheten, men låg utom synhåll från tomten. Bara den gamla fyren som inte längre var i bruk syntes sticka upp ovanför träden. Byggnadsarbetarna var uppslukade av sitt arbete och hade inte märkt att de kom. En radio stod och skvalade.

– Vi får väl gå fram och snacka med dem, sa Johan.

Innan de hann längre kom en man ut ur en byggbod som stod placerad en bit från husbygget. Han var ganska kort och kraftig och glodde misstänksamt på dem.

– Tjena, sa Johan. Vi kommer från Sveriges Television och är här med anledning av mordet på Peter Bovide. Kände du honom?

– Kände? Han var min partner. Vi drev firman ihop.

Johan förstod att mannen framför honom var Johnny Ekwall. Han kunde inte begripa att de hade sådan tur.

– Är det du som är Johnny? Få vi snacka med dig?

– Inte med nån kamera bara. Jag vill inte vara med i TV.

– Nej, jag lovar.

Johnny Ekwall kastade en blick upp mot byggjobbarna som kikade nyfiket mot dem, men fortsatte med sitt. Sedan vände han sig om och gick tillbaka in i boden. Lämnade dörren öppen, vilket Johan tolkade som en invit.

Han och Pia följde efter. På ena sidan av baracken fanns rader med plåtskåp, en sittbänk och ett tvättställ i rostfri plåt. Ovanför hängde en dammig spegel.

Genom en öppning gick de in i det som verkade vara köksdelen. På ett enkelt bord vid fönstret stod en plastkartong med småkakor och några odiskade kaffemuggar. Utmed väggen fanns kylskåp, en hylla med en mikrovågsugn och en fläckig kaffebryggare. I ett hörn stod några madrasser lutade mot väggen. De slog sig ner vid bordet och Johnny serverade dem kaffe och sköt fram förpackningen med kakor. Johan valde att gå rakt på sak.

– Vi har hört att Peter Bovide blev hotad. Vad vet du om det?

– Var har ni fått det ifrån?

– Det kan jag inte säga. Vi skyddar våra källor.

– Okej. Så om jag säger nåt till er så berättar ni inte det för nån heller?

– Inte att det är du som har sagt det, nej. Om du inte vill.

Johnny Ekwall tog en klunk av det ljumma kaffet.

– Ja, jag vet inte, sa han tveksamt. Det har varit lite oroligt på sistone. Det var ju Peter som skötte utbetalningarna till gubbarna och jag tror att vi har legat efter en del. Med betalningarna då. Och vissa har varit missnöjda, tycker att de borde få mer och så. Fast det där har Peter tagit hand om, han berättade inte allt för mig.

– Vet du om han blev hotad?

– Han har sagt några gånger att han har känt sig förföljd, som om nån spionerade på honom.

– Jaså, hur då?

– Jag vet inte, det var nog mest en känsla.

Johan lutade sig framåt och sänkte rösten.

– Nu är det så att vi har mycket tillförlitliga uppgifter som säger att han faktiskt hotades, på riktigt. Det handlade alltså inte om nåt han inbillade sig. Vad vet du om det?

Johnny Ekwall skruvade på sig. Blicken blev misstänksam.

– Var har du hört det ifrån?

– Det kan jag, precis som jag sa, inte avslöja. Vi är journalister, vi skyddar våra källor. Det är inte som att prata med polisen.

Ekwall betraktade Johan en stund under tystnad.

– Och ni lovar att det inte kommer ut att det är från mig ni har hört det här. Jag vill liksom inte råka illa ut.

– Vi lovar.

– Peter fick skumma telefonsamtal ett par gånger, mystiska typer som ringde anonymt, men han pratade inte så mycket om det. Sa att det bara var några idioter som inte var nåt att bry sig om. Det handlade om det ekonomiska och den biten ville han ju sköta själv.

– Kan du berätta mer om de här samtalen?

– Folk kunde ringa och vara hotfulla på telefon, att om han inte betalade ut löner som han skulle så... Men det var just på sista tiden.

– Hur kommer det sig att ni låg efter med betalningarna då? Firman går väl rätt bra?

– Jodå, men det räcker ju om en större uppdragsgivare inte betalar i tid till oss. Då kan inte vi betala ut löner och så hamnar vi på efterkälken direkt.

– Vilka är det som har klagat?

– Det är väl mest de polacker och balter vi har. De har lägre löner än de med kollektivavtal, det säger sig självt. De har väl börjat jämföra och så.

– Peter blev tydligen hotad av några personer som tros vara finnar eller balter. De kom hem till honom för några veckor sen. Känner du till det?

– Ja, han berättade om det och jag blev orolig, men han sa att det inte var så farligt.

– Vet du vilken nationalitet de som ringde honom hade?

– Nej, han sa inget om varifrån de kom. Och jag tänkte inte på att fråga.

– Är det några svenskar som jobbar på det här bygget? frågade Pia.

– Nej, inte just här.

– Hur många anställda har firman?

– Tre stycken fast anställda byggjobbare, förutom mig och Peter. Och så Linda, vår kontorist. Resten plockar vi in vid behov.

– Vad tror du själv om mordet? Vem som kan ligga bakom, menar jag?

– Det är inte utan att man undrar över de här hoten, om mordet har med dem att göra.

– Är du orolig för egen del?

– Inte direkt, fast det är klart att man har tänkt tanken.

– Hur ska du göra nu med firman?

– Jag kör nog på, ihop med Linda. Vi köper ut Peters andel om Vendela går med på det förstås. Det är ju hennes nu. I så fall får Linda sköta allt ekonomiskt.

– Klarar hon det?

– Javisst, hon är gymnasieekonom. Och så har hon gått en massa kurser. En sak är säker – vi ska minsann se till att betala ut alla löner så de anställda blir nöjda. Fast just nu kan vi inte göra ett skit, eftersom polisen har lagt vantarna på bokföringen.

– Så du och Peter var egentligen oense om hur firman skulle skötas? undrade Pia.

– Nej, för fan. Det tycker jag inte. Inte på så sätt, nej. Vi hade ett bra samarbete, Peter och jag.

Fårösund, den 18 juli 1985

Vera greps av en känsla av overklighet när bussen från Visby svängde ner mot Fårösunds färjeläge. Framför dem öppnade sig havet och Fårö på andra sidan sundet. Bilfärjorna mellan de två öarna gick i skytteltrafik och bilarna ringlade sig i en lång kö ner mot färjeläget.

Båten till Gotska Sandön väntades in på ena sidan kajen och där hade en folksamling bildats. Innan de anslöt sig till gruppen skyndade de in på ICA för att proviantera det sista. På ön fanns ingen affär och allt de skulle äta och dricka måste de ta med själva. Oleg sprang entusiastiskt mellan hyllorna medan flickornas mamma Sabine gick omkring med en lapp och bockade av det som skulle inhandlas.

– Nåt annat ni vill ha, tjejer? undrade han. Jag vet att vi inte behöver bära packningen, det kommer en traktor och hämtar så det gör inget om vi plockar med lite extra. Ta nu vad ni är sugna på.

Han sträckte sig efter några chokladkakor och i nästa sekund utbrast han:

– Ost och kex blir perfekt att sitta och mysa med på kvällen! Vi har ju med oss rödvin. Och har vi packat ned stearinljus?

Nere vid kajen där båten väntades in samlades fler och

fler människor. Ett berg av ryggsäckar, kylväskor och matkassar stod på kajen. Där fanns barnfamiljer, par och naturintresserade fågelskådare. Vilka entusiaster, tänkte Vera när hon såg kikarna och annan avancerad friluftsutrustning. Många såg ut som om de var vana att vistas i skog och mark. Alla bar grova kängor på fötterna eller hade ett par sådana fästade vid ryggsäcken tillsammans med termosar och annat.

Stämningen var förväntansfull.

– Titta, nu kommer hon!

Oleg stod med kikaren och spanade ut över havet och hade upptäckt färjan. Strax kunde alla se den vita båten närma sig. Den var inte särskilt stor. En ung kille kom ut på fördäck och kastade ut en tross. Långsamt och säkert manövrerade kaptenen iland båten. Passagerarna ombord bildade langarkedja och fick iland all packning. Ryggsäckar, väskor och hoppackade tältrullar kastades från famn till famn för att så småningom hamna på landbacken där två seniga äldre män tog emot dem och radade upp föremålen på kajen. Oleg hjälpte beredvilligt till här och där.

När allt var klart och de äntligen släpptes ombord skyndade sig Vera och Tanja att ta plats i aktern uppe på däck för att försäkra sig om att få så mycket sol som möjligt under de två timmar överfärden skulle ta.

De satt bekvämt tillbakalutade medan de såg det lilla samhället Fårösund försvinna i fjärran på den ena sidan och Fårö på den andra.

Strax var de ute på helt öppet hav.

Vera lyssnade till den dunkande motorn, måsskriken och passagerarnas småprat. Hon såg fram emot vistelsen på ön.

Regionalnytts inslag i TV på kvällen gjorde inte Knutas glad. Hans min var uppgiven när han och Karin satt i fikarummet med TV:n påslagen.

I bild syntes Johan Berg stå uppe vid en byggarbetsplats någonstans på Gotland, omöjligt att säga var. Speakertexten löd: "Det här är ett av de byggen som offret Peter Bovides firma, Slite Bygg, har hand om. Här bakom mig byggs ett klassiskt kalkstenshus alldeles vid havet. Här jobbar några av de byggnadsarbetare som är tillfälligt anställda på firman. Och det är enligt uppgifter till Regionalnytt just de tillfälliga gästarbetarna från framförallt Polen och Baltikum som är missnöjda med både löneutbetalningar och villkor. Flera oberoende källor uppger till Regionalnytt att Peter Bovide hade tagit emot hot vid ett flertal tillfällen under det senaste halvåret och att hoten är kopplade till hans tillfälligt anställda. Enligt medarbetare på firman var det mordoffret som ansvarade för löneutbetalningarna. Ingen annan på firma Slite Bygg har hotats. Polisen vill inte avslöja vad man gör åt det här spåret i utredningen."

Så klipptes Lars Norrbys nuna in framför polishusets fasad:

– Vi undersöker naturligtvis flera olika spår i utredningen och jag kan inte säga om det ena är intressantare än det andra. Vi arbetar brett och förutsättningslöst. Vi vill inte låsa fast oss.

– Men vad säger ni om uppgifterna att hot har riktats mot Peter Bovide?

– Det är inget jag kan uttala mig om i nuläget. Som sagt, vi arbetar på bred front. Detta är ett uppslag bland många andra.

Knutas knäppte ilsket av TV:n när inslaget var slut.

– Hur fan har de fått tag i de här uppgifterna?

– Ingen aning.

– Och det där om att Peter Bovide hotades av byggjobbare från Baltikum som inte var nöjda med sina löner. Det är ju mer än vad vi har lyckats få fram! Och varför har inte Norrby sagt nåt? Det här spåret är ju otroligt intressant. Och sen undrar jag verkligen hur mycket det här skadar utredningen. Nu flyr väl gärningsmannen hals över huvud.

– Om han finns bland byggjobbarna, ja. Det vet vi ju faktiskt inte, sa Karin syrligt. Och jag hörde att Johan sökte Norrby för bara nån timme sen. Han har väl helt enkelt inte hunnit rapportera till oss. Du glömmer att han är ensamstående pappa med två söner att ta hand om. Och det här är ju ändå uppgifter som vi inte kan rusa iväg och göra nåt åt nu ikväll. Eller hur?

Ända sedan Knutas hade kommit tillbaka hade hon haft svårt att förhålla sig till sin chef. Å ena sidan var hon glad över att se honom igen, å den andra hade hon velat sköta utredningen själv. Genom att komma hem hade han snuvat henne på den utmaningen. Hon undrade om han förstod det själv.

– Hur går det förresten med granskningen av firmans

bokföring, det har väl du koll på? frågade han uppford-
rande.

– Det görs inte i en handvändning, svarade hon. Jag är
säker på att Ekobrottsmyndigheten jobbar för fullt med
det.

Thomas Wittberg kom in genom dörren. Det syntes på
honom att något hänt.

– Tjena, jag har fått ett jäkligt bra tips, sa han ivrigt. En
väninna till Vendela Bovide som jobbar på den där skön-
hetssalongen har hört av sig och hon berättade att Peter
Bovide hade hotats av några som kom hem till dem och
som hon tror är svartjobbare från Baltikum. Sista gången
var bara nån vecka före mordet.

– Hur visste hon det?

– Vendela berättade det för henne.

Karin och Knutas växlade blickar.

– Och i förhören har hon förnekat det, gång på gång. Vi
får ta in henne igen, sa Knutas.

Han såg på Wittberg.

– Skönt att du kom precis nu. Då vet vi i alla fall var
TV har fått uppgifterna ifrån. Den där väninnan måste vi
absolut prata med.

Torsdagen förflöt utan att något avgörande kom fram som ledde utredningen framåt. Både Vendela Bovide och hennes väninna Anna Nyberg förhördes och polisen fick bekräftelse på att Peter Bovide hade blivit hotad flera gånger under veckorna före sin död. Änkan erkände till sist att hon vetat om hoten men hävdade att hon inte velat berätta något eftersom det rörde sig om svarta affärer.

Förhör gjordes med alla som på något sätt var inblandade i Slite Byggs uppdrag, men ingen bidrog med något som inte polisen redan visste.

När spaningsledningen klev in i möteslokalen för fredagens morgonmöte möttes de av en glad Kihlgård i dörren som hälsade dem välkomna genom att sjunga Marseljäsen för full hals.

På det ljusa furubordet mitt i rummet tronade två stora chokladtårtor prydda med träpinnar med miniflaggor av trikoloren i topp.

– Vad är det fråga om? undrade Wittberg. Rödögd och uppenbart bakis. Hans långa ljusa hår stod åt alla håll och i ena handen höll han en Coca-Cola. Efter att i många år ha varit polishusets charmör och kvinnojägare hade Wittberg lugnat ner sig och blivit sambo något år tidigare. I början av sommaren hade förhållandet kraschat och det märktes. Han var tillbaks i sina vanliga festartag.

– Ja, vad är det vi firar? frågade Karin.

Kihlgård suckade högt och tittade uppfordrande på sina kolleger.

– Vad är det här för obildad samling? Vet ni inte vilken dag det är?

Alla i mötesrummet såg ut som fågelholkar.

– Det är ju Frankrikes nationaldag för hundan, utropade Kihlgård entusiastiskt. Fjortonde juli! Revolutionen – har ni hört talas om den?

– Herregud, skrattade Karin. Vi vet ju knappt varför vi firar Sveriges nationaldag. Inte visste jag att du var en sån Frankrikefantast.

– Men snälla människa, hur har det kunnat undgå dig? Maten, vinet, befolkningen, vädret – jag älskar Frankrike. Och det här, sa han och pekade ivrigt på chokladtårtorna, det är franska chokladtårtor hemmagjorda efter ett recept jag fått av min franskfödde pojkvän, Laurent!

Det blev knäpptyst i lokalen. Kihlgård hade aldrig nämnt att han var homosexuell eller att han hade en pojkvän. Knutas såg fullkomligt oförstående ut och Wittbergs uppsyn var först förvirrad men övergick snabbt till att vara road. Sohlman verkade som om han hade sett ett spöke. Karin rörde inte en min. Hon hade vetat om Kihlgårds läggning sedan lång tid tillbaka. I hennes ögon var det uppenbart.

Det var intressant hur hennes annars så skarpsinniga kolleger kunde vara helt blinda när det gällde människors sexuella läggning. Flera på avdelningen hade till och med fått för sig att det var något mellan henne själv och Kihlgård. Knutas hade flera gånger visat tecken på svartsjuka. Det roade Karin oerhört.

Tydligen insåg även Kihlgård att han avslöjat något som hans kolleger på Gotland inte kände till, men som var en självklarhet bland arbetskamraterna på polishögkvarteret i Stockholm.

– Men hör ni, sa han för att bryta den uppkomna förvirringen. Ta för er nu, de är jättegoda!

Kihlgård sträckte sig efter en kniv och började skära upp. Alla tog för sig.

– Vi kanske ska ta och börja mötet om monsieur Kihlgård ursäktar?

Knutas log snett mot sin kollega som just mumsade i sig sin andra rediga bit av chokladtårtan.

– Wittberg, du hade en del nytt?

– Ja, vi har förhört Linda Johansson som arbetar på Slite Bygg en gång till. Hon hävdar fortfarande att hon inte känner till vare sig hot eller svartjobbare. Hon skötte mest telefon och vanligt kontorsarbete och har bara gjort vad hon har blivit tillsagd. När det gäller ekonomin har Peter haft överblicken, medan hon mest ägnat sig åt att hålla ordning på papper. Säger hon själv alltså. Ärligt talat verkar hon inte vara klassens ljus direkt.

– Vem är hon egentligen? frågade Karin.

– Hon kommer från Slite, tjugofem år gammal. Gift, två barn. Helt vanlig.

– Hur länge har hon jobbat på firman?

– I ett halvår, tydligen. De anställde henne och ett par byggnadsarbetare samtidigt.

– Hur trovärdigt är det, att hon inte hade en susning om att firman använde sig av svart arbetskraft? frågade Karin.

– Om det stämmer att Peter skötte ekonomin så kan det vara så att de andra faktiskt inte fattade hur det låg till, sa Wittberg. De kanske hade några utlänningar med arbetstillstånd och vanligt kollektivavtal och några som inte hade det.

– Snart får vi väl en rapport från Ekobrottsmyndigheten om granskningen. Det ska bli spännande att se vad den ger, sa Knutas. En helt annan sak – har du kollat upp de där som åkte med första morgonfärjan till Fårö?

– Ja och det visar sig att alla har alibi för tidpunkten för mordet. Paret från Göteborg hade åkt raka vägen till sin hyrda stuga där de drack morgonkaffe med den kvinnliga ägaren tills klockan var åtta då hon åkte till jobbet. Den gravida kvinnan möttes tydligen på Fårö av sin man och de var tillsammans hela morgonen. Och mannen med hästtransporten togs emot av sin son när han kom hem med hästen. Ingen av dem har lagt märke till nåt ovanligt.

– Okej, så var det med det. Hur går det med undersökningen av övernattande stuggäster på Fårö, är sammanställningen klar?

– Inget anmärkningsvärt än så länge, men alla förhör är inte klara än. Vi får ju jaga folk vet du, som har åkt därifrån.

– Visst. Jag förstår.

Knutas vaknade ensam i den stora dubbelsängen i villan på Bokströmsgatan, strax utanför muren i Visby. Solstrålarna stack honom i ögonen. Han sov alltid med öppet fönster, sommar som vinter, men just nu hjälpte det föga. Ute var det varmare än inne. Han reste sig och gick ut på terrassen. Gräset var högt och behövde klippas, trädgårdsmöblerna såg skamfilade ut, den vita målarfärgen var avflagnad och han hade lovat sig själv att göra något åt det under sommaren. Än så länge hade det inte blivit av. Han vågade inte ens tänka på allt som behövde åtgärdas vid sommarstugan i Lickershamn.

Innan mordet på Peter Bovide var löst skulle han troligen inte hinna dit i alla fall.

Han duschade, klädde på sig. I köket satte han på kaffe och gick sedan för att hämta morgontidningen i brevlådan.

Det var ovant att vara ensam i huset, det hände nästan aldrig. Line hade semester i ytterligare två veckor och hon hade tagit med sig barnen till sommarstugan. Fast de var inte barn längre, till hösten skulle de börja gymnasiet. Han kunde inte fatta att det hade gått så fort.

Nisse, som sonen krävde att bli kallad numera, hade fast flickvän sedan ett halvår och det verkade hur kärt och stabilt som helst. Knutas hade bävat inför det samtal han insett att han var tvungen att ha. Visst hade både han och Line pratat med barnen om blommor och bin och om hur barn blev till tidigare, men när Nisse började sova över hos Gabriella kände Knutas att de var tvungna att ha ett allvarligare snack. Trots att han dragit sig för det gick samtalet bättre än väntat. Nisse hade lovat att vara försiktig och alltid använda kondom och efteråt hade han gett sin pappa en kram. Knutas hade blivit både förvånad och glad över sonens reaktion. Det var som om han uppskattade omtanken i sin pappas klumpiga försök till far-son-samtal.

Petra hade till skillnad från sin bror ständigt olika föremål för sin kärlek, vilket naturligtvis inte gjorde föräldrarna lugnare. Knutas försökte att inte oroa sig alltför mycket. Som tur var hade Line och Petra en mycket nära relation och Line pratade om allt på samma öppna, självklara vis som vanligt.

Han bredde en frukostmacka och slog sig ner vid köksbordet med kaffekoppen och Gotlands Allehanda. Klockan var inte mer än halv sju, Knutas var morgonpigg. Han krävde inte så mycket sömn och uppskattade såväl sena kvällar som tidiga morgnar.

Mordet var inte längre förstasidesnyhet. Inget nytt hade kommit fram de senaste dagarna. Karins ansikte kom för honom. Han funderade över hur utredningen bedrivits medan han var borta. Han kunde inte se att några direkta fel begåtts än så länge, men Karin var ny och detta var den första mordutredning hon fått initiera själv. Han var starkt medveten om hur viktigt inledningsskedet var i en sådan här utredning, att allt gjordes rätt från början. Tidsaspekten var ofta avgörande för om mördaren skulle gripas eller inte. Nu hade nästan en vecka gått och de hade inte kommit någon vart. Mördaren hade ett stort försprång och om inte något nytt hände snart fanns en uppenbar risk att han skulle komma undan. Troligen fanns han inte ens kvar på ön.

Knutas bläddrade förstrött i tidningen och drack ur det sista av kaffet. Han skulle ta sig till jobbet på en gång och gå igenom allt material i lugn och ro.

Han hade nära till jobbet, bara en kvarts promenad, men redan efter några meter blev han svettig. Trots att det var så tidigt på dagen var det redan ordentligt varmt. Han ringde Line men fick inget svar. De sov naturligtvis. Ibland glömde han bort att alla inte var lika morgonpigga som han själv.

Knutas satt djupt försjunken i rättsläkarens protokoll när Karin stack in huvudet.

– God morgon, hur är det?

– Morrn, morrn – tack bra, svarade han. Själv då?

– Så där. Jag har sovit dåligt i natt.

– Jaså?

– Jag bara ältar mordet.

Karin suckade, drog fingrarna genom sitt kortklippta, mörka hår och damp ner på Knutas besöksstol.

– Har du hunnit gå igenom allt? frågade hon med en blick på alla papper på skrivbordet.

– Ja, jag är så gott som klar.

Knutas tog fram pipan ur översta byrålådan och började stoppa den.

– Vad säger du då? Har jag klantat till det fullständigt?

Karin gav honom ett snett leende. Hon var somrigt klädd i vitt linne och prickig kjol.

– Att du har kjol. Det var ovanligt.

– Jag kände för det i dag, det är så varmt – okej? Ska du

börja kommentera mitt utseende nu när jag försöker prata om utredningen? Snacka om att smita undan ämnet.

– Det var inte så jag menade.

– Men allvarligt talat – tycker du att jag har gjort nåt fel det första dygnet när du var borta?

– Absolut inte, tvärtom. Du verkar ha skött allt exemplariskt.

– Blev du förvånad?

– Nej, jag vet att du är fullt kapabel att leda en mordutredning själv.

– Så varför kom du tillbaka så snabbt?

Knutas blev besvärad av frågan. Han fingrade på sin otända pipa och övergick till att plocka med tobaken.

– Förlåt, tog du illa upp? Det var inte meningen i så fall. Vad dumt, jag borde ha ringt dig först.

– Men snälla Anders, du behöver naturligtvis inte be mig om lov att avbryta din semester. Fast jag skulle gärna vilja veta varför du gjorde det.

Röda fläckar hade uppträtt på hennes hals. Ett säkert tecken på att hon var upprörd.

– Det hade ingenting med dig eller din kompetens att göra. Jag kunde bara inte låta bli. Det är ett så ovanligt mord.

Karin suckade och tittade uppgivet på sin chef.

– Kommer du nånsin att kunna släppa ifrån dig det här jobbet?

– Ja, jo, det är klart att jag kan. Förstår du väl. Det kanske tar lite tid.

– Jag fasar för när du går i pension. Du kommer att ringa hit varenda dag och lägga dig i.

– Sakta i backarna. Jag har faktiskt inte fyllt femtiotre än.

– Förlåt, sa hon och drog på mun. Det är samtidigt

skönt att du är tillbaka. Bara du låter mig sköta en del grejer själv.

– Såklart jag gör.

Det sista Knutas ville var att komma på kant med Karin.

– För att återgå till utredningen, jag träffade Peter Bovides föräldrar i går.

– Javisst ja, hur var det?

– Bra, de gav mig en del värdefull information.

I korta drag berättade han om Peter Bovides epilepsi och depression.

– Om han fick antidepressiva läkemedel så måste han ha haft en läkare som skrev ut dem?

– Självklart. Han heter Torsten Ahlberg, men är bortrest just nu, på semester i Italien. Han kommer hem nästa vecka. Jag vill prata med honom personligen.

– Hur verkade föräldrarna förresten?

– Pappan var rätt obalanserad. Det slutade med att han fick ett utbrott och körde ut mig.

– Oj då. Vad gjorde han?

Knutas viftade bort frågan.

– Äh, det var ingenting. En typisk reaktion från nån som är chockad.

Telefonen ringde från Karins rum. Innan hon gick lade hon en hand på hans axel och sa lågt:

– Jag är faktiskt glad att du är tillbaka, Anders. På samma gång som det retar gallfeber på mig.

Knutas reste sig och ställde sig vid fönstret. Han såg ut på sommaridyllen utanför, det vill säga det av den som syntes vid sidorna av den stora kundparkeringen vid Östercentrum utanför Coop Forum.

Tankarna gick till Peter Bovides byggfirma. Själv hade han varken varit där eller i hemmet, det hade andra skött.

Kanske skulle ett besök leda honom vidare, ge ett upp-slag. Det var väl ingen som jobbade en lördag, men han kunde åtminstone ta sig en titt på kontoret. Knutas såg på klockan. Kvart över nio. Kunde man ringa så här tidigt till en kvinna som just förlorat sin man? Jovisst, de hade ju småbarn. Klart att Vendela Bovide var uppe. Han slog numret. Många signaler gick fram och han tänkte just lägga på när luren lyftes. Först hördes bara tystnad, sedan en ljus pojkröst.

– Hallå.

– Ja, hallå, det är Anders Knutas här från polisen. Vem pratar jag med?

– William.

– Har du din mamma där?

– Nej. Mamma kan inte prata. Hon sover.

– Sover hon? Är du vaken alldeles ensam?

– Nej. Mikaela är här med. Vi är hungriga. Men mamma bara sover. Hon vill inte vakna.

– Rör hon sig?

– Nej, hon ligger alldeles stilla. Och så ser hon så kons-tig ut i ansiktet.

Knutas ringde omedelbart upp larmcentralen.

– Åk dit snabbt med en ambulans. En kvinna ligger livlös och hennes små barn är ensamma med henne.

Efter att även ha beordrat en bil från ordningspolisen som var vanast vid snabba utryckningar slängde han på luren, slet åt sig tjänstevapnet och ropade på Karin. Två minuter senare satt de i bilen på väg upp mot Slite med sirenerna påslagna. Måtte vi bara hinna, tänkte Knutas i bilen på väg norrut. Bara hon inte är död.

– Vad är det som händer? mumlade Karin sammanbitet. Vad är det med den här familjen?

– Om Vendela Bovide fortfarande lever kanske vi får svar ganska snart.

Karin bad en tyst bön att Vendela skulle vara vid liv. Hon ringde upp Peter Bovides föräldrar och bad dem åka till villan. Barnen måste tas om hand av någon de var trygga med.

När de svängde in på gården där familjen Bovide bodde var både polis och ambulans på plats. Dörren stod på vid gavel och de rusade in. Chockade stannade de upp. Hela huset var upp- och nervänt. Lådor var utdragna, skåp uppbrutna, papper, porslin och kuddar hade kastats omkring på golvet. Inne i sängkammaren höll två ambulansmän på att lyfta över Vendela Bovide på en bår. Barnen satt i soffan i vardagsrummet och tittade storögt på poliserna. Mellan sig hade de ett paket med kex. TV:n var påslagen och visade tecknad film.

– Det är inte vi som har stökat till, sa William.

– Nej, men det är klart att det inte är, sa Knutas. Han fastnade i dörröppningen mellan sov- och vardagsrummet och tittade handfallen på Vendela. Ansiktet hade flera blåmärken och hon hade en svullnad kring ena ögat. Hon verkade sova djupt.

Spaningsledningen träffades på lördagsefter-
middagen med anledning av misshandeln av Vendela Bo-
vide. Knutas höll i mötet och inledde så snart alla hade
slagit sig ner kring bordet. Han redogjorde i korta drag
för vad som hänt.

– Vendela Bovide har alltså misshandlats med spar-
kar och slag, både i ansiktet och mot kroppen. Hon har
blåmärken och svullnader, men skadorna verkar vara yt-
liga ändå. Enligt läkarna är det ingen fara för hennes liv
och hon har inga inre skador, förutom ett brutet revben.
Troligen har hon fått nån typ av sömnmedel eller an-
nan drog eftersom hon sov så djupt. De hade fullt sjå att
väcka henne på lasarettet. Huset har uppenbarligen sökts
igenom, kanske i jakten på pengar, vem vet? Det var ett
enda kaos när vi var där. Teknikerna håller på att leta
spår just nu.

– När tror läkarna att misshandeln inträffade? frågade
Wittberg.

– Antagligen under natten eller tidigt på morgonen. Det
är ett under att barnen inte vaknade men de sover i andra
änden av huset. På morgonen hittade de Vendela i sin säng,
men hon reagerade inte när de försökte väcka henne. De
visste att deras farmor och farfar skulle komma senare, så

de tittade på TV så länge. Det var rena turen att jag ringde så pass tidigt.

– När var det?

– Strax efter nio.

– Vad tusan kan det här handla om? framkastade Kihlgård.

– Det är, som vi alla vet, inte ovanligt med hot och misshandel i byggbranschen, sa Knutas. Särskilt om man handlar med svartjobbare.

– Ryssar, replikerade Kihlgård. Vapnet var ryskt.

– Javisst. Fast i och för sig behöver inte det betyda att han nödvändigtvis mördades av en ryss. Andra kan ju ha köpt ett ryskt vapen.

– Mordet på Peter Bovide kanske inte var så välplanerat ändå, inflikade Karin. Ponera att han var skyldig några svartjobbare pengar som han av nån anledning inte betalade ut. Det är inte säkert att de hade tänkt döda honom, kanske ville de bara skrämmas. Men nånting gick fel och så kan en av dem ha tappat besinningen och skjutit utan att tänka. Och sen efter att de tagit död på honom så kommer de och kräver pengar av hans fru istället. Frågan är varför de inte gick på kompanjonen, Johnny Ekwall. Det hade väl legat närmare till hands.

– Det kan man tycka, men han hade, åtminstone om man ska tro honom, inte hand om pengar eller utbetalningar alls, insköt Wittberg. Troligen utgick de ifrån att Peter hade ett kassaskåp eller nåt sånt hemma. Många egenföretagare har ju det, inte minst utomlands.

– Vi måste prata med Vendela Bovide så fort som möjligt, sa Knutas. Förhoppningsvis har hon en del att berätta.

Både Knutas och Karin hajade till vid åsynen av Vendela Bovide när de en timme senare kom till Visby lasarett. Hon gick knappt att känna igen. Ansiktet var uppsvullet med stora blånader, överläppen deformerad. De fick anstränga sig för att bete sig som vanligt.

Vendela låg med slutna ögon mot kudden och händerna slappt vilande mot täcket.

– Hej Vendela. Vi är här nu, från polisen, sa Karin mjukt. Det är jag, Karin, som du har träffat förut och så är kommissarie Anders Knutas med, han leder utredningen.

Ingen reaktion. Kvinnan i sängen låg lika orörlig som tidigare, fortfarande med slutna ögon.

– Orkar du prata med oss bara en liten stund? Vi måste få veta vilka som gjorde det här mot dig.

Långsamt vred hon sig mot de två poliserna, öppnade ögonen och kisade.

– Kan du dra för gardinen?

– Visst.

Karin reste sig och gjorde som hon sa. Det blev dunkelt i rummet. Hon hjälpte Vendela Bovide att sätta sig mer upprätt i sängen. Hon stönade återhållsamt och grimaserade av smärta.

– Kan du berätta hur det gick till?

Vendela smackade som om hon var helt torr i munnen. På nattduksbordet stod ett glas vatten som Karin räckte henne. Hon drack några klunkar innan hon började prata.

– Det var tidigt på morgonen som det ringde på dörren. När jag öppnade stod två män utanför som jag aldrig hade sett förut. Först trodde jag att det var ett rån, men de berättade att Peter var skyldig dem pengar och nu när han var död måste jag betala skulden.

Hon gjorde en paus som för att hämta sig från ansträngningen. Änkan blundade medan hon pratade och hon andades stötvis som om varje andetag gjorde ont. Karin lyssnade spänt.

– Jag frågade hur mycket Peter var skyldig dem och då svarade de trehundratusen. Jag sa som det var, att jag inte hade de pengarna och inte visste hur jag skulle kunna skaffa fram dem heller.

– Vad hände sen?

– De trodde inte på mig. De blev hotfulla och sa att om jag inte betalade skulle jag råka illa ut.

– Och vad gjorde du då?

– Jag försökte få dem att fatta att vi inte hade pengar hemma, att de fanns på banken.

– Hur reagerade de?

– Ni ser själva.

Vendela ryste till som om hon försökte skaka av sig minnesbilderna.

– Hur såg de ut?

– En var ganska lång och smal, typ en och åttiofem, och han var blond med piercad tunga. Den andre var kortare, säg en och åttio, men grövre, mera muskler och mörkhårig.

– Hur gamla?

– Tjugo, tjugofem.

– Hur var de klädda?

– Jeans, T-shirt. En hade svarta kängor, jag tror att den andra hade gympaskor. En var tatuerad över hela armarna. Och så var de inte svenskar. De pratade engelska med brytning.

– Har du sett dem tidigare?

– Jag tror det.

– När då?

– De kom en kväll och pratade med Peter, det var bara några dar innan vi åkte upp till Fårö.

– Vad sa de?

– Jag vet inte, de stod utanför, på tomten. Peter var upprörd när han kom in. Det var nåt om att de jobbade svart för honom och ville ha pengar som han inte hade.

– De pratade engelska med brytning sa du, vet du var de kom ifrån?

– Jag tror att de bröt på finska eller nåt baltiskt språk.

Mycket mer fick de inte ut av förhöret med Vendela Bovide. Hon fick titta på en samling bilder på kända kriminella utan att kunna peka ut någon. Hela återstoden av lördagen arbetade spaningsledningen med misshandeln av änkan och kopplingen till mordet på hennes man. Vid en dörrknackning i området framkom att ett vittne sett en estländskt skyltad bil åka förbi samma morgon, ett tips som betraktades som högintressant.

Sent på eftermiddagen var det ändå som om luften gått ur Knutas. Han satt i rummet och sög på sin otända pipa, medan tankarna åkte berg- och dalbana i huvudet. Han funderade över det ovanliga tillvägagångssättet, vad sa det honom? Å ena sidan vittnade det om en kallsinnig mördare helt utan känslor som sköt sina offer på nära håll utan att blinka. Å andra sidan tydde det besinningslösa skjutandet av offret i magen på en gärningsman som tappat kontrollen, en känslomässigt engagerad mördare. Gick man på den linjen kunde man utesluta att det rörde sig om ett beställningsmord. Gärningsmannen var troligen bekant med offret och hade någon form av känslomässig bindning till honom. Inte minst talade det faktum att han skjutit Peter Bovide rakt framifrån för det.

Knutas fick inte ihop det. Han kunde inte göra mer nytta, lika bra att gå hem. Line och barnen var kvar på landet. Han såg fram emot att sätta sig i trädgården i sin ensamhet med en kall öl. Kanske skulle tankarna klarna.

När han kom hem ringde han Line. Hon lät glad på rösten.

– Vi har varit nere på stranden hela dan, det är ju så dejligt. Det är tjugotre grader i vattnet. Nu står Nisse och vänder laxkotletterna, han är grillmästare när inte du är här, skrattade hon. Själv sippar jag på ett glas kallt vitt vin. Du skulle vara här, älskling. Kan du verkligen inte komma?

Knutas berättade om misshandeln av Vendela Bovide.

– Nej, fy vad otäckt. Tänk att bryta sig in hos en ensam kvinna på det där sättet, som har barn dessutom. Det krävs riktigt brutala typer för att kunna göra nåt sånt. Tror ni att de är de som har mördat mannen?

– Vi misstänker det såklart. Men de är försvunna och kan ju vara tillbaka i sina hemländer vid det här laget.

– Vet ni var de kommer ifrån?

– Vi tror att de kan vara estländare.

– Det låter inte som några proffs direkt. Borde de inte ha använt sig av falska skyltar?

– Jo, man tycker det. Det är så mycket motstridigheter i den här utredningen.

– Men har ni kontaktat estniska polisen?

– Jo, visst. Vi får hoppas på att vi får fatt i dem.

– Okej, min skatt, jag hör att du har fullt upp.

Knutas kände plötsligt hur mycket han längtade efter henne. Men han sa inget. Han hörde Nisse ropa i bakgrunden.

– Du, jag måste hjälpa Nisse med kotletterna. Vi kan väl höras i morgon bitti?

– Javisst, hälsa ungarna.
– Det ska jag.

Han hade hunnit dricka två öl när telefonen ringde. Det var Karin.
– Tjena Knutte. Hur är läget?
Knutas hörde skratt, glam och klirrande glas i bakgrunden. Det hördes tydligt att hon var ute på krogen. Den ende som brukade kalla honom Knutte var Kihlgård och Karin visste mycket väl att han avskydde smeknamnet.
– Är du full? Är inte det lite väl tidigt?
Karin verkade inte bry sig det minsta om sin chefs syrliga ton.
– Jag och Thomas sitter här på Packhuskällaren. Vi har käkat middag och druckit en hel del vin faktiskt, fnissade hon. Och några drinkar. Tyckte vi behövde det. Vi undrar om inte du vill komma, du är väl ensam? Är inte familjen på landet?
– Jo, visserligen. Men jag hade tänkt göra lite mat precis.
– Men kom hit och ät istället och drick lite vin med oss, vi umgås ju bara på jobbet.
– Kom igen nu för fan, hörde han Wittberg skråla.
Knutas överlade med sig själv en kort stund.
– Okej. Jag kommer.

Knutas tog cykeln. Ute på stan var det en helt annan stämning än den han hade i sitt eget huvud. Turister strosade sommarkvällsfina omkring på de kullerstensbelagda gatorna innanför ringmuren. På väg till eller från restauranger och barer. Nattklubbarna drog igång ett bra tag senare. Värmen hade hållit i sig de senaste två veckorna och många var rejält bruna. Han tittade på sin egen arm i den kortärmade tennströjan. Ovanligt blek för årstiden. Inte hade han haft tid att vara på landet. Sedan hans avbrutna semester hade det inte funnits tillfälle för vare sig sol eller bad.

Det var riktig feststämning i luften och så glatt och trevligt på gatorna att han kände sig bättre till mods. Han kunde inte heller låta bli att se fram emot att få se Karin berusad. Det kunde han inte påminna sig att han någonsin gjort tidigare, trots att de hade varit på så många fester tillsammans. Karin var en sådan som alltid behöll kontrollen. Kanske var det hennes starka integritet som gjorde att hon inte ville tappa masken. I och för sig var hon så liten att det inte kunde krävas särskilt stora mängder för att få henne på fyllan.

Karin och Wittberg satt utomhus vid ett av hörnborden och bägge två vinkade entusiastiskt när han kom.

– Hej, vad kul att du kunde komma!

Karin log stort mot honom och blottade gluggen mellan framtänderna. Hon gjorde plats åt honom i soffan bredvid sig själv. Hur kunde hon vara så solbränd? tänkte han. Det var som om han inte lagt märke till det förut. Han beställde en öl och en biffstek.

I väntan på maten tände Karin en cigarett.

– Röker du nu igen? frågade Knutas. Vad är det för anledning i dag – fest eller problem?

– Vad tror du? Hon puffade honom vänskapligt i sidan. Äh, jag bara feströker lite.

– Ja, ja, det brukar låta så.

– Herregud, ni låter som ett gammalt gift par, skrattade Wittberg.

Knutas såg på Karin. Till sin förtjusning såg han att hon rodnade.

– Ja, men vi är väl nästan som ett sånt, sa han. Vi har arbetat tillsammans i så jäkla många år.

– Kanske för länge.

– Aldrig i livet. Vi ska alltid jobba ihop, hoppas jag. Vi är ett dreamteam.

De skålade. Knutas slappnade av och insåg att han hade roligare än på länge. Detta var antagligen precis vad han behövde. Wittberg var på sitt allra spexigaste humör. Han var en charmör och mycket populär bland kvinnor, inte bara för sin surfarlook. Wittberg var en av de roligaste personer Knutas hade träffat. Han skojade så att både Knutas och Karin gapskrattade.

Ett par timmar senare var det dags för sista beställningen. Restaurangen skulle stänga.

– Men vi kan gå hem till mig, föreslog Karin.

Knutas tvekade. Han började känna sig berusad och de hade en arbetsdag dagen därpå, även om det var söndag.

– Men kom igen. Ett glas bara, för att vi har så kul. Herregud, hur ofta går vi ut och har roligt? Vi bara jobbar och jobbar.

– Okej. En drink då.

Klockan var ändå bara ett och ingen väntade därhemma.

De lämnade restaurangen och gick mot Mellangatan. Knutas ledde cykeln. När de var nästan framme vid Karins port stannade Wittberg till.

– Hörni, jag bangar. Alkoholen smällde visst till, jag känner mig för full. Det är lika bra att jag går hem och sover.

– Varför då? Är det säkert? sa Karin. Ska du inte följa med?

– Helt säker. Vi ses i morgon.

Karin såg på Knutas. Han kände sig helt villrådig, hur skulle han göra nu?

– Vill du följa med en stund i alla fall?

– Jovisst, mumlade han och kände sig pinsamt nog som en tafatt skolpojke. Det var ju bara Karin, hans gamla arbetskollega.

De travade de fyra trapporna upp. Utanför hennes dörr höll han andan för att inte avslöja sin dåliga kondis. Motion hade han inte heller hunnit med som han skulle på sistone.

Knutas hade varit hemma hos Karin förut, fast det var länge sedan. Då hade hon haft en liten fest för kollegerna.

Han hade glömt hur charmig lägenheten var. Stora träplankor i golven, högt i tak, stuckatur och allmoge blandat med moderna möbler. Snyggt och smakfullt. Utsikten var det heller inget fel på, men just nu kunde man bara ana havet där ute i mörkret.

– Good morning, ropade Vincent entusiastiskt när lamporna tändes. Knutas petade försiktigt på kakaduan som tronade i en bur mitt i vardagsrummet.

– Att du har kvar den här än, ropade han till henne ute i köket.

– Ja, honom lär jag väl aldrig bli av med.

Hon kom ut med en flaska champagne och två glas.

– Oj, det var inte illa.

– Äh, den har stått i kylen ett tag. Vi kan väl lika gärna dricka upp den. Jag älskar champagne. Vad vill du höra för musik?

– Har du Weeping Willows?

– Självklart. Hon höjde uppskattande på ögonbrynen. Jag trodde du skulle säga Simon & Garfunkel eller nåt sånt där stenåldersaktigt.

Alla i polishuset retade Knutas för att han körde runt i sin gamla merca och lät ögonen tåras till Bridge Over Troubled Water.

Karin satte sig i en fåtölj, medan Knutas med sina långa ben valde soffan. Hon tände några ljus på bordet och fyllde glasen med den iskalla champagnen.

– Gud vad gott, sa Knutas. Verkligen smaskigt.

– Visst är det? Champagne borde man dricka oftare.

Det blev tyst en stund.

– Och hur har du det nuförtiden? frågade Knutas stelt.

– Vadå, hur jag mår? Bra, fint, jättebra faktiskt.

– Toppen.

Han tog en klunk av champagnen. Att hon alltid skulle vara så hemlig. Själv berättade han nästan allt för henne. Hon var den han kunde prata bäst med på jobbet och hon visste det mesta om honom och Line. Det var bara deras senaste svacka han inte hunnit säga något om.

Å andra sidan hade han mycket liten inblick i Karins liv. Hon var snart fyrtio och attraktiv i hans ögon, men hon förblev singel år ut och år in. Han hörde i alla fall aldrig talas om några pojkvänner. Visst hade han frågat ibland, men hon visade tydligt att hon inte ville prata om saken. Följden blev att han drog sig för att fråga om hennes privatliv. Allt vardagligt och trivialt dryftade hon däremot gärna; fotbollen som tog en stor plats i hennes liv, kompisar och saker hon gjorde. Men inte hur hon innerst inne mådde, hennes problem och definitivt inte kärlek.

Samtalet gick trögt, som om det faktum att de befann sig ensamma i Karins lägenhet mitt i natten påverkade dem mer än de kanske först trott när Karin kom på idén att gå hem till henne.

– Vill du ha lite snacks?

– Ja, tack.

Hon reste sig och gick ut i köket. Så liten hon var, och nätt, tänkte han. Helt olik Line. Strax var hon tillbaka med en skål med salta kringlor.

– Det här var allt jag hade hemma. Hoppas det duger.

Hon slog sig ner i soffan bredvid honom. Knutas blev torr i munnen. Tog ännu en klunk av champagnen. Konversationen fortsatte, men han kunde knappt koncentrera sig på samtalet. Situationen var så udda. Han harklade sig och tittade på klockan.

– Nej, du, nu måste jag tänka på refrängen.

Han kunde ha bitit sig i tungan. Hur kunde han uttrycka sig så styltigt? Som en gammal farbror. Förargad på sig själv reste han sig från soffan. Kanske lite för snabbt.

– Jaha, javisst, sa Karin och strök bort en bit av luggen från pannan. Hon följde efter honom ut i hallen. Vid dörren böjde han sig fram för att ge henne en kram. Återigen slog det honom hur småväxt hon faktiskt var. Innan han visste ordet av kysste hon honom mitt på munnen. En ganska snabb, varm kyss. Men ändå.

– Hej då, sa hon och öppnade ytterdörren.
– Hej då. Vi ses i morron.
– Eller i dag.
Hon log. Den där gluggen igen.

Emma väcktes av sitt eget skrik. Mardrömmen hade slutat med att hon föll rätt ner i en djup avgrund.

Hon satte sig upp med ett ryck. Andades häftigt och stirrade ut i mörkret. Sängen var stor och varm som en öde öken. En stund satt hon där helt stilla, kunde knappt tänka. Drabbades av en ensamhet som kändes oändlig.

Från Elins spjälsäng hördes ingenting. Plötsligt fick hon en känsla av att något var fel. Hon tumlade upp ur sängen och bort till Elin för att se efter. Där låg hon, i bara blöja och vita underbyxor. Den tunna filten hade hon sparkat av sig i värmen.

Emma sjönk tillbaka ner i sängen. Stirrade tomt upp i taket, insåg att hon längtade efter Johan. Förut hade visserligen kroppen saknat honom, men huvudet sagt nej. Hade mardrömmen gjort henne svag? Kunde hon inte tänka klart längre?

Hon ville ringa honom nu. Klockan var visserligen lite över tre, men möjligheten fanns att han fortfarande var vaken, lördagsnatt som det var. Han kunde ta en taxi ut till henne. Inom en timme skulle han faktiskt kunna ligga bredvid henne här i sängen. Tanken var så lockande att hon klev upp och skyndade ut i hallen, hämtade telefonen och tryckte in hans nummer innan hon hann ändra sig.

Med bultande hjärta lyssnade hon till hur signalerna gick fram i andra änden. En, två, tre. Kanske låg han och sov ändå. Så hörde hon hur någon fanns i andra änden. I nästa sekund svarade en kvinnoröst.

– Hej, det är Madde på Johans telefon.

Emma hann uppfatta att det var knäpptyst i bakgrunden. Först blev hon ställd, visste inte vad hon skulle göra. Hon hade varit helt oförberedd på att en kvinna skulle svara. Vem fan var Madde? Sen mindes hon – Madeleine Haga, riksreportern som jobbade åt Aktuellt och Rapport. De satt naturligtvis på redaktionen och jobbade. Kanske hade nåt nytt hänt med mordet. Lättnaden gjorde henne vimmelkantig.

– Hej det är Emma här, Emma Winarve. Kan jag få prata med Johan?

Kort tvekan innan kvinnan svarade.

– Han är i duschen just nu. Kan jag be honom ringa?

Emma svarade inte. Hon hade redan lagt på.

Söndag den 16 juli

Utredningen om mordet på Peter Bovide harvade på utan att det efterlängtade genombrottet infann sig. Fortfarande var gärningsmannen på fri fot.

I Ekobrottsmyndighetens granskning av Slite Bygg framkom att Peter Bovide hade tagit på sig långt fler åtaganden än vad han kunde klara med sina anställda. Misstankarna om att han använde sig av svartjobbare förstärktes. Firman hade för närvarande flera arbeten igång: de största var ett villabygge på Furillen, ett annat i Stenkyrkehuk och en renovering av restaurangen vid Åminne camping.

Knutas beslutade sig på söndagen för att ta en titt på alla tre ställena om han hann. Förhoppningsvis skulle han träffa på någon byggjobbare som vågade ha mål i mun. Eftersom han varken hade bråttom eller ville väcka uppmärksamhet tog han sin egen bil, den gamla mercan. Egentligen hade den gjort sitt för länge sedan, men han klarade inte av att skiljas från den, trots Lines påtryckningar. Till sist hade hon köpt en bil till sig själv på eget bevåg. Han hade blivit överraskad när den splitternya Toyotan stod i deras carport när han kom hem från jobbet en kväll, men kunde knappast klandra henne. Någonstans gick en gräns, det förstod till och med Knutas.

Det vackra vädret bara fortsatte till turisternas förnöjelse. Solen tycktes ha parkerat sig över Gotland för lång tid framöver och badstränderna var fyllda med folk.

Strax var han ute ur stan och Knutas hade fortfarande förmågan att njuta av den gotländska idyll som han körde igenom. Välgödda kreatur betade i hagarna vid bondgårdarna han passerade, vägkanterna var fulla av rödglänsande vallmo och blå cikoria. Då och då glimmade havet till längs vägen. Böljande sädesfält och kritvita kyrkor. Han älskade sin hemö och kunde inte tänka sig att flytta därifrån. Knutas hade bott på Gotland i hela sitt liv. Tur för honom att Line gått med på att flytta hit, om han var riktigt ärlig tvivlade han på att han hade gjort samma sak för henne.

På vägen upp mot Slite ringde han upp lasarettet för att höra hur det var ställt med Vendela Bovide. Hon skulle behöva stanna kvar i några dagar till, trodde läkaren. Det brutna revbenet gjorde att hon hade mycket ont, men i övrigt var skadorna ytliga. De som misshandlat henne ville antagligen bara skrämmas. Knutas blev illa berörd när han tänkte på hur hon sett ut när de hittade henne. Han hade aldrig förstått hur män kunde förmå sig till att slå kvinnor.

Han bestämde sig för att börja med villabygget på Furillen. Visserligen räknade han inte med att någon skulle vara där på en söndag men man visste ju aldrig.

Furillen var en karg och enslig ö, femhundra hektar stor, som låg långt uppe vid Gotlands nordöstra kust. Den hade varierande natur, tät skog, sand och stenstränder, berg, klintar, raukar och hedar. Där låg tidigare ett stort kalkstensbrott och minnena från den tiden fanns kvar, bland annat i form av de gamla fabriksbyggnaderna.

Fabriken hade gjorts om till hotell och restaurang av några entusiaster från Göteborg. Försvaret disponerade några byggnader, annars låg Furillen mest öde. En lång bro ledde ut till ön. Av kartan förstod han var bygget låg, precis ovanför den gamla fabriken. Han följde den kalkdammiga grusvägen upp förbi fabriksbyggnaderna. Inte en människa syntes till.

När han kom uppför backen på berget bakom hotellet hade han en strålande utsikt över havet och Kyllaj som låg längst ut som Gotlands sista utpost. Ett ensligt samhälle vid Valleviken, som tidigare levt på sjöfart och stenindustri, men som nuförtiden hyste nästan bara turister.

Han upptäckte bygget direkt. På en öppen tomt med utsikt mot vattnet och holmarna utanför fanns ett nybyggt hus som såg ut att vara nästan färdigt. En påkostad putsad villa i två plan med panoramafönster mot söder. Ett dubbelgarage bredvid och en rundad stentrapp med pelare på ömse sidor ramade in huvudentrén. Det såg nyrikt ut, som om man gärna ville visa att man hade råd att ösa på. Knutas parkerade utanför. Inte en människa syntes till. På baksidan fanns en enorm terrass i trä, byggd i flera plan med en inbyggd pool och fri utsikt över havet.

En fiskebåt var på väg in mot Kyllaj, följd av en flock skränande måsar som med jämna mellanrum dök ner mot däck. Knutas satte sig på en sågbock vid byggarbetsplatsen och stoppade sin pipa. Tände och drog in ett bloss. Bilderna av Peter Bovides sargade kropp och hans hustru kom på näthinnan. Var det detta alltihopa handlade om? Att Peter Bovide var skyldig pengar för svartarbetare han inte betalat? Det måste röra sig om mer än trehundratusen i så fall. Men att ge sig till att mörda den som var skuldsatt verkade helt idiotiskt. Att sedan misshandla änkan i ett senare skede tydde inte på någon djupare planering. Kanske handlade det om något helt annat, tänkte Knutas medan han betraktade villan.

Han reste sig, kikade in genom fönstren och beundrade

den murade öppna spisen, golvet klätt i sjösten, ett hel-kaklat badrum med bastu och utgång till terrassen. Ett skinande, hypermodernt kök med alla vitvaror på plats. Mosaik, kakel och klinker överallt. Han undrade vem som skulle bosätta sig där.

Plötsligt bröts tystnaden av ett motorljud som närmade sig.

Han gick längst ut på platån och kikade ner över kanten på berget. På vägen nedanför kom en större skåpbil körande och svängde just in vid hotellet, fortsatte förbi på vägen upp mot bygget.

Plötsligt blev Knutas osäker. Visserligen hade han begett sig till byggarbetsplatsen för att prata med arbetarna, samtidigt var det inte otroligt att det var just bland dem som gärningsmannen fanns. Han var helt ensam, utan tjänstevapen, och skulle inte ha en chans om situationen blev hotfull. Han förbannade sig själv för att han inte bett någon följa med. Klokast vore att gömma sig och avvakta, se efter vem eller vilka som kom. Han såg sig omkring, skulle han hinna få undan bilen? Snabbt ryckte han upp dörren och satte nyckeln i tändningslåset. Vägen fortsatte förbi villatomten.

Det var nätt och jämt att han hann runt kröken innan nosen på skåpbilen dök upp i backspegeln. När han kommit utom synhåll stängde han av motorn och vevade ner rutan för att höra vad som hände. Bildörrar slog igen och han uppfattade röster som talade ett annat språk. Det lät som finska, fast mjukare. Kanske var det estniska. Ett vittne hade sett en estniskregistrerad bil utanför Vendela Bovides hus. Var det hennes misshandlare som kom? Hans nerver var på helspänn.

Försiktigt öppnade han bildörren och klev ur. Höll sig utefter skogskanten när han smög sig tillbaka, stannade bakom några träd och buskar i skogsbrynet där han hade full uppsikt.

Två yngre män kom ut ur villan, bärande på något som såg ut att vara en tvättmaskin. En tredje man väntade vid skåpbilen och hjälpte till att lasta på. Strax försvann de in igen och återvände med ett rostfritt kylskåp i fullhöjd. Herregud, tänkte Knutas. De håller på att tömma huset på vitvaror. Nervöst grävde han i fickorna efter mobiltelefonen och knäppte in Karins nummer. Svor till när hennes telefonsvarare gick igång. Prövade med Wittberg. Samma sak. Jäkla otur. Var alla oanträffbara bara för att det var söndag? Det borde inte betyda något, eftersom åtminstone hela spaningsledningen jobbade ändå. Han slog numret till kriminalavdelningen. Kihlgård svarade på sitt vanliga hurtfriska sätt, fast det hördes att han hade munnen full av något ätbart.

– Kihlgård.

– Hej det är jag, Knutas.

– Tjänare Knutte.

– Jag är ute på en av byggarbetsplatserna som Peter Bovides firma har hand om. De har byggt en lyxvilla på Furillen och nu är det ett gäng här som håller på att tömma huset på vitvaror.

– Varför väser du?

– För att jag står bara några meter ifrån.

– Okej, är du ensam?

– Ja, tyvärr. Och inte har jag nåt vapen med mig så jag vågar inte ingripa.

– Gör inte det, för bövelen. Vad är det för människor där?

– Tre unga grabbar med ringar i öronen och tatueringar. Jag tror att de är finnar, eller möjligen balter.

– Var ligger det här bygget, sa du?

– Det är på Furillen, alldeles ovanför den gamla fabriken, det som är hotell nu.

– Furillen – vad är det för ställe?

– En ö för helvete, fräste Knutas. Jag tänker inte servera dig nån vägbeskrivning. Hör med de andra, men ni måste ta er hit, snabbt som fan.

– Självklart. Stanna där du är så åker vi på en gång.

– Gör det, men använd civila bilar utan sirener. Och ring mig när ni kör på bron som går över hit. Ni måste vänta på min klarsignal innan ni kan passera hotellet. Då syns ni nämligen härifrån. Bygget är precis ovanför.

– Okej. Vi åker på en gång. Hur många är de, sa du, och tror du att de är beväpnade?

– Fan också!

– Vad är det, Knutte?

– Nån kommer. Jag ringer sen.

Knutas tryckte bort Kihlgård. En av männen var på väg rakt mot hans gömställe. Med hjärtat i halsgropen undrade han om han blivit upptäckt. Den gänglige killen hade rakad skalle och bar överkropp med en massa tatueringar. I bakfickan på shortsen skymtade en kniv.

Spänt höll han blicken fixerad vid den unge mannen. Rörde han en fena skulle gömstället vara avslöjat.

Han kastade en blick på de övriga. De fortsatte sitt länsande av huset.

I nästa sekund förstod Knutas vad som höll på att ske. Mannen grävde i sina brallor, skulle tydligen lätta på trycket, bara ett par meter ifrån honom. Knutas böjde ner huvudet och stirrade i marken, bad en stum bön om att inte bli sedd.

Då ringde hans mobiltelefon.

Trots att Johan mått så dåligt efter den första natten med Madeleine Haga hade han trillat dit igen. På lördagskvällen hade hela gänget hamnat på Munkkällaren. Han hade träffat flera journalistkolleger som var på ön och kvällen slutade med efterfest hemma i Johans lilla etta. Madeleine blev kvar. När han slog upp ögonen morgonen därpå mådde han om möjligt ännu sämre än förra gången och ville bara ut från lägenheten. Han föreslog frukost nere på ett café på Stora Torget.

De drack caffe latte, åt croissanter och läste morgontidningarna. Konversationen var trevande och rörde sig runt oskyldiga ämnen som bristen på uppslag och hur man skulle kunna gå vidare med rapporteringen.

– Ja, händer det inte nåt nytt i dag kommer jag att vara tvungen att åka hem, suckade Madeleine. Och jag som trivs så bra här på Gotland.

Hon gav honom en retsam blick samtidigt som hon puttade till hans smalben med sin sandalettklädda fot.

Johan visste inte vad han skulle svara. Han log stelt och plockade upp mobiltelefonen för att kolla om Knutas hört av sig. Johan hade ringt honom flera gånger under helgen utan att få svar. Kommissarien brukade alltid ringa tillbaka.

När han bläddrade bland mottagna samtal upptäckte han till sin förvåning Emmas nummer. Hon hade ringt honom under natten, klockan 03.14. Samtalet hade besvarats. Men inte av honom. Han tittade upp på Madeleine som satt djupt försjunken i tidningen. Han noterade att hon hade croissantsmulor i mungipan.

– Har du tagit emot ett samtal på min mobil?

Inget svar. Hon läste vidare som om hon inte hört att han tilltalade henne.

– Hallå. Johan lutade sig framåt och höjde rösten. Har du tagit emot ett samtal på min mobil?

Hon tittade upp.

– Va? Ja, just det. Det gjorde jag i natt när du duschade. Jag glömde säga det. Du var ju så ivrig när du kom ut från badrummet att jag fick annat att tänka på.

En brödflaga föll från hennes mungipa ner i kaffekoppen utan att hon märkte det.

– Vem var det?

– Det var Emma. Förlåt Johan, sa hon förbindligt. Jag glömde det.

– Vad sa hon?

– Hon ville prata med dig. Jag sa att du stod i duschen och då lade hon på.

Johan reste sig häftigt.

– Varför sa du inget? Det hade ju kunnat vara viktigt – gällt Elin eller vad som helst.

– Du behöver inte ta i så, sa hon surt. Jag kan väl inte hjälpa att hon slängde på luren.

Utan ett ord lämnade Johan bordet. Han var rasande. Vad fan skulle Emma tro? Precis som det var naturligtvis. Att han hade legat med en annan. Han slog numret till Emma medan han stolpade iväg mot Adelsgatan, samtidigt som han såg på klockan. Kvart över elva och solen sken.

Inget svar på mobilen heller. Hon var väl ute på stranden med Elin. De älskade stranden båda två. Plötsligt kände han sig gråtfärdig. Hur kunde han bete sig som en sådan idiot?

Han fattade ett snabbt beslut och sprang hela vägen till TV & Radiohuset. Där stod bilen.

Han kastade sig i den och körde ut från Visby, ut på vägen mot Roma.

Knutas pressade sig intill husväggen och ansträngde sig för att hans flåsande andhämtning inte skulle höras. Mobiltelefonen hade han kastat ifrån sig samtidigt som den tatuerade mannen ryckte till vid signalen. Det var tur för Knutas att han redan hade börjat pinka, det gav honom ett försprång.

Mannen ropade på sina kumpaner och strax spred sig alla tre ut i skogen. Knutas som gömt sig bakom ett träd en bit bort bedömde att han gjorde säkrast i att ta sig tillbaka till huset. Han hade hunnit larma, kollegerna var på väg. Det gällde bara att hålla ut tills de hann fram.

En sekunds tvekan innan han klev ut från skogsbrynet och sprang så fort han kunde över gårdsplanen. Han höll sig nära husväggen och smög sig bortåt, hela tiden med ögonen mot skogen. Gruset knastrade under hans fötter. Bara en liten bit kvar. Munnen var torr och han försökte lugna ner andningen.

Han fick syn på en altandörr som stod på glänt. Snabbt försvann han in i vardagsrummet och skyndade mot trappan upp till övervåningen. Tog den i några få kliv och så stod han plötsligt i ett ateljéliknande rum, med en hisnande takhöjd och ett enormt cirkelrunt fönster ut mot havet. Med ens hörde han hur entrédörren öppnades på nedre våningen. Förbannat. De var redan tillbaka.

Han vågade inte röra sig. Blick stilla lyssnade han till hur åtminstone två av dem rörde sig där nere. De utväxlade några ord på det främmande språket. När som helst skulle de komma upp till det övre planet. Knarrade golvet? Tarmarna vred sig när han oändligt försiktigt lyfte ena foten. Höll balansen några sekunder i luften innan han tordes sätta ner den. Fördelade vikten jämnt mellan fötterna, ljudlöst flyttade han sig meter för meter mot det som såg ut att vara dörren in till sängkammaren. Den hade en balkong, det hade han lagt märke till tidigare. Kanske gick det att klättra ut den vägen.

Det slog och smällde i dörrar där nere när de letade efter honom. Han undrade hur lång tid som förflutit sedan han pratat i telefon med Kihlgård. Tio minuter, en kvart? Det skulle dröja ännu ett tag innan polisen kom ut till den ensliga ön. Han måste klara det.

Med ens var någon på väg uppför trappan. Dörren till sovrummet stod på glänt, två steg till så var han inne. Trodde knappt det var sant när han konstaterade att han hittat rätt och att rummet dessutom hade en länga väggfasta garderober med skjutdörrar i glas. Han klev in och sköt igen glasdörren, hoppades att ingen hört honom. Avvaktade spänt. En stark lukt av målarfärg stack i näsan. Det fanns ingen luft i garderoben och värmen var näst intill olidlig. Han andades med korta, lätta andetag för att spara på syre.

Det tog bara några sekunder innan han hörde snabba steg som närmade sig. Någon var där inne nu, mansrösten muttrade något och öppnade dörren till terrassen utanför. Klamp på trädäcket, rop till någon som uppenbarligen befann sig utomhus längre bort.

Tanken på Line och barnen flög genom huvudet. En

ilning av skräck genom kroppen. Var han en hårsmån från döden?

Längre hann inte Knutas tänka förrän garderobsdörren sköts åt sidan.

Gatan låg tyst och stilla. Det var så varmt att luften dallrade. En äldre kvinna gick långsamt utmed vägen och rastade sin hund. Annars rörde sig ingen i det idylliska villaområdet. Han parkerade bilen utanför huset. Trädgården prunkade men gräset var alldeles för högt. Förra sommaren var det han som klippte det. Då var Elin nyfödd och han var den lyckligaste mannen i världen. Så länge sedan det kändes. Som ett annat liv.

Han gick hastigt uppför grusgången. Det knastrade under hans fötter. Trädgårdsmöblerna stod framme och hammocken var på plats, men det såg inte ut som om någon suttit där på ett tag. Huset verkade tomt, fast barnvagnen stod på förstukvisten. Var hon hemma ändå? Kanske tog hon inte med vagnen till stranden.

Han tryckte på knappen och hörde hur det ringde där inne. Väntade spänt. Försökte kika in genom köksfönstret men såg ingen.

Han ringde på igen. Nu hördes hasande steg därinifrån. Långsamt vred någon om låsvredet på insidan. En fluga promenerade uppför dörrfodret. Han stirrade på den målade skylten: "Här bor Emma, Filip, Sara och Elin."

Det fattas ett namn, tänkte han.

Till sist öppnade Emma dörren.

– Hej, sa han.

Så liten hon såg ut, som om hon krympt i tvätten. Hon gjorde ingen ansats till att släppa in honom.

– Var är Elin?

Han kikade oroligt in i hallen bakom henne.

– Hon sover.

– Får jag komma in?

– Nej.

Hon lade armarna i kors över bröstet.

– Ja men snälla du, jag har kört hit från stan för att träffa dig.

– Varför då? Det finns väl ingen anledning i världen?

– Men vad är det med dig? frågade han osäkert.

– Vad det är med mig? upprepade hon. Det är väl inget särskilt med mig – frågan är vad det är med dig? Du har ju en ny tjej, eller hur? Vad har du med mig att göra? Ingenting.

– Men ta det lugnt.

Han försökte tränga sig in, men Emma stod i vägen. Hon tittade kallt på honom och rösten hade ändrats till ett väsande.

– Du kommer aldrig mer innanför den här dörren, förstår du det! Och hädanefter får du hämta Elin på dagis eller på nån annan neutral plats, hit kommer du inte igen. Jag vill aldrig mer ha med dig att göra.

Ilskan blixtrade till i Johans huvud. Allt han burit på så länge kom över honom på en och samma gång.

– Nu får du lägga av, fräste han och motade in henne i hallen. Lugna ner dig. Är det så konstigt att jag för en gångs skull har varit med en annan tjej? Du har ju stött bort mig, behandlat mig som om jag vore pestsmittad. Och varför har du gjort det, Emma, varför? För att en psyksjuk dåre kidnappade henne? Var det jag som rövade bort henne? Hade jag nåt med det att göra? Nej, men det var tydligen ändå mitt fel alltihop, och bara mitt fel! Och varför tyckte du det? Jo, för att jag gjorde mitt jävla jobb! Tror du verkligen i din vildaste fantasi att jag skulle göra nånting överhuvudtaget som skulle kunna skada Elin? Eller dig för den delen?

Emma backade förskräckt in i köket, oförberedd på den häftiga reaktionen. Hon hade aldrig sett honom så arg.

– Men jag ska säga dig en sak, Emma, jag är trött på att längta efter dig, trött på att hoppas att allt ska bli bra. Nu får det vara nog. I tre års tid har gjort allt för att det ska bli vi två, men vad har det tjänat till? Nu orkar inte jag längre. Sitt här du och tyck synd om dig själv.

Emma ville inte fortsätta att titta på honom. Hon sjönk ner på en stol och vände bort huvudet. Höll händerna för öronen och blundade hårt för att stänga honom ute. Hon skulle bara sitta där tills han slutat och gått därifrån. Allt hon ville var att han skulle försvinna. På något underligt vis blev hon lugn inombords. Det var som att hon fick allt bekräftat. Att det var kört emellan dem, att det var definitivt slut. En gång för alla. När Johan gick och drämde igen dörren efter sig satt hon kvar i samma ställning.

En lång stund efteråt.

Den unge mannen stirrade undrande på honom.

– Who are you?

– Wait, wait. I am a police officer, sa Knutas på stapplande engelska.

Ynglingen framför honom fick en osäker glimt i ögonen.

– Police?

Han tog tag i Knutas arm och drog ut honom ur garderoben. Kallade på sina kompisar.

Strax var han omringad av alla tre. Han grävde fram sin polislegitimation med darrande fingrar.

Den mest tatuerade som verkade vara ledaren granskade kortet, vände och tittade på baksidan. Kastade en blick på de andra och muttrade något obegripligt.

– Can I sit down?

Knutas ben skakade.

– Yes, of course.

De ledde honom nerför trappan och ut på baksidan där det fanns några utemöbler.

– What are you doing here? frågade ledaren.

– Just controlling, sa Knutas. Routine.

– On a Sunday?

Alla tre betraktade honom tvivlande. På nära håll verkade de inte särskilt hotfulla. Två av dem höll i Knutas armar på var sida. Strax började de diskutera livligt på det främmande språket.

– Where are you from? dristade han sig till att fråga.

Ledaren blängde på honom utan att svara och diskussionen blev häftigare. Plötsligt blev det fart på dem. De knuffade upp Knutas på fötter och sträckte ut hans armar så långt det gick åt varsitt håll medan ledaren muddrade hans fickor. Plånbok, bilnycklar, piptobak – allt stoppade han på sig. Sedan röt han något åt de andra som slet tillbaka Knutas in i huset. Han försökte vrida sig ur deras grepp och kämpade emot så gott han kunde, men det var omöjligt. Tankarna om vad som väntade skrämde slag på honom.

– What are you doing? skrek han. Let me go! I am a police officer.

Resolut och med sammanbitna miner drog de honom mot entrédörren.

– Vad i helvete tar ni er till? Knutas hade övergått till svenska. Jag är polis för satan.

Skulle de kidnappa honom? Mörda honom? Skära halsen av honom eller skjuta honom och kasta honom nerför berget? Kanske stänga in honom i skuffen på sin egen bil så han kvävdes till döds?

Knutas trodde att hans sista stund var kommen när ledaren öppnade dörren till en klädkammare i hallen och tecknade åt sina kumpaner att slänga in honom där.

– We are very sorry! hörde Knutas innan dörren slog igen med en smäll.

Tio minuter senare körde Martin Kihlgård och Thomas Wittberg in på gårdsplanen, tätt följda av flera polisbilar. Inte en själ syntes till. Entrédörren stod på glänt.

Inifrån huset hördes ett dovt bankande. Wittberg sprang in först. Ljudet kom inifrån ett rum i hallen. En bräda var uppspikad tvärs över dörren.

Han hittade en kofot på marken utanför huset och fick efter visst besvär upp den.

– Vad i helvete? flämtade han när han tittade in.

De hade hittat Knutas.

Johan satt med huvudet i händerna och stirrade ner i det dammiga gruset. Han var alldeles för upprörd för att köra bil och hade gått raka vägen ut från Emmas hus och fortsatt till den närliggande fotbollsplanen. Den var tom och ödslig. Han satte sig på en av bänkarna, rökte cigarett efter cigarett, tills halsen sved som eld. Han visste inte hur länge han suttit där när han upptäckte en kvinna med barnvagn som kom närmare. Magen drog ihop sig när han såg vem det var. Emma gick där borta med Elin, hans barn. Han ville rusa fram och slita barnvagnen ur händerna på henne, men behärskade sig.

Så vände hon på huvudet och tittade åt hans håll. I några sekunder hann han undra om hon skulle komma fram eller bara fortsätta och låtsas att hon inte sett honom. I ögonvrån noterade han hur hon gick emot honom. Han blev stel inuti.

Fortfarande hade han ansiktet lutat i händerna och tittade inte upp. Hon parkerade barnvagnen och lyfte ur Elin som jollrade belåtet.

– Ja men titta, här är pappa, gullade hon med ljus röst och höll fram Elin mot Johan.

Johan lyfte på huvudet och hade med ens sin lilla dotter så nära att han kunde känna hennes doft. De små, bruna ögonen, det hjärtformade lilla ansiktet, gropen i hakan. Hans grop.

Han ansträngde sig för att le mot henne och sträckte fram armarna. I nästa ögonblick hade han den varma, trinda, lilla kroppen mot sin. Då brast det. Johan kramade sin dotter och grät så att axlarna skakade.

Emma satt rådlös bredvid utan att säga något.

Knutas kördes till lasarettet för en undersökning. Han var inte skadad men Kihlgård insisterade på att han måste till sjukhus ändå, om inte annat så för att prata med någon om vad som hänt. Knutas lät sig undersökas och fick gå igenom händelseförloppet tillsammans med en vänlig läkare på psykmottagningen som han kände ganska väl. Line och barnen kom tillbaka från landet och Line insisterade på att han skulle ta det lugnt och vara hemma på eftermiddagen, men Knutas vägrade. Klockan två på söndagseftermiddagen var han tillbaka i polishuset.

Hela spaningsledningen jobbade under helgen eftersom utredningen tagit ny fart. Det fanns ingen tid att förlora.

Han hade knappt hunnit slå sig ner vid skrivbordet förrän Karin stack in huvudet.

– Hej. Hur mår du?

Hon gav honom en snabb kram.

– Vilken grej. Skönt att det gick så bra.

– Ja, så kanske man kan uttrycka saken.

Knutas log blekt.

– Jag hörde att du blev instängd i en klädkammare, men vad hände sen?

– De fortsatte väl att tömma huset på allt löst tills de

var klara. Jag hade nog suttit där en halvtimme när jag hörde skåpbilen köra iväg. Eftersom jag hade hunnit larma Kihlgård så var jag inte särskilt orolig. Jag visste att de snabbt skulle hitta mig. Och det dröjde väl inte mer än tio minuter, en kvart innan de kom.

– Hörde du vad de där killarna pratade för språk?

– Jag är ingen språkmänniska som du vet, men jag tror att det var nåt baltspråk, troligen estniska.

– Tror du att det var de som misshandlade Vendela Bovide?

– Det ligger tveklöst rätt nära till hands.

– Har du gått igenom foton än?

– Japp. Det var det första jag fick göra när jag kom tillbaka från sjukhuset. Jag har både förhörts och fått titta på foton på en massa kriminella. Men tyvärr.

– Men hur väl stämmer din bild av de här männen med Vendelas beskrivning?

– Det verkar sannolikt att de två som misshandlade henne var med här. Sen var det en tredje kille uppe på Furillen.

– Nu pekar ju mycket på att mordet på Peter Bovide har med hans svarta byggaffärer att göra.

– Jovisst, det kan man tycka, instämde Knutas. Men samtidigt så var de inga mördartyper.

– Hur då, menar du?

– Först blev jag naturligtvis rädd, tanken fanns ju att de kunde ha skjutit ihjäl Peter Bovide. Det var väl några sekunder där som jag trodde att de skulle göra slut på mig. Men vad hände? De stänger in mig i en klädkammare och ber dessutom om ursäkt.

– Va?

– Det sista de sa var ”I’m sorry!” Kan du fatta?

Knutas log snett.

– Det låter inte som några kallblodiga mördare precis.

– Nej, just det.

– Men om inte mordet har med svartbyggen att göra – vad fasiken är det då?

– Det är frågan jag ställer mig, om och om igen.

Måndag den 17 juli

Knutas vaknade i sin säng hemma på Bokströmsga-
tan och tittade rätt in i Lines fräkniga rygg. Hon andades
med djupa, lugna andetag. Försiktigt kysste han ena axeln
och hon grymtade till.

Gårdagskvällen hade varit bra. Han och Line hade suttit
ute på verandan i den ljumma sommarkvällen och druckit
kallt vitt vin och pratat så som de inte hade gjort på länge.
De gick igenom vad som hänt ute på Furillen. När han ut-
talade orden högt var det som om han insåg på allvar vad
han varit med om.

De pratade om vilken tur han ändå haft. Att hela dra-
mat slutade så bra, även om de tre männen kommit undan
med vitvaror och allt. Knutas blev påmind om vad han
och Line faktiskt hade tillsammans. Vad spelade ett lite
småsegt sexliv för roll när man tänkte på den gemenskap
och närhet de delade? De hade roligt ihop, skrattade ofta
och han älskade hennes frejdiga sätt. Line var så lätt att
leva med.

Han skulle skärpa till sig, göra mer för att blåsa liv i
kärleken. Egentligen var det nog inte så stora förändringar
som krävdes för att det skulle bli mycket bättre. Han hade
börjat redan under gårdagskvällen. Sett till att de kom i
säng, långt innan de var så trötta att de bara somnade.

När han klev in i spaningsledningens mötesrum någon timme senare fanns en särskild laddning i luften. Trots att han var några minuter för tidig var alla redan på plats och verkade påfallande koncentrerade. Knutas inledde mötet.

– De huvudmisstänkta är alltså tre killar som, enligt uppgift från Peter Bovides kompanjon Johnny Ekwall, är från Estland. Eftersom de arbetade utan papper så har byggfirman bara mobilnumret till en av dem, en Andres, och via det söker vi honom nu i Estland. Jag antecknade också registreringsnumret på skåpbilen innan de upptäckte mig och lyckligtvis hittade de inte den lilla lappen när de muddrade mina fickor. Bilen står på en Ants Otsa. Men bilen kan ju ha varit falskskyltad, det vet vi inte än. Vi har tagit hjälp av den estniska polisen och de är nu alla tre efterlysta, misstänkta för mordet på Peter Bovide. Vi har en vittnesuppgift på att tre baltiska män och en stor vit skåpbil har setts på båten till Nynäshamn i går vid lunchtid och stämmer det så kan de mycket väl vara hemma i Estland vid det här laget.

– Vad vet vi om de här grabbarna? frågade Wittberg.

– Jag har snackat med Interpol och fått fram en del, sa Kihlgård. Ants Otsa är känd av polisen i Estland för narkotikainnehav och medhjälp till grovt rån för några år sen. De andra två är okända, vi har ju inte ens deras efternamn.

– Hur länge hade de jobbat för Slite Bygg?

– I ett halvår ungefär, enligt Johnny Ekwall, svarade Knutas.

– Har den där Johnny nån aning om vad som ligger bakom? frågade Karin.

– Han står fast vid att han inte vet så mycket, att han bara gjorde sitt jobb och att han inte lade sig i hur firman sköttes i övrigt. Enligt honom var det en underentreprenör som hade hand om just villabygget på Furillen, men nån ansvarig har vi inte lyckats få tag i än. Han misstänkte såklart att saker och ting inte gick fullständigt hederligt till, men resonerade som så att så länge firman gick bra och han fick sin lön så skulle han inte lägga näsan i blöt.

– Typiskt män, fnös Karin, bara man stoppar huvudet i sanden och vägrar se vad som händer runt omkring så har man noll och inget ansvar.

– Han hade i alla fall väldigt svårt att förklara hur firman kunde ha så mycket mer jobb än de hade anställda till och jag tror att så fort granskningen av bokföringen är klar så kommer vi att kunna sätta dit både honom och kanske även kontoristen Linda Johansson för skattebrott, fortsatte Knutas. Hon kan knappast ha varit omedveten om vad som försiggick, fast hon stoppade säkert också huvudet i sanden. Om nu inte den egenskapen bara är förbehållen män?

– Har vi pratat med hennes man? frågade Kihlgård.

– Ja, men det gav inget vad jag förstår, sa Karin. Jag har ingen utskrift här, men vi kan titta på det förhöret igen.

– Bra. Knutas trummade otåligt med fingrarna mot bordsytan. Nåt annat? Hur går det med sökandet av det eventuella kassaskåpet?

– Vi har nagelfarit både huset och kontoret en gång till, sa Sohlman. Det finns inte en tillstymmelse till vare sig kassaskåp eller undangömda pengar.

– Ekobrottsmyndighetens granskning fortsätter, fast kvarnarna mal långsamt, sa Knutas. Nu har de i alla fall gått igenom både företaget och alla Bovides privata bankkonton. När det gäller företaget är det uppenbart att han använt sig av svartjobbare i ganska stor omfattning, åtminstone under de senaste två åren. Han har tydligen tagit ganska stora risker, bundit upp sig för stora projekt och legat ute med pengar. Men företaget är ju som aktiebolag skilt från privatekonomin och där finns inga konstigheter, varken för mycket eller för lite pengar. Enligt hustrun så stämmer allt.

– Frågan är hur ärlig hon är, sa Knutas eftertänksamt. Eller kompanjonen Johnny Ekwall för den delen. Vi får ta in dem bägge igen.

Telefonen ringde så fort Knutas kommit tillbaka till sitt tjänsterum.

En mörk mansröst i andra änden.

– Hej, det här är Torsten Ahlberg, från Visby lasarett. Du hade sökt mig?

– Ja, vad bra att du ringer.

Knutas redogjorde i korta drag för fallet med Peter Bovide.

– Ja, han kom till mig regelbundet och jag skrev ut antidepressiva medel till honom. Det stämmer.

– Varför? Vad hade han för problem?

– Han led av panikångest och behövde hjälp för att döva symptomen, slippa de värsta avgrunderna, så att säga. Vad det berodde på kan jag tyvärr inte hjälpa dig med.

– Hade det med epilepsin att göra?

– Inte direkt, men han drabbades av epilepsi ungefär samtidigt som panikångesten började. Det var ganska många år sen.

– När var han hos dig första gången?

– Det minns jag mycket väl, sa läkaren i andra änden. Ja, efter mordet så började jag såklart tänka på den kontakt jag har haft med Peter Bovide. Jag anade att det var det du skulle fråga om så jag har faktiskt redan plockat fram hans journal. Jag har alla uppgifter här. I vanliga fall är ju allt sekretessbelagt, men när det gäller en mordutredning och patienten dessutom är död så är det en annan sak.

– Ja, jag vill förstås veta så mycket det bara går om Peter Bovide.

– Han kom hit på natten den 31 juli 1985, klockan 03.15 närmare bestämt, läste läkaren ur journalen. Då hade han våldsamma kramper. Vi satte in mediciner och avgiftade honom. Han hade 1,6 promille i blodet när han kom in.

– Jag har förstått att detta var hans första epileptiska anfall och att han blev deprimerad i samband med det.

– Nja, så skulle jag nog inte vilja uttrycka saken. Peter Bovide började visserligen i samtalsterapi efter den här händelsen och då gick han hos en legitimerad psykolog och psykoterapeut. Men jag och psykologen hade kontakt under hela tiden eftersom jag var ansvarig läkare för honom, rent medicinskt, och vi såg ett samband mellan epilepsin och depressionen.

– Hur då?

– Det var inte helt lätt att säga. Men båda sakerna tillstötte ju samtidigt.

– Då, den 31 juli?

– Nej, faktum är att han fick sitt första epileptiska anfall nån vecka tidigare.

– Jaså? I vilket sammanhang?

– Det vet jag tyvärr inte. Det ville han inte säga. Då togs han in på Nynäshamns sjukhus.

– Nynäshamn? Varför var han där?

– Han kanske var på väg med båten antingen till eller från Gotland. Det var ju mitt i sommaren. Han var väl på semester.

– Jo, det är klart. Hör gärna av dig om du kommer på
nåt mer.

Knutas tackade för samtalet.

Sent på måndagskvällen fick Knutas beskedet han hoppats
på. Den estniska polisen meddelade att ägaren av den vita
skåpbilen, Ants Otsa, gripits tillsammans med två kam-
rater i sitt hem i centrala Tallinn. Alla tre hade utan om-
svep erkänt för polisen att de jobbat svart i Sverige för ett
företag på Gotland som hette Slite Bygg. Kontakten med
den estniska polisen hade fungerat över all förväntan. Ut-
lämningsförfarandet, som i vanliga fall var krångligt att
hantera, hade gått förvånansvärt smidigt. Under tisdagen
skulle de flygas till Stockholm och sedan vidare till Got-
land.

Knutas lutade sig tillbaka i stolen. Det kändes bra att
männen som troligen misshandlat Vendela Bovide och ho-
tat och stängt in honom själv i en klädkammare hade gri-
pits. Och kanske hade de alla tre, eller en av dem, mördat
Peter Bovide.

Tisdag den 18 juli

Strax efter lunch på tisdagen kom de tre esterna till polishuset tillsammans med estnisk polis. En tolk hade kallats in för att hjälpa till om det skulle behövas.

Knutas fick inte delta själv eftersom han var målsägande i och med händelsen uppe på Furillen. Han fick en skymt av dem när de fördes till förhörsrummet och kände omedelbart igen dem. En våg av obehag rann genom kroppen. Kanske hade han tagit mer illa vid sig än han trott.

Männen identifierades som Ants Otsa, Andres Sula och Evald Kreem. De förhördes var och en för sig.

Karin och Wittberg började med Ants Otsa, ägaren till skåpbilen.

De tog plats i ett av förhörsrummen på bottenvåningen i polishuset. Den gripne på ena sidan och Karin på den andra. Wittberg satt som förhörsvittne på en stol längre bak i rummet. Ants var inte mer än tjugotre år gammal och han verkade nervös. Hans engelska var tillräckligt bra för att de skulle klara sig utan tolk.

– Vi har inget med mordet på Peter att göra. Ingenting. Det måste ni förstå, sa han enträget gång på gång redan innan förhöret påbörjats.

– Ja, ja, manade Karin. Ta det lugnt. Nu tar vi en sak i taget.

Hon slog på bandspelaren, drog de sedvanliga rutinfrågorna och lutade sig sedan bakåt i stolen och granskade den unge mannens vettskrämda ansikte på andra sidan bordet. Han var blond och blek i hyn och hade piercad tunga. En prilla fick överläppen att bukta ut på ena sidan. Ögonen var ljust blå, vattniga.

– Vad gör du här på Gotland?

– Jag jobbar som byggnadsarbetare.

– Illegalt?

– Vad menar du?

– Har du arbetstillstånd?

– Nej.

– Hur länge har du hållit på?

– Sex månader ungefär.

– Har du bara jobbat för Slite Bygg?

– Ja.

– Berätta om bygget på Furillen.

– Vadå?

– Hur många var ni, till exempel?

Ants flackade med blicken.

– Vet inte riktigt, vi var tre från Estland.

– Hur många fler arbetade med bygget?

– Jag vet inte, tre, fyra stycken.

– Okej. Varför länsade ni huset på vitvaror?

Den unge mannen skruvade besvärat på sig.

– För att vi inte fått några pengar. Vi hade jobbat dag och natt i två månader utan att få ett öre.

– Varför fick ni inte det?

– Peter sa att han skulle betala, men han gjorde aldrig det.

– Men i början fick ni alltså lön?

– Ja, då kom han en gång varannan vecka och gav oss den lön vi hade kommit överens om. Sen började han krångla.

– Vet du varför?

– Han sa att han väntade på pengar som nån annan var sen med och att vi snart skulle få vår lön, men den kom aldrig.

– Var det alltid Peter som betalade ut pengarna?

– Ja.

– Hur då?

– Han kom till bygget.

– Fick ni pengarna kontant?

– Ja.

– Hur mycket?

– Åttio kronor i timmen.

– Men nu hade ni inte fått betalt?

– Nej, vi jobbade med fler byggen åt honom och vi hade inte fått några pengar på två månader.

– Okej, om vi går tillbaka till den där söndagen på Furillen. Varför stängde ni in kommissarie Knutas?

– Vi är ledsna för att vi var tvungna att göra det. Men när vi såg att han var polis blev vi rädda. Vi måste hem till våra familjer. Vi har fruar och barn att försörja. Vi tog sakerna i huset som lön.

– Misshandeln då, sa Karin. Vad vet du om misshandeln av Vendela Bovide, alltså Peters fru?

Ants verkade som om han väntat på att frågan skulle komma.

– Det var inte planerat. Vi var desperata eftersom vi inte hade fått vår lön och Peter var död. Och den där andra, Johnny, sa att han inte hade nånting med pengarna att göra. Så den enda som kunde ge oss vår lön var Peters fru. Vi hade hört att de hade ett kassaskåp hemma. Det var inte meningen att slå henne, men Evald ballade ur.

– Evald? Du menar att det bara var han som misshandlade henne? Stod ni andra bara och tittade på? Eller ni kanske tröstade hennes två små barn under tiden?

Karin hade ilsknat till på mannens sätt att leverera undanflykter.

Ants slog ner blicken.

– Nej, vi tänkte inte på att hon hade barn hemma. Jag är ledsen, men vi var desperata. Vi visste inte vad vi skulle ta oss till.

Karin och Wittberg växlade blickar.

– Äger du nåt vapen?

– Vapen? Nej.

Mannen på andra sidan förhörsbordet skakade på huvudet.

– Gör nån av dina vänner det?

– Inte vad jag vet.

– Var befann du dig morgonen den tionde juli, omkring klockan sex?

– Jag vet inte, sa Ants och för första gången darrade han på rösten.

– Tänk efter nu, ordentligt, sa Karin uppfordrande.

– Den tionde juli, så tidigt på morgonen. Då sov jag i baracken ute vid Furillen. Vi sov över där. Ja, jag hade nog gått upp. Vi brukade börja jobba vid sju.

– Är det nån som kan intyga det?

– Ja, mina kompisar som är här. Vi var där alla tre.

– Bara ni?

– Ja, det var bara vi som sov där.

– Så det finns alltså ingen annan som kan gå i god för att det verkligen var så?

– Nej.

– Med andra ord saknar ni alibi för tiden för mordet?

Ants Otsa svarade inte, han bara stirrade tomt framför sig.

Gotska Sandön, den 21 juli 1985

När de två systrarna promenerade runt Kyrkudden på Gotska Sandön och Franska Bukten låg framför dem kände de sig som upptäcktsresande, som just landstigit på en öde ö.

Här fanns inga tecken på mänskligt liv så långt ögat nådde. Stranden sträckte ut sig kilometervis med finkornig sand i en mjuk båge ända bort till Tärnudden på andra sidan. Trots att det fortfarande bara var förmiddag var det redan varmt, solen glittrade i vattnet och de enda levande väsen som syntes till var några havstrutar som struttade omkring på stranden. Högre upp löpte ett bälte av kortskaftad vass, och där ovan tog den låglänta tallskogen vid. Längre bort från civilisationen kunde man knappast komma.

De stannade upp och pustade ut en stund. Ryggsäckarna var tunga och fötterna värkte efter den tre timmar långa promenaden utefter de ojämna sand- och stenstränderna från lägerplatsen på andra sidan ön. Där låg tältplatsen och det fåtal stugor som hyrdes ut till turister.

Oleg hade gått omkring som i ett lyckorus sedan de landsteg på ön några dagar tidigare. Gotska Sandön var också vackrare och mer fantastisk än någon av dem hade kunnat ana. De hade fått platsen utpekad där Olegs farfarsfar hade drunknat när det ryska skeppet "Wsadnick" förliste under en storm en augustinatt år 1864. De hade besökt kyrkogården och beundrat de ryska kanonerna som fanns kvar vid stranden som kallades Franska Bukten. Den var flickornas favoritstrand och de hade fått lov att övernatta där under bar himmel. Att tälta var inte tillåtet.

De började med att lägga ut sovsäckarna mitt på stranden och satte upp vindskyddet, fast det var nästan vindstilla. Väderutsikterna lovade vackert sommarväder de närmaste dagarna och i stort sett ingen vind alls. Ena ryggsäcken fungerade som kylväska för middagen som bestod av rostbiff med potatissallad.

När de installerat sig tog de av sig kläderna och sprang nakna ut i havet. Vattnet var friskt, kristallklart.

De badade, läste och spelade strandtennis hela dagen. Då och då promenerade någon förbi, men det syntes på långt håll när en människa var på väg så de hann få på sig kläderna i tid. Framåt kvällen satt de och såg ut över vattnet. De hade smusslat med sig en flaska vin som de delade på.

– Skål, sa Tanja och höjde pappmuggen. Åh, vad mysigt vi har det. Jag skulle vilja stanna här hela dan i morgon också.

Vera besvarade skålen.

– Ja, jag med. Jag tror aldrig jag har varit på ett härligare ställe.

– Och ensammare. Det är som en dröm. Overkligt på nåt vis. Här skulle man kunna vara kvar hela livet.

De tittade ut över havet. En segelbåt rundade precis udden.

Torsdag den 20 juli

Johan promenerade genom Visbys gator. Det var tidig kväll och många affärer höll på att stänga, samtidigt som borden på restaurangerna fylldes på i jämn takt. Nere vid Stora Torget stannade han till på en bar, slog sig ner och drack en kall öl. Ibland njöt han verkligen av ensamheten. Ingen som ställde krav på honom, han kunde bara vila i sig själv. Tankarna pendlade mellan Emma, Elin och jobbet.

Han svalde den sista klunken och reste sig. Fortsatte ner genom stan. Det spår om hot och svart arbetskraft som han och Pia nosat reda på och som till en början känts så hett hade redan svalnat. De kom helt enkelt inte vidare. Uppgiften om att polisen letade efter ett ryskt vapen i samband med mordet hade läckt ut i medierna. Hur hade han ingen aning om, men egentligen var det inte så konstigt. Sådant hände alltid förr eller senare. Hemmaredaktionen var inte så intresserad av mordet längre, andra nyheter trängde sig på. Det hade gått tio dagar vilket var evigheter i nyhetssammanhang. Eftersom mördaren heller inte slagit till igen hade turisterna lugnat ner sig och allt återgick till det vanliga. Campingplatserna var lika välfyllda som vanligt. Den här sommaren såg också ut att bli rekordvarm, något som naturligtvis gynnade turismen.

Många som åkte till Gotland bestämde sig i sista minuten, särskilt ungdomarna. Nu kunde man knappt hitta en ledig plätt på de populäraste badstränderna efter klockan elva på förmiddagen.

Både han och Pia hade sökt bland ryska medborgare som fanns på Gotland och försökt luska ut vilka ryska kontakter Peter Bovide kunde tänkas ha haft. Problemet var att Grenfors i Stockholm störde dem ideligen med nya reportage som skulle göras, mer eller mindre meningslösa. Samma morgon hade de hamnat i ett storgräl när redaktören ville att Johan och Pia skulle åka ut till Gerum på landsbygden och intervjua en pappa som dagen före förlorat sin son som druckit svartsprit. Sonen hade varit på en fest och blivit bjuden på någon typ av industrisprit. Han hade kommit hem och gått och lagt sig på natten för att aldrig mer vakna. Nu ville pappan tala ut i medierna för att varna andra. Johan hade försökt få Grenfors att förstå att pappan naturligtvis var i chock och inte kapabel att avgöra vilka konsekvenser det kunde innebära att ställa upp i TV. Självklart skulle sedan alla tidningar och andra medier haka på och hans hem invaderas av journalister. För Grenfors räckte det om en människa var villig att ställa upp, längre sträckte sig inte hans ansvar, tyckte han. Johan höll inte med. De hade haft oräkneliga duster genom åren om vad som var etiskt och moraliskt försvarbart inom journalistiken.

Pia hade varit inne på Grenfors linje och tyckte att de visst kunde intervjua pappan, eftersom han verkade så klar över att han ville tala ut i medierna. Alla andra gör det ju, hade hon hävdat.

Han tände en cigarett och hade knappt hunnit ta ett par bloss när han passerade Strandgärdet utanför ringmurens norra sida. Av musiken som dunkade ut från högtalarna borde han ha förstått vad som var på gång. Friskis och Svettis körde sitt dagliga pass utomhus på den stora gräsmattan. Ett hundratal personer utförde gymnastiska rörelser i takt i det fria. Kvällssolen lyste över det hurtfriska gänget och Johan kände sig som en riktigt dålig människa när han gick förbi. Övervägde att fimpa men lät bli.

Han tänkte återigen på pappan med den förlorade sonen som just fyllt sjutton år. De ryska koltransporterna som kom till hamnen i Slite dök upp i huvudet. Där såldes illegal sprit. Det spåret hade han nästan glömt. Och nu visste de att Peter Bovide skjutits med ett ryskt vapen. Ivrigt slog han Pias nummer. Hon svarade direkt.

– Är du fortfarande sur?

– Nej då, inte alls. Jag vet ju att jag har rätt, det kommer du också att fatta när du har jobbat tillräckligt länge, retades han.

– Jättekul. Vad vill du?

– Jo, minns du när nästa koltransport skulle komma in till Slite? Peter Bovide mördades med ett ryskt vapen och de där båtarna kommer från Ryssland. Och så säljer de svartsprit. Det har vi ändå aldrig gjort nåt på. Vi kan slå två flugor i en smäll här och förhoppningsvis få veta nåt mer om mordet.

– Vet du om polisen håller på med det spåret? Jag har inte sett eller läst nåt.

– Inte jag heller, men jag är säker på att de kollar det, det borde ju vara högintressant för dem.

– Har du pratat med Knutas?

– Nej, jag tänkte ringa honom, men vet du när nästa båt kommer in?

– Inte en aning, men jag kan ta reda på det. Jag har en kompis som jobbar i hamnen.

– Såklart du har.

Johan började gå tillbaka hemåt genom Botaniska trädgården. Plötsligt kände han sig mycket piggare. Pia ringde.

– Nu har vi en jäkla tur. De där båtarna kommer ju bara in ett par gånger i månaden och nästa väntas in i morgon.

– Suveränt. Då måste vi bara få Grenfors att gå med på att vi gör jobbet.

Han avslutade samtalet och ringde upp Max Grenfors i Stockholm. Redaktören nappade direkt.

– Bra tänkt. Även om transporterna inte är kopplade till mordet så är det ändå värt att göra. Vi har ju inte berättat nånting om det här. Ryska koltransporter, svartsprit – det är hur spännande som helst. Men ni gör väl detta undercover?

Johan log i mjugg. Grenfors älskade att använda sig av polistermer. Gärna på engelska.

– Ja, vi tar en liten kamera som går att gömma under kläderna. Jag tror inte att vi lär göra några större scoop om vi kommer ner till hamnen med en stor filmkamera på axeln.

– Bra, och så hoppas vi förstås på att nåt om mordet kommer fram. Att Peter Bovide köpte sprit där är väl bekräftat?

– Ja, den uppgiften har vi från flera källor, sa Johan. Så nåt inslag lär det bli, det kan du räkna med.

– Bra. Lycka till i morgon kväll. Och var försiktiga.

– Din omtanke är rörande.

Större delen av natten hade Knutas legat vaken och grubblat över utredningen. När klockan slog fem gav han upp och gick ur sängen. Simhallen öppnade halv sju och han hade inte haft tid att motionera på länge. Han kokade kaffe och åt ett par smörgåsar innan han väckte Line.

Solbergabadet låg bara tio minuters promenad hemifrån, på vägen till polishuset. I vattnet blev han tyngdlös och fri, tankarna klarnade när han simmade längd efter längd i samma monotona takt. Han var ensam i bassängen sånär som på ett par äldre, runda damer i badmössor som simmade i snigelfart och pratade oavbrutet som om de var på kafferep. Han valde banan längst ifrån och hoppades att ingen mer morgonpigg motionssimmare skulle dyka upp. Medan han plöjde fram i vattnet gick han igenom fallet.

Tre dagar hade gått sedan de estniska byggnadsarbetarna kom till polishuset i Visby men gripandet hade dessvärre inte inneburit det genombrott polisen hoppats på. Förhören hade inte lett någon vart. De drog samma version allihop, med undantag för misshandeln. Där skyllde de på varandra. Häktningsförhandlingar hade hållits dagen före och de hade häktats alla tre, misstänkta för att ha arbetat illegalt, misshandlat Vendela Bovide och för att ha rånat och frihetsberövat Anders Knutas. Återstod att se om de var inblandade i mordet på Peter Bovide. Straffen skulle bli kännbara i vilket fall som helst.

Knutas känsla av att mordet hade med annat än svartbyggen att göra hade förstärkts. Innerst inne hade han från början varit skeptisk till att någon av de tre estniska byggnadsarbetarna skulle vara gärningsmannen polisen jagade, och särskilt efter deras sammandrabbning ute på Furillen. Deras agerande stämde inte in på bilden av brutala våldsmän. Å andra sidan hade de ju faktiskt misshandlat Vendela Bovide. Kanske hade de varit försiktiga bara för att Knutas var polis.

Ett spår polisen stod i begrepp att ta tag i, och som han rådbråkat sin hjärna med under natten, var de ryska koltransporterna som regelbundet trafikerade Slite hamn. De hade väntat på att nästa båt skulle komma in och nu skulle det äntligen ske. Spaningsledningen hade den senaste veckan arbetat med att planera tillslaget, som skulle ske sent samma kväll. Förhoppningsvis skulle saker och ting klarna när de pratat med besättningsmännen ombord.

Han lät vattnet skvala länge i duschen. Granskade kritiskt sin kropp i spegeln. Att sommaren hittills varit en av de soligaste på åratal syntes inte. Den lilla solbränna han hunnit få i Danmark hade nästan helt bleknat bort. När han ställde sig i profil och drog in magen såg han ganska okej ut, annat var det framifrån. Träning var en färskvara och det märktes direkt på hullet kring midjan när han legat på latsidan ett tag. Knutas var egentligen ganska sportig, men innebandysäsongen var över och någon golf hade han inte hunnit med.

När han kom ut på gatan igen bländades han av solen. Värmeböljan bara fortsatte. Inte konstigt att simhallen var nästan tom, de flesta åkte förstås till stranden. Algblomningen som Gotland ofta drogs med under högsomrarna hade än så länge hållit sig borta. På kvällarna var det trångt på uterestaurangerna i Visbys gränder. Line och han skulle gå ut och äta på kvällen och avnjuta en klassisk konsert i Sankt Nicolai kyrkoruin. Han hade tagit sig i kragen, beställt biljetter och bokat bord. Line hade blivit så glatt överraskad att han fått dåligt samvete.

Efter morgonmötet satte sig han och Karin i bilen för att åka upp till Slite. De hade avtalat tid med hamnchefen som var ansvarig för koltransporterna och som skulle visa dem runt inför kvällens razzia.

Så fort polisbilen stannade på parkeringen vid Cementas huvudentré i Slite kom en storväxt man emot dem. Han var klädd i en blå overall med keps på huvudet. Han log vänligt när han hälsade och presenterade sig som hamnchef Roger Nilsson.

De körde efter honom ner till hamnen och gick in på hamnkontoret där de slog sig ner med varsin kaffekopp.

Knutas gick rakt på sak.

– Vi vet att det säljs illegal sprit i samband med koltransporterna och vi har också fått bekräftat att Peter Bovide handlade här ibland. Vad vet du om detta?

Hamnchefen skruvade besvärat på sig.

– Det där är ett stort bekymmer för oss. Vi är beroende av att få kolet från Ryssand, samtidigt som det drar med sig andra problem. Försäljningen av svartsprit verkar öka hela tiden. Så fort en båt lägger till så kommer alla möjliga människor ner hit till hamnen för att köpa vodka. Vi har också märkt av att fler och fler ungdomar har börjat handla från båtarna. Vi har ringt och tjatat på polisen en massa gånger om att de måste göra nåt, men vad hjälper det? De kommer hit då och då, gör en kontroll och sen blir det inget mer. Jag begriper inte vad polisen väntar på. Hur många fler tonåringar måste supa ihjäl sig för att de ska vidta några åtgärder?

Hamnchefen skakade på huvudet. Karin skruvade på sig. Hon hade ingen lust att ge sig in i en debatt om hur polisen fördelade sina resurser.

– Tyvärr kan vi inte göra nåt åt saken just nu, sa hon, men jag kan prata med vår länspolismästare senare. Hur går försäljningen till?

– Folk har lärt sig när båtarna kommer in, det sprids från mun till mun. Det är ju inte så att vi annonserar i tidningen eller sätter upp anslag direkt. De samlas så fort båten har lagt till och slår sig i slang med besättningen som också går ut på stan. Vi kan ju inte förbjuda dem att röra sig fritt i Slite. De brukar gå på restaurangen och pizzerian och till den lokala puben. Där träffar de sina kunder om det inte sker i hamnen. Vi har haft problem med att vissa har gått ombord på båten också så det har inte varit nån ordning.

Karin lystrade.

– Går folk ombord? Varför då?

– De ryska besättningsmännen stannar här i något dygn, ibland två, och de kommer så pass regelbundet att det inte är så konstigt att de lär känna såna som bor i bygden.

– Kärlekspartners också kanske?

– Ja, det händer säkert.

– Har ni märkt om det förekommit prostitution? frågade Karin.

– Nej, det har vi i varje fall inte sett nåt av.

– Narkotika?

– Det vet vi inte, men det är klart att det inte går att utesluta. Fast hade det varit en sån typ av handel i en större omfattning tror jag faktiskt att vi hade märkt det. Men vi tycker förstås att spritförsäljningen är tillräckligt allvarlig.

– Känner du till att Peter Bovide var här och handlade sprit?

– Nej, inte förrän det började pratas om honom efter mordet.

– Vet du om han umgicks med de ryska besättningsmännen?

– Nej, det tror jag inte.

– Finns det nån annan som arbetar här som var bekant med honom?

– Det är mycket möjligt, men jag kan inte peka ut nån.

– Men han kom ju från Slite och det måste ändå ha pratats om mordet, försökte Karin. Menar du på fullt allvar att du inte har hört om nån känner Peter Bovide?

– Nej, har jag ju sagt.

Hamnchefen Roger Nilsson såg uppenbart irriterad ut. Knutas bytte spår.

– Hur ofta kommer båtarna?

– Tidigare var det två gånger i månaden, men från och med den första augusti så kommer det att bli dubbelt så ofta. Efterfrågan på cement ökar hela tiden och eftersom vi inte utnyttjar full kapacitet i fabriken så kan vi öka produktionen och då behöver vi mer bränsle för att driva ugnarna. Det är ju där som kalkstenen smälts ner och omvandlas.

– Och hur ser du på det, som hamnchef?

– Det är kluvet. Å ena sidan är det förstås positivt att efterfrågan på cement ökar och att vi kan höja produktionen. Å den andra kan vi nog förvänta oss fler problem i samband med spritförsäljningen.

När de sagt adjö till hamnchefen snurrade tankarna i Knutas huvud. Vad var det egentligen som sa att det inte förekom handel med droger i samband med båttransporterna? Kunde det vara så att Peter Bovide missbrukat narkotika? Amfetamin kanske – var det därför han orkade både springa nån mil varje dag, driva eget företag, ha småbarn och gå upp tidigt på morgnarna? Han var deprimerad med jämna mellanrum och hade epilepsi. Sådant kunde utlösas av narkotikamissbruk. Det kunde också vara så att han langade utan att ta droger själv. Var han skyldig nån ful fisk pengar? Tillvägagångssättet tydde delvis på det. Mordet hade begåtts med ett ryskt vapen, offret hade skjutits på mycket nära håll, vilket vittnade om en rå hänsynslöshet – kanske en yrkesmördare.

Fast två omständigheter stämde inte in i bilden. Att förövaren valt att skjuta först ett skott i huvudet och sedan flera i magen. Att vapnet var så gammalt. Vilken professionell yrkesmördare eller kallhamrad knarkhaj skulle använda sig av ett sjuttio år gammalt vapen?

Knutas fick inte ekvationen att gå ihop.

Emma låg i soffan hemma i vardagsrummet på söndags-kvällen och tittade på en actionfilm på TV. Den verkade spännande, men hon orkade inte engagera sig.

Bilderna flimrade förbi på TV-skärmen, biljakt, pistol-hot, män som jagade varandra genom en folkhop – klas-siska bilder. Över alltihopa skvalpade resterna av henne och Johan, som skadade fragment av en dröm som aldrig blev sann. Olustiga, besvärande tankar pockade på och hon vred sig bland kuddarna. Det var omöjligt att hitta en bekväm ställning.

Hon var ensam i huset, utlämnad åt sina tankar. Deras bråk en vecka tidigare och den efterföljande tystnaden från honom hade skakat om henne. Först hade hon blivit arg för att han skällde ut henne, sedan kom skammen när hon insåg att han faktiskt haft rätt. Även om hon var sårad för att han hade legat med en annan kunde hon någonstans förstå varför det hade skett.

Hon såg hans ansikte framför sig, hur han varit så led-sen där på bänken. Hon hade blivit valhänt och bara suttit där som en idiot tills han slutade, lämnade över Elin, reste sig och gick. Distansen dem emellan blev så uppenbar. Tänk om han aldrig ville släppa in henne igen. Risken fanns att dörren hade stängts för alltid.

När hennes föräldrar erbjöd sig att ta hand om Elin un-
der några dagar hade hon tacksamt sagt ja. Hon behövde
vara ensam för att rannsaka sig själv.

Återigen frågade hon sig vad det i grund och botten var
som hindrade henne från att vara tillsammans med Johan.
Hon hade ju valt bort honom av en anledning. Hur kunde
hon göra annat när han äventyrat deras barns liv? Men hon
hade inte fått något stöd för sitt agerande, varken hos sina
föräldrar eller hos vänner. Alla hade tyckt att hon var för
hård, inklusive Olle. Han var betydligt vänligare inställd
till Johan sedan han träffat en ny tjej, Marianne. Mycket
i deras tidigare inflammerade förhållande hade blivit lätt-
tare sedan dess, inklusive den gemensamma vårdnaden av
barnen, Sara och Filip. Nu var de tillsammans med Olle
och Marianne på Kreta i två veckor.

Barnen gillade Johan och han hade tydligt visat att han
tyckte om dem. Jobbet utgjorde inte heller något hinder,
han kunde frilansa från Gotland eller söka jobb på någon
av tidningarna eller radion.

Hon satte sig upp i soffan. Stängde av TV:n. Varför satte
hon stopp för en framtid med Johan? Var hon rädd för den
riktiga kärleken? Tyckte hon innerst inne inte att hon var
värd den?

Insikten framträdde med ens så tydligt. Det var hon och
ingen annan som envisades med att sätta käppar i hjulet
och slutade hon inte på direkten skulle hon förlora Johan
för alltid.

Hon fick bråttom, reste sig ur soffan. Nu visste hon vad
hon skulle göra, hon hoppades bara att det inte var för
sent.

Båten syntes på långt håll. En pråmliknande farkost som avtecknade sig mot horisonten. Klockan var åtta på kvällen, och solen som var på väg ner färgade himlen röd. Johan och Pia satt på en bergknalle och såg ut över havet. De hade med sig grillad kyckling och några öl, ville att det skulle se ut som om de var vilket vanligt par som helst som bestämt sig för en picknick på kvällskvisten. De åt under tystnad. Pia hade med sig en kikare som hon då och då förde till ansiktet.

– Nu styr den hitåt.

Johan tog kikaren ifrån henne. Mycket riktigt hade båten lagt om kurs och svängde långsamt in mot land. Tidigare hade de varit nere vid hamnen och rekognoscerat. Allt hade varit stilla, som lugnet före stormen. Pia hade avtalat med sin vän som jobbade i hamnen att de skulle träffas klockan nio. Han arbetade som lastare och officiellt var de några kompisar som skulle hälsa på och samtidigt passa på att köpa sprit från båten. Vännen, som hette Viktor, hade berättat att det alltid samlades ett gäng nere vid kajen vid båtens ankomst. De skulle inte märkas.

Johan svarade enstavigt på Pias försök till konversation. Han tänkte på Emma och hade ingen lust att prata.

– Vad tänker du på, du verkar ju helt borta, sa Pia och

öppnade kylväskan. Vill du ha en öl till?

– Ja tack.

Han tog en djup klunk av den kalla ölen. Tände en cigarett.

– Vad du har börjat röka mycket. Hur är det egentligen?

Pia norpade till sig paketet och skakade ur en.

– Ska du säga. Du snusar ju dessutom. Äh, det är det gamla vanliga som stavas Emma.

– Jag fattar inte att ni två aldrig kan få ihop det. Vad håller ni på med? En blind höna kan se att ni är som skapta för varann.

– Ja, men det är så komplicerat.

– Men gör det då inte ännu svårare. Alltså, jag tycker att det är helt mänskligt att Emma fick panik efter det där med kidnappningen, men vad som förvånar mig är att du inte fattar.

Johan satte sig upp.

– Vad menar du? Vad är det jag inte fattar?

– Hur tufft Emma har haft det, praktiskt taget ända sen hon träffade dig. Det är klart att hon inte ville ha med dig att göra efter kidnappningen, ur hennes synvinkel så var det du som försatte Elin i fara. Hon har låst fast sig i det och därför blir det enklast för henne att helt enkelt undvika dig. Sen allt annat, hennes skilsmässa, du som aldrig får ihop ditt liv, jag menar, du verkar inte kunna bestämma dig för om du ska stanna på fastlandet eller bo på Gotland och så ska hon vara här och ta allt ansvar och försöka få ihop det med sina tidigare barn, Olle och så dig och Elin. Hur mycket har du ansträngt dig för att försöka förstå henne? Du ska vara så himla empatisk och etisk när du jobbar och det ska vara hänsynstaganden hit och dit, men hur stor medkänsla har du när det kommer till kritan? När det gäller ditt eget privatliv och de människor du har närmast omkring dig?

Pia avslutade sin harang med att halsa några rejäla klunkar ur ölen.

Johan satt helt perplex och bara stirrade på henne.

– Varför har du inte sagt det här förut?

– Jag har försökt, i småportioner, men du lyssnar ju inte.

Johan fick inte fram ett ljud. Pias telefon ringde innan han hann samla sig.

– Det var Viktor, sa hon när hon avslutat samtalet. Det är dags.

De körde ner till hamnen och parkerade på behörigt avstånd från de stora järngrindarna som ledde in till själva hamnområdet.

Pia var riggad med kamera och mikrofon innanför sin tunna skjorta, osynliga med jackan ovanpå. Båten höll på att lägga till. Den var där en timme före utsatt tid. Johan undrade vilken last som fanns ombord förutom bränslet. Hamnchefen som han talat med tidigare på dagen hade berättat att bränslet transporterades via rör som kopplades till båten och så rätt in i stora silos inne i fabriken. Operationen tog några timmar. Sedan byttes lasten ut mot cement. Båten låg inne i ett dygn eller två varje gång.

Fler människor kom ner till kajen. Lastare, hamnchefen och andra som antagligen väntade på att få köpa sprit, men som liksom han och Pia låtsades att de bara var där och såg på.

När båten lagt till öppnades genast en lucka och flera grovhuggna män kom ut. Pia stötte till Johan i sidan.

– Råbarkade typer, väste hon. Förresten, det rullar. Jag

går iväg och kollar runt lite.

Hon blinkade mot honom och mellan två knappar i jackan anade han kameraögat.

Männen från båten hoppade i land. En tände en cigarett och tittade sig avvaktande omkring. En annan kände tydligen några som stod på kajen och omfamnade dem kärvänligt. De pratade och skojade. Det började bli aktivitet kring båten och hamnchefen delade ut order. Själva överlastningen satte igång omedelbart och strax började en motor att dundra. Johan gissade att överföringen av kolet redan påbörjats.

Han hade maskerat sig med solglasögon och en keps långt nerdragen över huvudet eftersom han inte ville riskera att bli igenkänd. Han syntes ganska ofta i rutan, även om han var reporter och inte programledare.

Han såg sig omkring och mycket riktigt stod där en klunga män och tittade förväntansfullt mot båten. Det fanns inte så mycket för honom att göra, så han satte sig ner på en tunna. Vid landgången stod två karlar och såg ut som om de gjorde affärer. Ur en låda plockade en av dem upp spritflaskor medan den andre tog betalt. Sedlar bytte händer och handeln skedde helt öppet. Johan hoppades att Pia filmade och såg sig om efter henne.

I nästa sekund såg han hur hon stod bredvid Viktor som köpte sprit av männen vid landgången.

När inköpen var avklarade gick hon helt sonika ombord.

Johan blev villrådig – skulle han följa efter?

Han behövde inte fundera länge. I nästa ögonblick hördes polissirener och fyra bilar tvärnitade på kajen. Inom loppet av några minuter hade ett tiotal poliser gått ombord på båten medan andra grep personer på kajen. Knutas verkade inte vara med, men Johan skymtade Karin Jacobsson i mängden.

Det dröjde inte länge förrän människor började komma ut. Pia satt fast mellan två stadiga poliser som resolut knuffade henne framför sig nerför landgången. Då upptäckte han Knutas som högröd i ansiktet stegade fram till Pia.

– Vad i hela världen gör du här? röt han. Vad tror du att du sysslar med?

Hon var inte sen att svara.

– Vi är i vår fulla rätt att bevaka vad vi vill och hur mycket vi vill. Eller vad menar du – ska vi ringa polisen och fråga om lov så fort vi ska göra ett reportage?

– Ni kan för i helsike förstöra hela utredningen. Bort med henne, kommenderade han sina kolleger.

I nästa sekund fick Knutas syn på Johan.

– Och du också! Att du inte kan hålla dig borta från vårt jobb!

Ända sedan Johans reportage från byggarbetsplatsen i

Stenkyrkehuk visades på TV-nyheterna hade Knutas varit irriterad och kort i tonen mot honom. Nu var han rasande.

– Det ska fan vara polis när man i ett kör har reportrar drällande kring hasorna. Hur ska vi kunna sköta vår utredning om ni ska svansa kring benen på oss precis hela tiden? Tror ni att det här gynnar utredningen på nåt sätt?

Johan ilsknade till.

– Vad i helvete snackar du om? Det här är en allmän plats och vi gör bara vårt jobb. Precis som ni.

– Ge er iväg härifrån, skrek Knutas. Innan jag tar in er till arresten.

– Jaså, för vadå? Störande av ordning eller framkallande av fara för annan? Det där kallar jag fanimej hot mot reporter.

Poliserna som höll i Pia hade släppt greppet och hon gick fram till Johan och drog honom i armen.

– Kom nu, sa hon lågt. Vi sticker. Vi har vad vi behöver.

Motvilligt följde Johan med. Han skakade på huvudet åt Knutas och mumlade något ohörbart.

– Tur för dig att jag inte hörde vad du sa, fräste Knutas. Passa dig jävligt noga.

Söndag den 23 Juli

Knutas satt och vägde på sin slitna skrivbordsstol i ek med sits av blanknött skinn. Den stod i bjärt kontrast mot den övriga inredningen i rummet. Polishuset hade renoverats ett par år tidigare och var skandinaviskt avskalat med vita väggar och de gamla inventarierna hade bytts ut mot raka, enkla möbler i ljus björk. Men sin favoritstol hade han vägrat att skiljas från. Den stimulerade hans tankebanor. Den och pipan som han just nu satt och stoppade omsorgsfullt. Han tände den sällan, men pillandet och plockandet med den väldoftande tobaken hjälpte tankarna på traven.

Han hade åkt in till polishuset trots att det var söndagskväll för att få tid att gå igenom de förhör som gjorts under helgen med besättningen på den ryska koltransporten. Resultatet av tillslaget hade varit magert, sett ur hans perspektiv. Visserligen hade de beslagtagit hundratals liter rysk vodka och ett antal personer hade gripits, misstänkta för den illegala handeln, men inget nytt hade kommit fram som kunde leda mordutredningen vidare.

Arbetet med att söka efter vapnet fortsatte oförtrutet. Alla som bodde på Gotland och hade licens på pistoler hade kontrollerats, men ingenstans hade man funnit den Korovin som hade använts vid mordet. Polisen var väl medveten om att det fanns en mängd illegala vapen i svenska hem. Med några års mellanrum infördes vapenamnesti i landet under några månader då vem som helst kunde lämna in sina vapen till polisen anonymt utan att riskera straff. Sist hade man fått in sjuttontusen vapen på tre månader.

Knutas lutade pannan i händerna. Det var något som var grundläggande fel i hela den här utredningen. Han kunde bara inte komma på vad.

Gotska Sandön, den 22 juli 1985

Solljusets obarmhärtiga strålar väckte henne där hon låg invirad som en mask i sovsäcken. Det tog en stund innan hon kom till fullt medvetande, men den första känslan var ett dovt obehag i magen.

Hon blinkade mot ljuset och hörde röster nere på stranden. Mödosamt reste hon sig upp i sittande ställning och lyfte undan ena fliken av vindskyddet. En grupp på tio, femton personer promenerade förbi. Övre medelåldern, ryggsäckar och solhattar och foträta skor. Spridda skratt trängde igenom sorlet. Obekymrat fortsatte de sin vandring, någon kastade en blick upp mot henne men tittade lika snabbt bort igen. Inte brydde de sig om henne.

Sovsäcken bredvid hennes var tom. Hon hade klockan på sig, den visade kvart över elva. Herregud, hur hade hon kunnat sova så länge? Hon kikade ut igen. Tanja syntes inte till. Kanske var hon ute på en promenad eller badade längre bort? Men så klarnade tankarna och minnena från gårdagskvällen återkom. De där killarna från Stockholm. De hade haft kul, grillat, badat, druckit en massa öl och sprit. En av dem hade gitarr, hon hade nästan blivit lite förälskad i honom när han spelade. Så plötsligt hade hon känt sig illamående. Kunde inte sitta kvar, allt snurrade i skallen. Var tvungen att lägga sig ner en stund. Skyllde på

218

att hon måste kissa, gick iväg och uträttade sitt ärende, kräktes i buskarna och lade sig sedan i sovsäcken bakom vindskyddet. Hade bara tänkt ligga där ett litet tag tills illamåendet gick över. Men hon måste ha somnat.

Ännu en gång sköt hon undan en flik av vindskyddet och tittade ut över vattnet. Båten var inte kvar. Hon sjönk tillbaka ner i sovsäcken. Strupen var igentorkad, hon var varm och törstig. Stapplande kom hon på fötter, letade fram en vattenflaska och drack. Kissade i skogsbrynet, tvättade av sig i havet efteråt. Det snurrade i skallen och hon var sjuk av oro. Var höll hennes lillasyster hus? Tänk om det hade hänt henne något?

– Tanja, ropade hon så högt hon förmådde.

Hon promenerade hela den ödsliga stranden fram och tillbaka utan att hitta sin syster. Fortsatte söka i skogen ovanför. Ju längre tid hon letade, desto oroligare blev hon. Den paradisiska stranden kändes med ens hotfull och ogästvänlig.

När klockan var två gav hon upp och packade ihop så mycket hon kunde bära. För säkerhets skull lämnade hon vindskyddet, mat och vatten och Tanjas ryggsäck. Hon skrev en lapp där hon förklarade att hon gått tillbaka till tältlägret.

Innan hon lämnade stranden vände hon sig om en sista gång. Dröjde kvar med blicken så långt det gick.

Men inget hände.

Måndag den 24 juli

Hettan i kalkstensbrottet var näst intill olidlig. Morgan Larsson torkade svetten ur pannan och lämnade det barackliknande kontoret i västra stenbrottet, intill tvätthallen för truckar och lastbilar.

I den gassande solen klättrade temperaturen långsamt men obönhörligt upp mot trettio grader, fast det bara var förmiddag. Han satte sig i pickupen och styrde ut på vägen mot det största kalkstenbrottet, Fila Hajdar, fem kilometer längre bort.

Han skulle förbereda dagens sprängning.

Klockan halv tolv var det dags. Den tiden passade bäst eftersom det då skedde skiftbyte i arbetspassen och de flesta befann sig på lunchrast i fabrikens stora matsal i andra änden av fabriksområdet.

Den sextio meter breda vägen var dammig och vit av kalkstenen. Bredden var nödvändig för att ge plats åt alla fordon mellan fabriksområdet och de två stenbrotten. Truckarna och lastbilarna körde fram och tillbaka hela dagarna för att hämta sten till den stora krossen inne på fabriken där den omvandlades till cement. Vattenbilar befann sig ständigt på vägen. Om de inte vattnade ideligen för att hålla nere dammet skulle ett jättelikt dammoln alltid vara synligt över Gotland.

Bilarna kördes varje dag, året runt, från klockan sex på morgonen till tio på kvällen. Enda pausen de gjorde var under den dagliga sprängningen.

På ömse sidor av vägen växte låglänt skog. Martallarna och enbuskarna såg ut att kämpa för att överleva i den torra omgivningen. De var täckta av ett vitt damm, som om någon pudrat hela skogen med florsocker. Intrycket var spöklikt, ödesmättat.

Morgan Larsson morsade på föraren i en fullastad truck på väg från brottet.

Han kände det välbekanta pirret i magen inför sprängningen då fyrtiotusen ton sten bröts loss på ett enda ögonblick. Trots att han hade varit med om så många sprängningar slutade han aldrig att fascineras inför åsynen av hur enorma delar av berget rasade och fick den väldiga kratern att öppna sig än mer. Det fanns något oåterkalleligt över hela spektaklet. Berget gav vika och rämnade och skulle aldrig finnas där igen.

När Morgan Larsson nådde fram till brottet körde han backen upp så att han hamnade på ovansidan. Han stannade på säkert avstånd från kanten, öppnade dörren till pickupen och klev ut. Svetten rann nerför ryggraden, armhålor och ljumskar. Han släckte den värsta törsten genom att klunka i sig en hel vattenflaska i ett enda svep.

De två arbetskamraterna som var med och övervakade brottet under sprängningen väntades dit inom några minuter. Han kunde inte se dem från platsen där han stod, men de hade kontakt via radio. Kontrollen var noga så att ingen människa skulle råka befinna sig i själva brottet eller ens i närheten när sprängningen utfördes. Kraften var enorm när tonvis med sten lossnade från kanterna och rasade ner i det jättelika hål som nu låg framför och under honom.

Risken fanns att stenar flög omkring. Förra året hade en arbetskamrat dött när en bumling träffade honom i huvudet.

Morgan ställde sig så nära stupet han vågade och lät blicken följa kanten kring stenbrottet. Det var niohundra meter långt och sexhundra meter brett. Bergväggarna runt om var sextio meter höga. Det var ett av de största stenbrotten i Sverige och han var stolt över att arbeta här. Han hade varit sprängare i snart tjugo år och trivdes med jobbet. Han hade också en ansvarsfull uppgift. Att se till att hålen som fyllts med två, trehundra kilo sprängmedel vardera hade borrats där de skulle och att de hade exakt djup.

Ett tjugotal meter från kanten av stupet stod en cirkelformad kur i trä där han tog skydd under själva sprängningen. Därinne fanns också sladden som han strax skulle koppla till tändningsapparaten han hade i fickan.

Han tittade på klockan, tio minuter kvar. Det glimmade till på andra sidan brottet. Nu hade bilen med de andra två kommit. De befann sig på varsin sida, nästan en kilometer från varandra, när de kontrollerade att ingen människa uppehöll sig i närheten. Han knäppte på radion.

– Hallå, Morgan här. Allt okej?

– Visst, det ser ut att vara tomt, hördes Kjelles röst.

– Fem minuter då.

– Bra. Ska vi käka lunch sen?

– Absolut. Vi hörs.

Han stoppade tillbaka radion i bröstfickan, vände sig om och promenerade bort till de många djupa hål som borrats upp på rad längs kanten på brottet. Böjde sig ner och kontrollerade att allt var som det skulle.

När han reste sig igen tyckte han sig se någon som rörde sig inne i kuren. Vad fan. Överraskningen var minst sagt obehaglig. Här fick ingen obehörig uppehålla sig. Särskilt som det bara återstod några minuter till sprängningen. Han skyndade bort mot kuren och ropade. Kollegerna befann sig alldeles för långt ifrån för att han skulle kunna påkalla deras uppmärksamhet. Han fumlade efter radion och lyckades trycka igång den samtidigt som han nådde fram till öppningen på kuren. Märkligt nog var det tomt därinne. Förbryllad gick han runt den ett varv utan att upptäcka någon. Han spanade upp, bort mot skogsbrynet. Ingenting. Var det en synvilla? Kanske var det värmen som spelade honom ett spratt. Det började bli dags att avfyra. Han tittade upp mot himlen. Den var helt fri från moln, solen var som en brännande lampa i ansiktet. Munhålan var helt igentorkad och tungan klibbade mot gommen. Det sprakade till i radion.

– Är allt klart, Morgan?

– Japp. Jag tyckte att jag såg nån här, men jag måste ha inbillat mig. Ni har inte upptäckt nåt konstigt?

– Nej, brottet är tomt. Men jag kan kolla igen i kikaren för säkerhets skull. Det är ju några minuter kvar.

– Okej, tack.

Han tittade ut genom springan i kuren medan han väntade. Svetten rann. Han kände sig störd och upplevde inte sin vanliga förväntan, ville bara att allt skulle vara över nu så de kunde få gå och äta.

– Hallå, Morgan. Jag kan inte se nåt avvikande, allt verkar lugnt.

– Bra, då kör vi.

När han tittade upp igen ryckte han till. Utan att han märkt det hade en främling ställt sig mitt emot honom, alldeles utanför kurens öppning. Han mötte inkräktarens kalla blick. Plötsligt pekade en pistolmynning mot honom.

– Vad är det fråga om? stammade han fram.

Väggarna i den trånga kuren krympte.

I Morgan Larssons ficka sprakade radion till.

– Hallå, Morgan... Är du där? Morgan... Morgan?

– Stäng av, kommenderade främlingen. Annars skjuter jag.

Med darrande fingrar knäppte Morgan av radion. Det blev tyst.

Tankarna jagade kors och tvärs i hans förvirrade hjärna. Sprängladdningen borde ha detonerat vid det här laget. Det var noga med tidpunkten, han brukade fyra av exakt på sekunden. Han undrade hur länge det skulle dröja innan de andra två reagerade på att radion stängdes av och att sprängningen uteblev.

Peter Bovides ansikte fläktade förbi i huvudet. Han hade skjutits till döds två veckor tidigare. Var det hans tur nu? Längre hann han inte tänka förrän inkräktaren räckte honom sladden som skulle kopplas till tänddosan.

Tecknade åt honom att fyra av.

Han famlade i fickan efter tändapparaten som inte var större än ett cigarettpaket. Kopplade sedan i sladden och tryckte av. Ljudet var öronbedövande. Knallen ekade över det dammiga, ödsliga stenbrottet. Den vitpudrade låga, undernärda skogen runt omkring darrade till av smällen. Ett enormt dammoln steg från kratern under dem. Den lilla kuren var innesluten i en dimma av dunstningar från sprängningen.

Dammet stack i ögonen, sökte sig ner genom munnen, trängde in genom kläderna. Han knep ihop ögonen för att undkomma det värsta, och för att han anade vad som skulle ske. Fortfarande hördes dundret av de enorma klippblock som lossnade och for med öronbedövande brak ner på botten av stenbrottet.

När pistolens första skott avfyrades drunknade det i ljudet av sprängningen.

Förmannen Kjell Johansson sänkte långsamt handen som höll den stumma radion. Morgan hade i alla fall fullföljt sprängningen, om än några minuter försenad. Han brukade aldrig vara sen, men det hade väl sin förklaring. Men att han inte svarade i radion var konstigt. Hade han lagt ifrån sig den någonstans? Det var också osannolikt. De brukade alltid stanna kvar i fem, tio minuter efter att laddningen avfyrats för säkerhets skull. Ibland hände det att stenar lossnade ganska långt efter detonationen.

Det var något som inte stämde. Kjell Johansson lyfte kikaren till ögonen och spanade över på andra sidan för att utröna vad hans kollega hade för sig.

Först såg han ingenting. Sprängarkuren verkade tom och Morgans bil stod på samma plats som förut. Han sökte av området, och trodde inte sina ögon när han upptäckte en mörkklädd figur, som definitivt inte var Morgan Larsson, komma ut ur kuren och försvinna bort mot skogsbrynet. Kjell Johansson slet till sig radion igen, samtidigt som han inte tog ögonen från kikarsiktet.

– Morgan, för i helvete. Morgan, vad är det som händer?

Fortfarande inget svar.

Kjell Johansson anropade sin kollega på andra sidan brottet.

– Nånting har hänt. Morgan svarar inte och nån jävel har tagit sig in på området och varit i sprängarhytten. Jag såg just hur han kom ut därifrån. Vi måste ta oss över dit. Nu.

När de två männen svängde upp på stenbrottets motsatta sida förstod de genast att något allvarligt hade hänt. På marken låg Morgan Larssons kommunikationsradio söndertrasad.

Då de närmade sig kuren där sprängaren brukade hålla till saktade de in på stegen.

Båda ryggade tillbaka inför synen som mötte dem. Morgan Larsson låg på golvet, med kroppen vriden i en konstig vinkel. Blickarna drogs först till buken. Den var full av blodiga skotthål där flugor och andra insekter redan börjat flockas i värmen.

Knutas, Karin och Wittberg satt i samma bil på väg upp mot Slite. De stora fabriksbyggnaderna dominerade samhället som låg på Gotlands nordöstra sida. Kalkstens-brottet var gigantiskt, som en jättelik krater låg det vid sidan av vägen.

Knutas bromsade in vid entrén till fabriken.

Hamnchefen på Cementa ledsagade dem till stenbrottet där kroppen påträffats.

– Kan du berätta vad du vet än så länge? bad Knutas medan de körde in genom gallergrindarna till fabriks-området.

– Jo, Morgan skulle sköta sprängningen här, och han hade två medarbetare med sig fast de befann sig på varsin sida av brottet, nästan en kilometer från varann.

– Hur höll de kontakt? undrade Karin.

– Via radio. De andra hade till uppgift att kolla så att folk höll sig borta under själva sprängningen. Det blir ju en enorm kraft som ni förstår, när tusentals ton sten ska lossna. Strax före sprängningen hade Morgan sagt att han tyckte sig se nån borta vid sin kur, men sen trodde han visst att det var inbillning. När detonationen dröjde försökte kamraterna anropa honom på radion, men han svarade inte. I kikaren upptäckte en av dem en person som kom ut därifrån och sprang mot skogsbrynet.

– Vad heter han som såg det här och var finns han nu? frågade Knutas upphetsat.

– Kjell Johansson. Han sitter nog inne på kontoret med den andre som var med, Arne Pettersson. Det var alltså de två som hittade kroppen.

– Be dem stanna kvar, så vi får prata med dem innan de försvinner härifrån. Det är väldigt viktigt.

Hamnchefen anropade kontoret via sin kommunikationsradio och gav instruktioner om att de båda vittnena skulle vara kvar.

– Vi är strax framme, fortsatte han.

Först körde de förbi själva fabriken med enorma silos, rullande band som transporterade grus för vidare förädling och roterande ugnar där kalkstenen brändes.

De fortsatte bort mot det större stenbrottet där mordet skett. Bilen skumpade fram på grusvägen som löpte som en bred, raklång fåra mellan de höga bergväggarna.

– Hur väl kände du Morgan Larsson? frågade Knutas.

– Bra. Han hade jobbat här i tjugo år, nästan lika länge som jag.

– Hur svårt är det för obehöriga att ta sig in på området?

– Det är egentligen ingen match. Vi kan ju inte spärra av hela fabriksområdet och området kring kalkstensbrotten också. Ovanför ligger ett vidsträckt skogsområde, Fila Hajdar, det är därav stenbrottet har fått sitt namn.

– Så om man befinner sig här ovanför kan man ta sig iväg utan problem? Även med bil?

– Javisst, det är småvägar överallt ute i skogen.

Knutas svor tyst. Bilen fortsatte uppför en backe vid sidan av infarten till själva brottet och de parkerade utanför sprängarens kur.

– Ja, där inne ligger han, sa hamnchefen.

Den cirkelformade träkuren var inte större än en och en halv kvadratmeter. De stannade utanför för att inte förstöra eventuella spår. Morgan Larsson låg på sidan på golvet med ansiktet uppåt.

Knutas såg med en gång att han skjutits både i huvudet och i buken. Precis som Peter Bovide. Det fanns knappast någon tvekan om att de hade med en dubbelmördare att göra.

Han tittade på Karin. Färgen hade helt lämnat hennes ansikte.

– Fy fan. Vad är det för dåre? mumlade Wittberg.

Karin sa inget. Knutas såg på sina kolleger.

– Ja, vi kan väl vara så gott som säkra på att vi har att göra med samma gärningsman. Såret i pannan ser ut att vara identiskt med det på Peter Bovide.

Ytterligare ett par polisbilar kom uppför backen. Ur den första hoppade Erik Sohlman ut.

– Vad är det som har hänt?

Innan någon av dem hann svara var Sohlman framme vid kroppen. Han tvärstannade och såg bestört på den dödes ansikte.

– Morgan... Morgan, vad fan?

Karin gick fram till honom och lade handen på hans axel.

– Hur är det? Kände du honom?

– Det är ju Morgan, mumlade Erik. Morgan Larsson.

I det mindre stenbrottet fanns några baracker med kontor och fikarum. Där väntade Kjell Johansson, förmannen som varit ute vid stenbrottet när mordet inträffade. Han var i femtioårsåldern och såg blek och sammanbiten ut.

– Kan du berätta vad som hände? började Knutas.

– Vi åkte bort till brottet som vanligt ungefär en kvart innan det skulle smälla. Morgan var redan där, han var jämt tidig.

– Lade du märke till nåt särskilt på vägen dit?

– Nej, ingenting.

– Och vad hände när ni kom fram?

– Jag och min kollega tog var sin kant som vi brukade, alltså på andra sidan mot där Morgan höll till. Vi snackade med varann i radion som vanligt, men så sa Morgan att han tyckte att han hade sett nån röra sig vid kuren där han står under sprängningen.

– Var befann han sig själv då?

– Han kollade av laddningarna. Det gjorde han alltid.

– Vad var det han såg?

– Det sa han inte, bara att han tyckte nåt rörde sig. Han bad mig kolla. Jag upptäckte ingenting.

– Och sen då?

– Sen vet jag inte vad som hände. Klockan blev halv tolv och Morgan brukade alltid fyra av exakt på sekunden. Han har det som en liten sport det där, att han vill spränga precis på utsatt tid. Men den här gången blev klockan flera minuter över halv utan att det hände nåt. Jag försökte anropa Morgan, men han svarade inte. Sen kom explosionen.

Kjell Johansson tystnade och tittade ner på sina valkiga händer.

– Hur mycket uppfattade du av den där andra personen?

– Jag fick bara en skymt av honom men han var ordentligt påklädd i värmen. Jag tror att han hade mörka byxor och en stor, mörk skjorta på sig.

Knutas såg allvarligt på mannen på andra sidan bordet.

– Det är oerhört betydelsefullt det du säger nu. Du har alltså sett gärningsmannen med egna ögon. Försök att komma ihåg så mycket som möjligt om hur han såg ut, varenda liten detalj är viktig.

– Ta tid på dig om du behöver, tillade Karin. Tänk efter.

– Jag såg honom bara i några sekunder och på så långt håll. Han kom ut från Morgans kur, då precis efter att det hade smällt. Han rörde sig på ett särskilt sätt, lite klumpigt. Kanske haltade han lite. Han var kortare än Morgan, som jag tror var runt en och åttiofem. Den andra var åtminstone tio centimeter kortare. Det är jag ganska säker på.

– Det betyder att den du såg var en och sjuttiofem ungefär?

– Ja, nånting sånt.

– Nåt mer?

– Nej, det gick så snabbt.

– Vad gjorde de?

– Jag tror att de pratade med varann. Eftersom Morgan inte svarade i sin radio så höll jag ögonen på kuren hela tiden genom kikaren. När sprängladdningen detonerade försvann hela kuren i ett dammoln, men så kom han ut och gick bort mot skogen.

– Och sen?

– Inget mer. Jag var orolig för Morgan så vi körde dit på en gång.

– Och då var den andre försvunnen?

– Ja.

– Vet du om Morgan kände Peter Bovide, snickaren som sköts ihjäl för ett par veckor sen? frågade Karin.

Kjell Johanssons ansikte mörknade.

– Jag tror inte det, men jag lade märke till att han blev konstig så fort vi andra här på jobbet pratade om mordet på Fårö.

– Jaså, på vilket sätt?

– Det snackades såklart en massa. Peter Bovide bodde ju här i Slite och hans firma har gjort en del byggjobb på fabriken, de har renoverat baracker bland annat. Morgan var den ende som aldrig kommenterade mordet. Först tänkte jag inte på det, men efter några dar märkte jag att han blev tyst eller gick iväg varje gång det kom på tal. Och då frågade jag honom om han kände Peter Bovide.

Karin lutade sig framåt.

– Ja?

– Han nekade och undrade varför jag trodde det. Han såg riktigt orolig ut, som om han blev nervös bara av frågan.

– Och vad sa du?

– Äh, ingenting. Jag märkte ju att det var nåt känsligt med det där, så jag lät bli. Och nu har Morgan också blivit mördad. Fan också.

Kjell Johansson lät förtvivlad.

– Finns det nånting mer du kan berätta om Morgan? frågade Knutas. Nåt du reagerat på eller tyckt har varit konstigt. Nån ny person han träffat kanske?

Förmannen gnuggade sig i ögonen och tittade upp på de båda poliserna.

– Ja, det finns faktiskt en sak.

– Vadå?

– Att han verkade så hysterisk när det gällde sin resa till Gotska Sandön.

– Gotska Sandön?

– Ja, han var där nu i helgen. Han brukade åka dit med jämna mellanrum, fast han inte alls var nån naturtyp. Han avskydde allt vad skogspromenader och friluftsliv hette och skulle vi ha nån uteaktivitet här på jobbet så ville han aldrig vara med. Morgan gillade mest att sitta inne och dricka öl och kolla sporten på TV. Det var avkoppling för honom. Ändå skulle han iväg till Gotska Sandön. Och nu i helgen hade han bokat en resa dit och fast vi fick det riktigt krisigt här på jobbet eftersom flera blev sjuka så vägrade han att skjuta på resan. Jag vet att chefen försökte truga honom till att jobba med olika lockbeten men det var omöjligt. Han skulle prompt dit och det gick absolut inte att åka senare.

– Vad skulle han göra på Gotska Sandön? frågade Knutas.

– Ingen aning. Jag vet att han åkte dit ibland, han har varit där flera gånger förut.

– Åkte han ensam?

– Ja, det tror jag. Han var en ensamvarg. Hade varken familj eller tjej. Han bodde själv och jag tror att han gjorde det mesta på egen hand.

– När exakt var han där?

– Han åkte i fredags och kom hem i går kväll.

– Så det var det sista han gjorde alltså, ett besök på Gotska Sandön. Och han hade varit där tidigare?

– Ja, åtminstone några gånger.

– Vet du varför han åkte dit?

– Ingen aning. Jag har aldrig funderat över hans resor dit förut, men den här gången blev det så tydligt att ingenting kunde få honom att ändra på resan och då måste det ju vara nåt väldigt speciellt. Jag frågade honom varför det var så förbannat viktigt att han satte oss här på jobbet på pottan och då ilsknade han till ordentligt och skrek åt mig att jag inte hade med det att göra. Jag blev verkligen förvånad, han reagerade så jäkla överdrivet.

– Vi behöver undersöka det, fastslog Knutas. Genast.

Han tittade vädjande på Karin.

– Det är lugnt, jag tar det. Jag kan åka på en gång.

Johan unnade sig en lång sovmorgon, trots att det var måndag. Han visste inte om han orkade gå till jobbet. Problemen med Emma tog knäcken på honom. En hel vecka hade gått sedan deras bråk och han hade inte förmått sig till att ta kontakt med henne. Madeleine hade åkt hem till Stockholm dagen efter den där olycksaliga söndagen och lika bra var det. Hela veckan hade han jobbat på och försökt att inte tänka på Emma alls. Han behövde en paus från henne och alla problem. En dag hade han tagit ledigt och åkt upp till hennes föräldrar på Fårö och hämtat Elin och varit tillsammans med henne hela dagen. Det hade varit både underbart och plågsamt eftersom han inte fick ha sitt barn för jämnan.

Han var trött och kände sig deppig. Ringde Pia och sa att han stannade hemma om inget särskilt hände. Grenfors fick säga vad han ville. Tillbaks till sängen i någon timme innan han slutligen steg upp av ren leda.

Han duschade och satte på kaffe. När han blöt i håret och med en handduk om höfterna gick ut i hallen för att hämta morgontidningarna upptäckte han ett kuvert på hallmattan. Han kände igen handstilen.

"Till Johan" var allt som stod på framsidan.

Hon hade alltså varit här och lämnat det personligen.

Då måste det vara viktigt. Han var tvungen att hälla upp en kopp kaffe och hämta en cigarett innan han öppnade. Visserligen brukade han inte röka inomhus men vad fan. Tusen tankar passerade genom huvudet medan han med fumliga fingrar sprättade upp kuvertet.

Han fuktade läpparna innan han började läsa.

När Pia ringde satt han fortfarande med kortet i handen, oförmögen att röra sig. Han hade fullt upp med att försöka samla tankarna.

Det hördes på hennes röst att något särskilt inträffat.

– En man har skjutits till döds i stenbrottet i Slite. Det hände bara för nån halvtimme sen. Jag hämtar dig, ställ dig vid Söderport så är jag där om fem minuter.

Johan reste sig. Det behövdes något av den här kalibern för att slita honom från Emmas kort. Nu drog han på sig shorts och T-shirt och sprang med håret fortfarande blött ner mot Söderport.

Tio minuter senare var de på väg upp mot Slite. Större delen av färden satt Johan i telefonen. Först med polisen som inte ville säga någonting förutom att en man hade hittats död uppe vid stenbrottet i Slite och sedan med Grenfors som knappt trodde det var sant att ett nytt mord begåtts på Gotland.

Uppe vid infarten till stenbrottet och fabriksområdet var det avspärrat.

– Jäklar också, vi kommer inte in överhuvudtaget, det är helt kört, suckade Pia.

Nu stod de och stirrade som två fån utanför stängslet. Så lyste Pia upp.

– Jag har en kompis som jobbar härinne. Jag försöker få tag i honom, sa hon.

Området där mordet ägt rum var gigantiskt och omöjligt att forcera från den här sidan. Människorna som arbetade på fabriken uppehöll sig en bra bit från ingången så det fanns ingen att hugga tag i heller.

När Pia avslutade samtalet tittade hon triumferande på Johan.

– Nu vet jag vad vi ska göra.

En stund senare hade de nått ovansidan av stenbrottet. Pia tog av från stora vägen in på en liten skogsstig. Bilen skumpade fram. Kalkstenen syntes och märktes överallt. Marken var vitfärgad och de buskar och träd som överlevt i den till synes ogynnsamma miljön var övertäckta av ett fint lager.

– Det känns overkligt, sa Johan. Vilken spökmiljö.

Vägen blev allt smalare och till slut undrade Johan om de verkligen skulle våga fortsätta.

– Tänk om det inte går att vända där framme?

– Den risken får vi ta, sa Pia och stirrade stint framför sig. Grenar och kvistar slog emot vindrutan och de fick plöja sig fram genom snårskogen. Så småningom öppnade sig en glänta där de parkerade.

Pia tog med kameran och de följde en ännu mindre stig in i skogen. Strax var de framme vid brottet. Det öppnade sig som en jättelik gryta framför dem.

– Herregud, utbrast Pia. Har du sett nåt liknande?

– Nej, aldrig.

Utsikten var både fascinerande och skrämmande.

– Typiskt att vi inte tog med oss nåt att dricka. Min strupe känns lika dammig som den här marken.

De vågade sig närmare kanten och såg flera polisbilar och människor som rörde sig omkring dem. Snabbt backade de tillbaka in i skogsbrynet för att inte bli upptäckta.

– Vad är det där? avbröt Pia och pekade bort mot andra sidan brottet.

– Ingen aning. Johan kisade i den starka solen. Det ser ut som en liten bod.

Pia satte upp sitt stativ och började filma. Hon gjorde en panorering över brottet och stannade kameran vid boden.

– Men vad nu?

– Vad är det fråga om?

Pia höjde handen för att få tyst på honom. Hon stod så länge och filmade samma sak att Johan blev stressad i värmen. Inte såg han något heller, motivet låg för långt bort. När hon äntligen var klar tittade hon bara på honom och log underfundigt.

– Jag tror jag har jobb på Rapport i höst. Bara så du vet.

Karin hade otur. Polisens helikopter var upptagen och Kustbevakningen genomförde för tillfället en omfattande övning på annat håll. Att avbryta den och bege sig till Fårösund för att plocka upp Karin skulle ta längre tid än om hon tog den reguljära färjan ut till Gotska Sandön. Nästa båt avgick redan halv tre på eftermiddagen. Någon i polishuset var förutseende nog att faxa över personuppgifter på Morgan Larsson och en kopia av hans passbild innan hon lämnade stenbrottet.

När Knutas kom tillbaka till kriminalavdelningen var aktiviteten hög. Medarbetarna sprang om varandra in och ut mellan rummen och utbytte information. Kihlgård kom emot honom:

– Vad i hela världen är det fråga om? Det här så kallade sommarparadiset är ju rena rama Sicilien!

Anspelningen kanske verkade långsökt, men Knutas som hade föregående års mord färska i minnet där även halshuggna hästar förekom, förstod hur Kihlgård associerade. Han valde att inte svara, utan drog bara sin kollega i armen för att få med honom till möteslokalen.

– Möte – spaningsledningen – nu, skrek han rakt ut medan han snabbt gick genom korridoren. Trots sorlet och stimmet var det som om orden trängde igenom väggarna för inom någon minut var alla församlade.

Den som saknades, förutom Karin, var Erik som fortfarande var ute på brottsplatsen.

– Klockan 11.52 larmades vakthavande om att en man hittats skjuten i en träbyggnad i det största stenbrottet i Slite, det som heter Fila Hajdar och som ligger längst västerut, började Knutas. Han upptäcktes av personer som skulle övervaka själva sprängningen tillsammans med honom. Han låg på golvet i kuren och hade blivit skjuten i pannan. Och inte nog med det. Han hade också fått ta emot ett stort antal skott i magen. Precis som Peter Bovide.

– Vem är offret? frågade Smittenberg.

– Mannen heter Morgan Larsson. Han är fyrtioett år, ogift, inga barn. Han arbetade som sprängare på fabriken och hade varit anställd i tjugo år. Han bodde i en lägenhet i centrala Slite. Så mycket mer vet vi inte. Förutom att han har gått i samma klass som Erik Sohlman.

– Oj, de känner alltså varann – hur väl? frågade Kihlgård.

– Inte så bra, tror jag. Erik är i alla fall kvar där ute. Och förresten fick vi veta ute på platsen att Morgan Larsson besökte Gotska Sandön nu i helgen. Det var alltså det sista han gjorde innan han mördades. Karin passade på att ta eftermiddagsfärjan dit ut. Nåväl, vi har spärrat av ett stort område kring stenbrottet. Skogen ovanför genomsöks med hundpatruller och vägspärrar är upprättade kring Slite. Allt tyder på att vi har med samma mördare att göra. Tomhylsorna som hittats på brottsplatsen överensstämmer med de från förra mordet och enligt Sohlman ser de ut att komma från samma vapen, alltså den här ryska armépistolen från tjugotalet.

– Vem fasiken använder sig av ett så gammalt vapen? undrade Kihlgård. Det är ju rena antikviteten.

– Det låter inte som nåt proffs, men det rimmar ju väl med tillvägagångssättet, sa Wittberg. Och förresten, det här måste betyda att vi kan stryka esterna som misstänkta mördare. De sitter ju inne.

– Om vi nu tittar på det som ligger närmast, bet Knutas av. Det finns ett vittne. En av förmännen som var med under själva sprängningen har sett gärningsmannen med egna ögon. Visserligen på långt avstånd, han befann sig på andra sidan brottet, och genom en kikare, men ändå. Han säger att gärningsmannen var mörkklädd. Han var omkring en och sjuttiofem lång och troligen haltar han lätt.

– En och sjuttiofem lång, sa Wittberg. Då är det inte så konstigt att man bara har storlek fyrtioett i skor.

– Det är ett ganska tydligt signalement och vi får hoppas att det hjälper oss att gripa honom snabbt, fortsatte Knutas. Larm har gått ut och efterlysningar, bland annat i radio.

Under tiden måste vi undersöka vilka kopplingar som kan finnas mellan Morgan Larsson och Peter Bovide. Kände de varann? Umgicks de i samma kretsar?

– Finns Morgan Larsson i brottsregistret? undrade åklagaren.

– Nej, svarade Knutas. Det har vi redan kollat.

Dörren öppnades och Erik Sohlman klev in.

– Hur är det? frågade Kihlgård medlidsamt och tog tag i hans arm medan han satte sig ner bredvid.

– Det är okej, svarade Erik, helt okej.

Han vände blicken mot de andra. Det syntes tydligt att han var tagen av situationen.

– Vi kan vara ganska så övertygade om att det är samma gärningsman som mördade Peter Bovide. Morgan är skjuten med ett skott i pannan och sju i magen – precis som förra gången.

– Vad har ni hittat för tekniska spår? frågade Knutas.

– Skospår som är identiska med dem som fanns på stranden vid Norsta Auren. Det är också storlek fyrtioett, av samma skotyp, en ordinär billigare variant av gympasko som går att köpa precis var som helst. Blodstänken i boden visar att han sköts på den plats där han hittades. Troligen först i huvudet och sen i buken. Några hylsor låg på golvet och de överensstämmer med dem vi fann i samband med mordet på Peter Bovide. Självklart skickas de och även de kulor vi hittar till SKL, men jag kan säga redan nu att det antagligen är samma vapen som har använts.

– Hur säker är du? frågade Wittberg.

– Ganska så övertygad eftersom vapnet är så pass unikt. En rysk armépistol från 1926, en Korovin med den speciella kalibern. Gärningsmannen har tömt magasinet även den här gången.

– Hur väl kände du Morgan Larsson? frågade Kihlgård.

– Inte så värst, egentligen. Vi gick i samma klass i hela grundskolan och bodde inte långt ifrån varann i Slite. Men vi har aldrig varit nära vänner.

– Han var ju ogift utan barn och hade ingen flickvän enligt arbetskamraterna. Känner du till om han träffade någon?

– Jag tror inte det. Han bodde i en lägenhet i Slite. Ensam, såvitt jag vet.

– Har du nån aning om han hade kontakter i byggsvängen eller om han kände Peter Bovide?

Erik Sohlman ryckte på axlarna.

– Inte den blekaste.

– Vi sätter igång direkt med att kartlägga kopplingen

till Peter Bovide, avslutade Knutas. Sambandet mellan de två offren måste stå i fokus nu. Och dessutom vad Morgan Larsson hade för sig på Gotska Sandön, inte minst varför han var så angelägen att åka dit.

Johan var benägen att tro att Pia hade rätt när hon förutspådde sin framtid. Bilderna från stenbrottet var skarpa och avslöjande. En bra fotograf hade dessutom tur. Och det hade definitivt Pia. Just när hon började filma så bars kroppen ut ur den lilla boden som de senare förstod var den kur där sprängaren stod då laddningen fyrades av. De fick med både Knutas, Karin Jacobsson och kriminaltekniker Sohlman när de granskade brottsplatsen.

Offrets identitet hade de fått reda på av Pias gode vän som arbetade på Cementa. Alla visste vem han var, Morgan – sprängaren. Fyrtioett år gammal och ensamstående. Mördaren hade alltså valt att slå till just när sprängningen skedde.

– Han kanske ville dränka ljudet av pistolskotten i själva explosionen, föreslog Johan när de satt och klippte ihop bilderna.

– Vore det inte enklare att använda en ljuddämpare i så fall? sa Pia. Vad är det med dig förresten? Du verkar så himla uppspelt. Det är väl inte bara för att vi har fixat ett scoop?

– Det skulle i och för sig räcka. Men du kan få ett scoop till.

– Vadå menar du?

Johan reste sig och hämtade ett kuvert som han räckte henne.

– Varsågod.

– Är inte det här privat? undrade Pia tveksamt när hon såg att det stod "Till Johan".

– Jo, men du kan läsa – det är okej.

Pia öppnade kuvertet och rynkade ögonbrynen.

Ur det ramlade ett kort med en bild på ett potatisland. Under bilden stod bara en mening. "Ja, jag vill. Nu igen."

– Jag fattar ingenting – nån som vill odla potatis?

– Lite mer än så, Pia.

– Va? Pia tittade frågande på sin kollega. Vad menar du?

Så drogs blicken till hans vänstra ringfinger.

– Nä, säg inte det, är du förlovad igen? Du och Emma. Nej men Johan, vad kul. Grattis!

– Tack, skrattade Johan. Tack.

Kajen nere vid Fårösund var fylld av människor i shorts, foträta skor och ryggsäckar, på väg ut mot naturupplevelser på Gotska Sandön. När Karin klev ombord lade hon märke till hur kaptenen glatt höjde handen åt henne och vinkade in henne i styrhytten. Hon kunde inte erinra sig att hon sett honom förut, men uppenbarligen kände han igen henne.

– Jag vet att du är polis, jag har sett dig på TV, förklarade han när hon klev in och sträckte fram handen. Han presenterade sig som Stefan Norrström.

Det första som slog Karin var att de faktiskt var ganska lika. Kaptenen var inte mycket längre än hon själv och i samma ålder. Han var också mörkhårig och när han drog på smilbanden blottades ett mellanrum mellan tänderna. Enda skillnaden var att han var liten och satt, medan hon själv var finlemmad.

Stefan Norrström visade sig vara lättpratad och han berättade livfullt om Gotska Sandön under den två timmar långa överresan. Målande beskrev han hur fartyg förlist i de hårda stormar som rasat vid ön, om olyckor och om fyrvaktarnas vedermödor. Tidigare var flera fyrar i bruk, men de hade automatiserats på sjuttiotalet. Fyra tillsynsmän arbetade fortfarande året runt och under turistsäsongen, från maj till september, fanns lägervärdar på plats för att hjälpa turister tillrätta. Vintertid låg ön mestadels öde. Med sitt ensamma läge mitt i havet var den utsatt för hårt väder vilket gjorde det svårt att bo där året om.

Medan kaptenen pratade på beundrade Karin utsikten. De hade lämnat Fårö och Gotland bakom sig och var ute på öppet hav. Bara solglittrande vatten så långt ögat nådde.

– Nu är det inte så långt kvar, sa han efter en dryg timme och Karin anade en enslig strimma land mitt i havet. Den växte till ett grönt band utan synbara höjder och kullar. När de kom närmare kunde hon skönja sandstranden som tonade fram som en lång ljus bård på den ensliga ön. Hon förvånades av att det verkade finnas så mycket skog.

Karin hade aldrig satt sin fot på Gotska Sandön och hade föreställt sig den som en platt sandremsa, inte mer. När de nu närmade sig förändrades bilden.

Båten rundade den sista udden innan den nådde stranden där de skulle gå iland och Stefan Norrström räckte henne sin kikare.

– Titta. Där ute har du Bredsands udde, ser du fåglarna – där är både ejder, storskrake, storlom och så havstrutar, vitfåglar och måsar förstås.

Karin förde kikaren till ögonen. Det tog en stund innan hon hittade fokus, men när hon gjorde det häpnade hon.

I blickfånget syntes tusentals och åter tusentals sjöfåglar som flög om varandra på olika höjder, fram och tillbaka ute vid udden. Det var ett imponerande skådespel.

– Du måste gå och titta på solnedgången där. Det är verkligen värt det. Och inte alls långt från lägerplatsen, bara fem minuter. Stranden är så ljus och bred, man tror att man är på Bali eller nåt.

– Hur ofta hinner du själv gå av båten och vara på ön?

– Det är sällan. Båten går ju i skytteltrafik mellan Nynäshamn, Gotska Sandön och Fårösund. Men jag har jobbat som assistent åt tillsynsmannen tidigare. Därför kan jag ön utan och innan.

Karin plockade fram passbilden på Morgan Larsson.

– Känner du igen den här mannen? Han heter Morgan Larsson och brukar åka till Gotska Sandön med jämna mellanrum.

Stefan Norrström tummade på bilden och betraktade den eftertänksamt.

– Nej, honom har jag nog aldrig sett. Och namnet säger mig ingenting. Men man träffar så många människor. Det är omöjligt att komma ihåg alla.

Gotska Sandön, den 22 juli 1985

När Vera nådde tältlägret var hon fysiskt och psykiskt utpumpad. Promenaden tillbaka hade varit tio gånger jobbigare än när de gått samma väg morgonen före. Hon bad till Gud att systern vänt tillbaka till tältlägret på egen hand eller åkt dit i båten med killarna de träffat. Hennes mamma och pappa satt utanför stugan och drack kaffe när hon kom. Av deras miner att döma förstod hon att Tanja inte hade återvänt.

– Kommer du ensam? Var är Tanja? ropade Oleg, utan att ens hälsa.

Båda föräldrarna reste sig från bordet och kom emot henne. Deras ansikten uttryckte fasa och oro. Vera kunde inte hjälpa att hon kände ett sting av irritation mitt i allt-ihop. Att det alltid var systern som var nummer ett och föremålet för deras uppmärksamhet. Själv hade hon, trött och utom sig av oro, vandrat i nästan fyra timmar. Vatt-net var urdrucket sedan länge, eftersom hon hade lämnat hälften av det som var kvar. Hon var genomsvettig, uttor-kad och helt slut, men ingen av dem gjorde en ansats att hjälpa henne med packningen eller erbjuda henne något att dricka. Vera bet ihop. Utan omsvep förklarade hon precis vad som hade hänt. Uttrycket i hennes fars ansikte när hon var färdig skulle hon aldrig glömma. Han var vit under solbrännan och läpparna var sammanpressade till ett smalt streck.

– Menar du att du tillät dig bli så full att du bara gick och lade dig? Du lämnade henne ensam med två vilt främmande män?

– Ja men... försökte hon, men tystnade när hon såg sin pappas svarta blick.

– Hur kunde du? Du är storasyster och borde ta nån form av ansvar, Tanja vet inte sitt eget bästa. Du bara somnade och nu är hon borta – antagligen med två främmande karlar!

Han ställde sig bara några centimeter ifrån hennes ansikte och saliven stänkte. Vera stod fortfarande med svetten rinnande nerför armhålorna och ryggsäcken som en blytyngd på ryggen. Hon kände sig matt och yr, huvudet började snurra.

– Ta det lugnt, hörde hon sin mammas röst. Det är inte Veras fel att Tanja är borta. Nu söker vi rätt på henne istället. Hon har nog bara gått vilse.

Hela kvällen letade de och fick hjälp av andra besökare, tillsynsmannen och övriga anställda. Ropen efter Tanja ekade över ön, men sökandet gav inget resultat. När det började mörkna larmades polisen. Dagen därpå skulle en patrull komma över och en helikopter sättas in så fort det ljusnat. Båten med de försvunna männen efterlystes, men Vera hade en mycket vag uppfattning om vilken typ av båt det var. Hon mindes inte heller vad männen hette, men hon trodde att de kom från Stockholm.

Efter spaningsledningens möte ringde Knutas upp
Peter Bovides föräldrar. Katarina Bovide svarade.

– Hej, det är kommissarie Knutas här, vid Visbypolisen.
Jag är väldigt ledsen över att behöva störa igen, men jag
undrar om Peter kände nån som hette Morgan Larsson?

Det blev tyst i luren.

– Det är väl inte han som är död? Jag hörde just på radio
om en vid stenbrottet som...

– Jo, det är han. Vi har naturligtvis inte gått ut med
identiteten offentligt än, men det är Morgan Larsson. Och
han är skjuten, precis på samma sätt som Peter.

Knutas hörde hur Katarina Bovide drog efter andan.

– Men det är ju fruktansvärt! Varför just Morgan? Och
Peter? Jag förstår ingenting. De var ju så snälla killar.

– Tyvärr är det så. Kände de varann?

– Ja, det var bästa kompisar när de var yngre. Men inte
som vuxna. De har inte haft kontakt på många år.

– Vet du varför?

– Det är väl sånt som händer, man kommer ifrån var-
ann.

– Hur goda vänner var de?

– Morgan var ju ett år äldre än Peter, så de gick aldrig
i samma klass. Men när Morgan var tretton år hände nåt

väldigt tragiskt. Hans föräldrar omkom i en bilolycka. Han var enda barnet så han fick flytta till sina morföräldrar som bodde ett stenkast från oss i Slite. Morgan mådde nog inte så bra efter allt han gått igenom, men Peter hade många kompisar i kvarteret och de fann varann snabbt, så Morgan kom också in i gänget kan man väl säga. Sen var de som ler och långhalm i ganska många år. De reste tillsammans, tågluffade och så. Men så småningom rann deras vänskap ut i sanden. Jag vet inte varför.

– Frågade du honom inte?

– Jo, det gjorde jag säkert men jag minns faktiskt inte vad han svarade. Peter hade flyttat hemifrån för länge sen och Morgan också. Båda bodde inne i Visby på den tiden. Det är ju så där med kompisar, de kommer och går. Man kan inte ta för givet att man ska ha dem kvar hela livet. Precis som allt annat.

Katarina Bovides röst sprack och Knutas hörde att hon närmade sig bristningsgränsen. Han tackade för sig och avslutade samtalet.

Båten lade till vid den nordöstra udden nära fyren, bara några minuters promenad från lägerplatsen. Vädret var perfekt, soligt och vindstilla och det var drygt tjugofem grader varmt. Karin glömde nästan bort att hon var där för en mordutrednings skull. Den enorma stranden bredde ut sig framför henne, kilometer efter kilometer så långt ögat nådde tills den försvann bort i fjärran bakom nästa udde. Bredare strand hade hon knappast sett och sanden var finkornig och nästan vit.

Klockan var halv tre på eftermiddagen och hon tänkte passa på att ta ett dopp innan hon frågade ut personalen på ön om Morgan Larsson. Just nu var de upptagna med alla nyanlända. Packningen slängdes upp på en kärra som traktorer kom och hämtade. Det var de enda slags fordon som kunde ta sig fram i den lösa sanden. Besökarna var hänvisade till att gå på träplankor som var utlagda på sanden de trehundra meterna upp till lägerplatsen.

Först passerade de Fyrbyn, en samling röda trähus med vita knutar och prunkande trädgårdar. De tillhörde Gotska Sandöns hembygdsförening. Föreningsmedlemmarna och tillsynsmännen bodde i husen sommartid och enstaka helger under resten av året.

Karin drog in andan djupt ner i lungorna, friskare luft

hade hon nog aldrig känt. Från skogen kom barrdoft med stänk av mossa, blandat med havsluft.

Mitt på den öppna platsen med stugorna runt om låg ett litet museum med bibliotek och arkiv. Därinne hade tillsynsmännen sitt kontor. Den tillsynsman som arbetade för tillfället var på väg tillbaka från andra sidan ön och det skulle dröja någon timme innan han var på plats.

Stigen fortsatte uppåt till själva lägerplatsen där turisterna fick hålla till. Runt en stor öppen plats låg både tält och mindre stugor. I mitten fanns gemensamma byggnader för tvätt, matlagning och duschutrymmen. En bit bort var toaletterna placerade, det vill säga utedass i en lång rad. Det enda drickbara som erbjöds på ön var brunnsvatten, all mat och annan dryck måste forslas över. Ingen kiosk, ingen affär, ingenting. Bara det en upplevelse vid sidan om allt annat exotiskt.

Karin insåg att hon skulle bli tvungen att övernatta eftersom hon kommit ut så sent på eftermiddagen, och hon fick hjälp med både stuga, mat och kläder.

Snabbt installerade hon sig i stugan, bytte om till badkläder och gick förbi lägerplatsen bort mot den västra stranden. Hon undrade var Morgan Larsson hade bott och om han varit här ensam. Hon hoppades att de som arbetade på ön hade koll på vilka gäster de haft, åtminstone några dagar tillbaka.

Stigen mot stranden gick genom en bit skog. Hon kunde inte påminna sig att hon någonsin hade upplevt en sådan tystnad. Hon stannade upp för att lyssna. Inga bilmotorer eller människoröster, inte ens ett sus i träden. Havet låg stilla. Karin fylldes av ett lugn och glömde nästan bort den tragiska anledningen till att hon var där. Stranden var minst femtio meter bred, sanden glödde i eftermiddagssolens sken. En bit ut låg några segelbåtar för ankar och på stranden kunde man se enstaka människor, men det var långt mellan dem.

Och så reser folk tvärs över halva jordklotet för att komma till stränder som inte är hälften så fina, tänkte Karin. Hon släppte badhandduken i sanden och sprang ut i vattnet.

Så fort Johan kom tillbaka till redaktionen ringde han trots brådskan med rapporteringen kring det nya mordet till pastorsexpeditionen. Det fanns en ledig tid för vigsel i Fårö kyrka en lördag i augusti klockan fyra på eftermiddagen. Några hade bokat av. Var det ett dåligt omen? Han slog bort tanken.

Ända sedan han såg kyrkan första gången hade han velat gifta sig där. Med Emma. Den här gången skulle det bli av.

På kvällen åkte han ut till Roma. När han gick uppför grusgången till Emmas hus var han vid gott mod. Han hade köpt tjugo röda rosor som han höll bakom ryggen tillsammans med en champagneflaska.

Han ringde på och lyssnade till klingandet inifrån. Ingen syntes till i köksfönstret. Bara hon var hemma nu. Han hade inte velat ringa och förvarna. Ville överraska henne, precis som hon hade överraskat honom.

Så öppnades dörren och där stod hon. I grå munkjacka och mjukisbyxor, vått hår. Hon såg precis ut som första gången de träffades. Han skulle aldrig glömma den gången. Då hade han och fotografen Peter Bylund kommit till villan i Roma för att intervjua Emma, som var bästa väninna till den kvinna som hittats brutalt yxmördad på en strand. Båda hade åkt därifrån smått förälskade.

Han blev rörd när han såg henne. Hon var nästan overklig.

– Hej.

Hon såg glad ut.

– Emma, sa han bara.

Kramade om hennes mjuka hårda kropp, borrade in näsan i det våta långa håret. Sedan drog han sig undan och tittade henne djupt i ögonen.

– Jag går på en gång om du inte kan svara på min fråga.

– Okej, sa hon undrande, men såg inte ett dugg orolig ut. Bara förväntansfull.

– Vill du gifta dig med mig den nittonde augusti i Fårö kyrka med familj, släkt, vänner och alla barnen med? Och då menar jag ett stort jäkla kyrkbröllop med jättefest efteråt.

Emma svarade utan att tveka.

– Ja, Johan. Det vill jag.

Han lade undan blomsterkvasten och lyfte upp henne i famnen. Så lätt hon var. Hon hade gått ner rejält i vikt sedan i våras. Han bar henne uppför trappan till övervåningen. Lade henne i sängen. Drog av byxorna och den grå munkjackan medan han smekte hennes lena skinn. Tog hennes huvud mellan sina händer och kysste den mjuka munnen. Hans mun fastnade i hennes. Kyssen tog aldrig slut. Hon knäppte upp hans skjorta, satte sig på honom.

Så länge sedan det var. En evighet sedan de älskat sist. Och kyssen bara fortsatte. Hon ville aldrig släppa taget. Inte han heller.

Karin steg in i museibyggnaden, där hon skulle träffa tillsynsmannen Mattias Bergström. Han var i trettioårs-åldern med skägg och isblå ögon. I telefon tidigare hade hon förklarat sitt ärende. Han föreslog att de skulle sätta sig inne på kontoret där de kunde tala ostört. Kontoret var litet och rörigt med hyllor, böcker och papper överallt. De slog sig ner på var sida om hans överbelamrade skrivbord och hon fick en kopp kaffe i handen, utan erbjudande om mjölk eller socker.

– Så det gällde det här mordet på mannen i stenbrottet i Slite, sa han, mer som ett konstaterande än en fråga.

– Ja, just det. Han var tydligen här nu i helgen. Dagen efter sköts han ihjäl på sitt jobb. Vi vill undersöka om han träffade nån här eller om det hände nåt som kan ha utlöst mordet.

– Usch, en otäck historia det där. Jag pratade med honom i går. Han hade ju varit på ön ganska många gånger.

– Jaså. Kom han hit ensam eller i sällskap med nån?

– Jag tror att han var ensam, faktiskt.

– Vet du när han var här första gången?

– Jo, det kan jag kolla.

Mattias Bergström reste sig och öppnade ett arkivskåp.

– Här sparar vi allt manuellt om vilka som har bott här

och när. Ja, vi är lite gammaldags.

Han bläddrade omständligt i pärmen.

– Då ska vi se. L... som i Larsson. Du förstår, vi för register över alla på deras efternamn, inget annat. Har vi bara namnet så kan vi se när varje besökare har varit här, hur länge de har stannat och hur de har bott, om de har varit ensamma under vistelsen eller i sällskap.

– På så vis.

Karin kände hur otåligheten kröp i henne.

– Larsson, ja, konstaterade han förnöjt när han äntligen hittade namnet. Morgan. Han var här första gången 1990. Sen har han kommit tillbaka flera gånger efter det.

– Jaså, hur många?

Mattias Bergström räknade efter.

– Fem gånger faktiskt, ungefär vart tredje år. Och alltid samma datum.

Karin höjde på ögonbrynen, lutade sig lite framåt.

– Samma datum, sa du. När då?

– Han har kommit den tjugoförsta juli och rest den tjugotredje. Likadant varje gång.

– Märkligt, det kan väl knappast ha varit en slump. Vet du varför han kom just de datumen?

– Nej, inte en aning. Och nu kan man fundera sig blå. Det är ju tyvärr för sent att fråga.

– Har ni haft nån Peter Bovide som har övernattat här?

Tillsynsmannen plockade fram en annan pärm och letade efter namnet.

– Anette Bovide har vi och Stig och Katarina Bovide, men ingen Peter.

– När var de här?

– Anette gästade oss med sin man Anders Eriksson i juni för tre år sen och Stig och Katarina har besökt ön två gånger. Första gången var i augusti 1991 och den andra förra året, i maj.

– Har du en lista på vilka andra personer som var här samtidigt som Morgan Larsson nu senast?

– Javisst.

Karin ögnade igenom listan med namn. Den sa henne ingenting. Hon jämförde med Morgans tidigare besök. Inget namn verkade dyka upp flera gånger.

– Kan jag få en kopia?

– Ett ögonblick bara.

Han reste sig och försvann till ett angränsande rum. Det rasslade och skrällde en bra stund innan han var tillbaka med en sotig kopia.

– Tack, sa Karin när han räckte henne papperet. Kan du berätta för mig vad du fick för intryck av Morgan Larsson och vad han gjorde när han var här?

Tillsynsmannen lutade sig tillbaka och knäppte händerna.

– Han var alltid ensam de gånger jag träffade på honom. Jag lade inte märke till nåt särskilt, förutom att han verkade ganska inbunden.

– Uppträdde han konstigt?

– Nej, inte direkt. Fast han verkade vara en riktig rutinmänniska. Varje morgon dan efter ankomst lämnade han lägerplatsen i ottan med packning på ryggen så jag antar att han gjorde som många andra, alltså promenerade runt ön.

– Hur lång tid tar det?

– Nja, den är drygt tre mil i omkrets så det är inte alla som promenerar runt hela. Man kan välja olika varianter. Vissa börjar med att gå tvärs över ön genom skogen och tar vägen utefter stranden hem. Andra startar vid fyren och promenerar kustvägen eller så viker de av nere vid

Tärnudden på andra sidan och väljer skogsstigen på tillbakavägen.

– Om man nu väljer kustvägen runt hela ön, hur lång tid tar det?

– En nio, tio timmar även om man är van att vandra. Bitvis är stränderna steniga och besvärliga och på en del ställen måste man vika av, som ute vid Säludden till exempel, som är fridlyst område.

– Finns det sälar där?

– Ja, där ser man nästan alltid sälar. Störst chans är på morgonen eller kvällen när de ligger och vilar på stenarna i vattnet.

– Vet du vilken väg Morgan Larsson valde?

– Jag stötte faktiskt på honom nu i lördags tidigt på morgonen på stigen som går tvärs genom skogen till stranden Las Palmas på östra sidan. Och jag vet andra som sett honom komma i kvällningen söderifrån på västra sidan. Eftersom han verkade vara en sån utpräglad vanemänniska gissar jag att han gick en av de vanligare rutterna som tar sju, åtta timmar.

– Kan du visa mig på en karta?

– Javisst.

Återigen reste han sig och gick ut i ett annat rum, sedan kom han tillbaka med en karta med texten "Länsstyrelsen". Han pekade ut vägen.

– Om jag går samma sträcka i morgon, vad ska jag tänka på?

– Stig upp tidigt och ät en stadig frukost. Packa lätt, men tänk på att du måste ha med dig både vatten och mat för hela dan. Sätt på dig rejäla skor, shorts och solhatt. Ta med baddräkt. Det kan bli ansträngande om det blir lika soligt som i dag. Nere på södra sidan, här – han ringade in ett ställe på kartan med en kulspetspenna – finns ett vattenställe med en pump med friskt vatten som går bra att dricka. Då är du ungefär halvvägs och kan fylla på dina flaskor.

– Tack, vad bussigt av dig. Finns det nåt annat du kan berätta om Morgan Larsson?

– Ja, det var en sak till som han alltid gjorde. Han besökte kapellet.

– Finns det ett kapell på ön? frågade Karin förvånat, samtidigt som hon skämdes för sin okunnighet.

– Ja, det ligger nära lägerplatsen och du passerar det om du går den här vägen. Det är alltid öppet. Och vill du gå dit i kväll är det kvällsandakt klockan nio.

– Tack.

– Vill du ha mer information om ön så har du museet och biblioteket en trappa upp. Gå gärna dit och botanisera, föreslog tillsynsmannen tjänstvilligt.

Karin tackade för sig och lämnade rummet.

Hon såg fram emot att få gå i Morgan Larssons fotspår.

Gotska Sandön, natten den
22-23 juli 1985

Letandet efter Tanja pågick hela natten. Vid lägerplatsen gick de man ur huse för att hjälpa till i sökandet efter den försvunna kvinnan. Hembygdsföreningens kärntrupp som befann sig på ön hade samlat ihop ett antal människor som tagit sig ut för egen maskin, och totalt deltog ett hundratal personer i olika skallgångar som utgick från lägerplatsen. Polisen skulle komma så fort det ljusnat.

Vera deltog i gruppen som letade på den västra sidan. Hon var som bedövad. Gick på mekaniskt, stirrade i marken, lyste med ficklampan i skrevor och skogsdungar. Både ville och inte ville hitta sin syster. Ångesten blev värre för varje steg. Oleg och Sabine gick hand i hand ett tiotal meter framför, sökte stöd och tröst hos varandra. Hon lämnades utanför. Det var som om de inte såg henne, inte ville kännas vid henne. Orättvisan brände. Som om allt var hennes fel. Föräldrarna straffade henne genom att sluta sig inne i en egen bubbla dit hon inte hade tillträde. De var så uppslukade av sitt sökande efter sin yngsta dotter att de knappt lade märke till henne. Hon fortsatte oförtrutet, ropade sig hes, gick och gick över skogsmarker, stränder och klippstenar.

Plötsligt snavade hon över en osynlig stock på marken.

Snyftade till, blev liggande i mörkret. Orkade inte resa sig. Kände en otäck föraning om att hon aldrig skulle få se sin lillasyster igen. Kanske var det lika bra att ge upp. Helst skulle hon vilja gå rätt ut i havet och dränka sig. Bara försvinna.

– Hur är det fatt?

Mannen dök upp från ingenstans och lutade sig över henne. Först blev hon rädd, men lugnade sig i samma sekund som hon såg uttrycket i hans ögon.

– I'm sorry, I don't understand.

– Okay.

Han fortsatte på engelska. Han undrade hur hon mådde, ville hjälpa till. Han visste inte vem hon var, tog väl henne för en vanlig sommargäst som deltog i sökandet efter den unga kvinnan. Han hjälpte henne på fötter. De stod mitt inne i skogen och var alldeles ensamma. De övriga hade fortsatt framåt. Månljuset spred ett blekt ljus som silade in mellan träden och kastade spöklika skuggor.

– Har du ont? frågade han.

– Nej, det är ingen fara.

Hon borstade av sig jord och sand som fastnat i kläderna.

– Fryser du?

– Hon skakade på huvudet.

– Var kommer du ifrån – Tyskland?

– Ja, Hamburg. Vi kom hit för några dagar sen. Det är min syster som är borta.

Han sa ingenting utan kramade om hennes axlar.

– Orkar du fortsätta leta?

– Ja, javisst.

Tysta gick de sida vid sida. Han frågade ingenting, vilket hon var tacksam för. Det kändes tryggt att bara gå där och ha någon bredvid.

Timmarna gick och då och då satte de sig ner och vilade. Han hade med sig en ryggsäck med vatten och kex. Solen började gå upp och det var dags att gå tillbaka till lägret.

När de kom fram hade människor börjat samlas från olika håll. Flera poliser hade anlänt med hundar i koppel och de höll på att organisera det fortsatta sökandet. Oleg och Sabine syntes inte till.

– Du behöver vila, sa hennes nyvunne vän. Vilken stuga bor ni i?

– Jag vill inte dit.

Tanken på att lägga sig i rummet hon delat med Tanja var skrämmande.

– Vill du följa med mig?

– Ja, tack.

De gick förbi tältlägret. Vera kände hur människorna stirrade. Ingen polis verkade förstå vem hon var.

Snabbt passerade de folksamlingen. Han höll henne under armen och ledde henne bort till hembygdsföreningens stugor. De stannade framför ett rött trähus med vita knutar som låg längst bort. Vera var så trött att hon knappt orkade stå på benen.

En trång trappa ledde upp till övervåningen. Han kokade varm choklad och bredde några smörgåsar som han lirkade i henne. De satt mitt emot varandra vid det lilla bordet. Plötsligt hördes ett brummande ljud utanför fönstret. Han tittade ut.

– Det är polishelikoptern.

Vera förmådde inte svara.

Museet var tomt när Karin kom dit. Det bestod av en-
dast två rum, där det ena inrymde själva utställningen med
föremål från havet och sandön och anslag som berättade
om dess historia. Det andra rummet användes som biblio-
tek. Längs väggarna fanns rader med böcker om Gotska
Sandön, fyrarna och fisket. På ett bord stod pärmar med
olika rubriker: Fyrvaktarnas dagböcker, Tidningsurklipp
från olika epoker, Allmänna fakta. Karin bläddrade i dem
och slogs återigen av hur lite hon vetat innan hon kom hit.
Hon satte sig ner och började gå igenom pärmarna. Av
fyrvaktarnas dagböcker förstod hon hur hårt livet måste
ha varit för dem och hon förfärades över det stora antal
skepp som förlist i närheten genom årens lopp. Det fanns
till och med en kyrkogård på ön nere vid Franska Bukten,
där ryska sjömän begravts efter en förlisning.

Plötsligt fick hon syn på en pärm med rubriken Brott
på ön. Första sidan visade tidningsurklipp från början av
nittonhundratalet då en fyrväktarassistent misstänktes
för att ha mördat fyrvaktaren genom att hälla arsenik i
hans makaronilåda. Pärmarna fortsatte med historier om
stölder, plundringar av förlista skepp och om en man som
hivat en fiende överbord under överfarten till ön.

En artikel om en försvunnen ung kvinna fångade hennes

uppmärksamhet. Texten handlade om sökandet efter en tysk kvinna som försvunnit på 1980-talet efter en utflykt tillsammans med sin syster vid Franska Bukten där de unga kvinnorna övernattat. Familjen hade slagit larm till polisen kvällen därpå och en patrull hade kommit över nästföljande morgon. En skallgångskedja organiserades, men utan resultat. Nästa artikel bar rubriken "Försvunna kvinnan hittad död". Karin läste med stigande intresse. En polishelikopter hade flugits över och man hade hittat Tanja Petrovs kropp i vattnet ett stycke utanför Franska Bukten.

Teorin till en början var att det rörde sig om en vanlig drunkningsolycka. Sedan följde en rad artiklar om utvecklingen av historien. Det uppdagades att kvinnan inte alls hade drunknat. Hon hade mördats och sedan hade kroppen kastats i vattnet. Den rättsmedicinska undersökningen visade att hon dödats av trubbigt våld mot huvudet, att strypgrepp hade tagits på henne och att hon troligen våldtagits. Karin ryste till när hon läste. Polisen hade utfärdat rikslarm efter en båt med två män, troligen stockholmare. Efter förhör med systern framkom att de unga kvinnorna hade träffat männen som lagt till med en segelbåt vid Franska Bukten. De hade festat på stranden och den äldre systern hade senare gått och lagt sig. På morgonen var lillasystern, de båda männen och båten borta. Något dygn senare påträffades alltså liket av kvinnan i vattnet utanför Franska Bukten.

Kvällstidningarna hade frossat i historien och redogjort för hela familjen Petrovs liv, hur fadern flytt från Sovjetunionen och skapat sig ett nytt liv i väst. Hur Tanja saknades av sina klasskamrater och hur solskenshistorien om den lyckliga familjen som äntligen kunde förverkliga drömresan till Gotska Sandön slutade i en nattsvart tragedi.

Trots ett intensivt spaningsarbete hade de båda männen aldrig hittats. Fallet avskrevs så småningom.

Karin bläddrade vidare i pärmen för att försöka finna flera artiklar. Vad hände med familjen? Hon hade ett vagt minne av att hon hört talas om fallet, då när det var aktuellt. Hon hade diffusa minnesbilder av kvällstidningsrubriker och bilder från Gotska Sandön. Det var innan hon ens hade börjat på Polishögskolan, 1985.

Hon slog ihop pärmen och lämnade museet med en oroskänsla i magen.

Tisdag den 25 juli

Att vakna upp i dubbelsängen i Roma med Emma vid sin sida var overkligt. Det tog honom en stund att inse att det faktiskt var på riktigt. Först nu när han låg där förstod han hur intensiv hans längtan hade varit. Hon låg på sidan vänd från honom. Sakta strök han henne över den smala ryggen – så skör hon var. Bräcklig, både inuti och utanpå. Plötsligt kände han sig stark. Och så längtade han enormt efter Elin. Ville åka och hämta henne på en gång. Men jobbet väntade, någon ny riksreporter hade ännu inte skickats över så han fick ansvara för den fortsatta bevakningen av mordet på sprängaren.

I duschen funderade han över mordet. Det kunde inte vara en tillfällighet att Morgan Larsson mördats på Cementas område i Slite, så nära hamnen med den illegala handeln med svartsprit. Sprit som Peter Bovide också handlat. Sambandet måste finnas där: Cementafabriken – handeln i hamnen – Ryssland. Allt stämde. Mycket pekade på att det var i hamnen som nyckeln till mordmotivet fanns. Det första han måste ta tag i var kopplingen mellan Peter Bovide och Morgan Larsson.

Han avbröts i tankarna av att Emma stod i dörröppningen till badrummet och lät morgonrocken glida av. Vad fin hon var. Fast tunnare än vanligt. Han sträckte ut handen.

– Kom.

Aldrig hade han haft så svårt att slita sig från henne. Det var som om tiden ifrån varandra hade svetsat dem samman ännu mer.

– Vad är det som har hänt med din mun? skrattade han när de kysstes på väg ut till bilen. Du är ju som en sugkopp.

– Ska du säga.

Han tog hennes huvud mellan sina händer.

– Jag älskar dig, Emma.

– Jag älskar dig.

– Jag längtar efter Elin. När kan vi hämta henne?

– Jag åker i dag och så kan väl du komma till oss efter jobbet och sova här i natt med?

– När får jag flytta in?

– Nu.

– Säkert?

– Säkert.

Hon såg så allvarlig ut att han var tvungen att skratta.

– Synd att vi inte kan gifta oss i morgon.

Klockan halv sex ringde väckarklockan. Karin kände det som om hon bara sovit någon timme. Hon fick anstränga sig till det yttersta för att ta sig ur sängen. Utanför fönstret var det knäpptyst. Hon packade ryggsäcken, drack en kopp kaffe och tvingade i sig ett par smörgåsar. Hon var definitivt ingen frukostmänniska och att äta så här tidigt var direkt plågsamt, men hon hade tillsynsmannens ord ringande i öronen. En lång vandring låg framför henne och ingen mat fanns på vägen.

Den uppåtstigande solen höll på att tränga in mellan träden, men det var fortfarande bara gryningsljus när hon promenerade iväg. I skogen var det tyst, allt hon hörde var det mjuka trampet från sina egna fötter.

På kartan hade hon sett var kapellet låg och det dök upp efter bara några minuter. Dörren var öppen och hon gick in. Satte sig i en av de bakersta raderna och lät blicken vandra över de blåmålade träbänkarna. Inredningen var enkel och ljuset föll in fint genom fönstren. Hon undrade om det fanns någon särskild anledning till att Morgan Larsson alltid kom hit.

Hon tände ett av stearinljusen som var uppsatta längs bänkraderna, betraktade det en stund innan hon blåste ut det och lämnade kapellet.

Vandringen genom skogen tog längre tid än hon trott. På andra sidan öppnade sig stranden som kallades Las Palmas, hon hade läst att namnet kom från ett spanskt skepp som kapsejsat för länge sedan.

Stranden var stenig och ojämn och därför ganska svår att gå på. När hon nådde Säludden utkämpade hon en inre strid med sig själv. Antingen valde hon att följa anvisningarna på den lilla skylten och ta av upp till höger för att inte störa sälarna eller låtsas som ingenting och fortsätta utefter vattnet. Beslutet var enkelt att fatta. Skulle hon nu en gång i livet få se sälar i vilt tillstånd så ville hon göra det på nära håll.

När hon närmade sig såg hon stora, otympliga bumlingar som rörde sig långsamt fram och tillbaka, långt ute i det solglittrande vattnet. Hon lyfte kikaren och häpnade när hon räknade till femton knubbiga gråsälar som låg och gonade sig i morgonsolen. Strax kunde hon se dem med blotta ögat.

Längst ute på udden satte hon sig försiktigt på en sten och tog fram sina medhavda smörgåsar och hällde upp kaffet. Sälarna simmade, lekte och tvättade sig i solen. Trots att hon visste att hon gjorde sig skyldig till ett lagbrott ångrade hon sig inte en sekund. En halvtimme blev hon sittande där, uppslukad av skådespelet. Det var bara hon och sälarna.

När hon vandrat i tre timmar öppnade sig Franska Bukten framför henne. Det var svårt att föreställa sig att en ung kvinna blivit våldtagen och mördad på denna fridfulla plats.

Mitt på stranden stannade Karin, klädde av sig och gick naken ut i vattnet. Hon visste att hon var ensam. Antagligen hade hon gett sig av långt före alla andra och det var minst tre timmars promenad från lägerplatsen. Ingen skulle dyka upp på minst en timme.

Efter badet lade hon sig och torkade på stranden. Drack en flaska vatten och tittade på kartan. Visst ja, det var här de ryska kanonerna fanns från det förlista skeppet. Hon såg sig omkring men kunde inte upptäcka några. Enligt kartan skulle de ligga en bit upp på stranden, vid den ryska kyrkogården.

Hon drog på sig linne och shorts och gick en bit upp mot skogsbrynet. Där låg den. Långsamt formade sig tanken i huvudet. Hon hejdade sig i steget. Den ryska kyrkogården. Naturligtvis. Morden hade inte ett dugg med svartbyggen eller ryska koltransporter att göra. Nyckeln fanns här, på Gotska Sandön. Mitt framför ögonen. Hur hade hon kunnat vara så dum? Hon sprang ner till stranden och rafsade ihop sina saker.

Tanken gick till Morgan Larssons regelbundna resor till Gotska Sandön. När var det han reste? Alltid samma datum, med jämna mellanrum under femton års tid. Hon letade fram anteckningsboken ur ryggsäcken. Han brukade vara där mellan den tjugoförsta och den tjugotredje juli. När hade mordet på Tanja skett? Det var på sommaren, men hon mindes inte exakt när. Förbannat att hon inte antecknat datumet. Hon slet fram mobiltelefonen för att ringa tillsynsmannen. Den var stendöd. Ingen täckning. Jäklar. Alltså kunde hon inte ringa Knutas heller.

Hon kollade på kartan vilken som var den snabbaste vägen tillbaka till lägret.

När Karin äntligen nådde lägerplatsen var hon genomsvettig och uttorkad. Hade kunnat döda för vatten, men hann inte. Två saker måste hon göra. Dels få kontakt med Knutas och dels ta reda på vilket datum som Tanja mördades. Dessutom ville hon hem så fort som möjligt. Mobilen fungerade fortfarande inte. Vid raden med alla utedassen sprang hon förbi ett par unga killar som höll på att byta latrintunnor. Fick av dem upplysningen att nästa båt till Gotland skulle avgå en kvart senare.

Hon rusade in i stugan och slängde ner sina saker i ryggsäcken. Skyndade till museet som tursamt nog var öppet. Ingen människa fanns i närheten. Hon tog trappan upp till övervåningen i några få kliv och slet till sig pärmen hon var ute efter. Fem minuter tills båten skulle gå.

På väg till stranden såg hon att täckningen kommit tillbaka och hon ringde Knutas. Han svarade på en gång.

– Hej, flämtade hon. Jag har kommit på hur allt hänger ihop. Morden har med ett gammalt fall att göra. En tysk tjej som var på semester med sin familj här på Gotska Sandön, ett ouppklarat mord från 1985.

Mobilen pep och varnade om att batteriet var på väg att ta slut.

– Fan också. Bryts det så ringer jag dig från båten. Jag

274

ska med den nu, den går om några minuter. Jag tror att det
är pappan som är mördaren. Han är ryss.

– Okej, en gång till, jag hänger inte med.

– Du känner väl till fallet? Det var mitt i sommaren, en
tysk familj vars dotter hittades mördad, 1985.

– Ja, jag kommer ihåg det. Fast jag jobbade vid ord-
ningspolisen då så jag har lite dålig koll. Och herregud, det
var tjugo år sen. Men fallet blev aldrig uppklarat.

– Nej just det, men nu har...

Samtalet bröts. Batteriet var slut. Karin svor till och
sprang ner mot båten där landgången höll på att dras om-
bord.

– Vänta! skrek hon och viftade med armarna.

Killen som stod på stranden och lyfte över den sista
väskan gjorde ett tecken åt kaptenen.

Karin tackade honom när hon flåsande snubblade om-
bord.

Lättad kände hon igen kaptenen Stefan Norrström från
ditresan och tog sig snabbt upp i förarhytten.

– Hej igen, kan jag få låna din telefon?

– Absolut. Har det hänt nåt?

– Ja, det kan man säga, sa Karin, medan hon öppnade
pärmen med de gamla tidningsurklippen.

Hon ville veta datum för mordet på den tyska kvinnan
innan hon pratade med Knutas. Kaptenen kikade nyfiket
ner i pärmen över axeln på henne.

– Jag måste ringa polisen. Den jäkla mobilen funkar
inte.

– Nej, det kan vara problem med täckningen ibland.

– Det är batteriet som är slut. Och laddaren ligger hem-
ma i Visby, sa hon med en uppgiven gest.

Hon var framme vid sidan med urklippen om mordet på
Tanja Petrov. Gick i huvudet igenom vad hon visste. Mor-

gan Larsson reste alltid samma datum till Gotska Sandön. Han hade besökt ön med några års mellanrum under de senaste femton åren, varje gång mellan den tjugoförsta och tjugotredje juli.

Hennes blick föll på datumet för mordet. Tanja mördades på natten mellan den tjugoförsta och tjugoandra juli 1985. Kroppen hittades den tjugotredje. Karin drog efter andan. Sambandet var glasklart.

– Vad har du där? frågade kaptenen nyfiket medan han räckte henne luren. Är det om hon som hittades mördad här ute?

– Ja, klippte Karin av och tog telefonen. Hon hade varken tid eller lust att inviga någon utomstående i vad hon upptäckt.

Hon började slå numret till Knutas.

– Har du lite vatten?

– Självklart.

Stefan Norrström reste sig från stolen och vände sig om för att hämta en vattenflaska ur kylskåpet. Karin hann uppfatta hans blick. Den hade förändrats.

Inne på kriminalavdelningen i Visby kontaktade Knutas den tyska polisen och bad dem kolla upp vad som hänt familjen från Hamburg som semestrat på Gotska Sandön i juli 1985. En semester som slutade i tragedi. Kunde det vara så att fadern, Oleg Petrov, till sist utkrävt hämnd för sin dotters död?

Medan han väntade på svar från tyskarna kallade han samman dem ur spaningsledningen som fanns på plats till sitt tjänsterum. Han redogjorde för vad Karin hunnit haspla ur sig innan samtalet bröts.

– Skulle det vara pappan som är mördaren, sa Kihlgård med tvivel i rösten. Efter så lång tid. Varför?

– Ja, det kan man undra, sa Wittberg. Nånting måste ha utlöst det hela.

– Jag minns det där fallet, insköt åklagare Smittenberg. Flickan var först försvunnen och det ordnades skallgång, en massa folk härifrån hjälpte till att leta. Sen hittades hon i vattnet utanför Gotska Sandön, våldtagen och mördad. En förfärlig historia. Det var nåt med några män som landstigit med en båt och sen försvunnit. De greps aldrig.

– Jag kan inte begripa varför Karin inte hör av sig, sa Knutas irriterat. Hon skulle ringa så fort hon kom på båten.

– Ring själv då, föreslog Wittberg. Be dem ropa upp henne i högtalarna.

– Javisst ja...

Knutas såg förlägen ut men slog numret till växeln som kopplade honom till M/S Gotska Sandön. En mörk röst svarade på en knastrig telefonledning.

– M/S Gotska Sandön. Kapten Stefan Norrström.

Knutas presenterade sig.

– Finns det nån möjlighet att efterlysa en viss person ombord på båten, till exempel via högtalare?

– Vem rör det sig om?

– Hon är polis och heter Karin Jacobsson.

– Vill du vänta kvar eller ringa upp igen?

– Jag väntar gärna.

– Okej.

Knutas hörde hur kaptenen ropade ut Karins namn och bad henne komma till styrhytten omgående. Strax var han tillbaka i luren.

– Ja, är hon med så lär hon vara här inom nån minut. Båten är inte så stor.

– Okej.

Minuterna gick.

– Nu borde hon väl ändå ha kommit?

– Ja. Hon är tydligen inte ombord ändå.

– Kan du ropa en gång till?

Kaptenen tvekade.

– Ska det verkligen behövas?

– Jag tycker det. För säkerhets skull.

Än en gång ropade kaptenen ut Karins namn. När ytterligare ett par minuter gått gav Knutas upp.

– Hon hann väl inte då i alla fall.

– Hon gjorde väl inte det.

– Tack för hjälpen.

– Ingen orsak.

En oro hade vuxit i Knutas bröst under samtalet. Karin hade funnit ett samband mellan mordet på Gotska Sandön och de aktuella fallen. Och nu var hon försvunnen. Han bad växeln att ringa upp tillsynsmannen på Gotska Sandön och när han blivit kopplad förklarade han sitt ärende.

– Nej, hon åkte med båten som gick halv tre. Hon fick tydligen väldigt bråttom iväg.

– Är du säker på att hon hann med båten?

– Absolut. Jag var själv där nere och hjälpte till med packningen. Jag såg henne gå ombord.

– Och du är hundraprocentigt övertygad? Jag menar, du vet verkligen hur Karin ser ut? Liten, smal, knappt fyrtio men hon ser yngre ut, mörkt kort hår, bruna ögon, en stor glugg mellan framtänderna, väldigt söt…

Han hörde hur tillsynsmannen suckade otåligt.

– Ja, det är klart att jag vet vem hon är. Hon intervjuade mig i går om den där Morgan Larsson som blev mördad.

– Då så. När kommer båten in till Fårösund?

– Klockan halv fem. Resan tar två timmar.

Knutas hann inte mer än lägga på luren förrän växeln meddelade att han hade tyskarna på tråden. Han lade oron för Karin åt sidan.

De andra lyssnade uppmärksamt på hans stapplande engelska. Knutas min var outgrundlig när han långsamt lade på luren.

– Det var våra tyska kolleger. Oleg Petrov kan inte vara gärningsmannen. Han är nämligen död. Tre månader efter att Tanja hittats mördad tog han livet av sig genom att kasta sig framför ett tåg.

Alla i rummet tittade förvirrat på varandra.

– Men mamman och systern då, vad hände med dem och var är de nu? frågade Wittberg.

– Mamman bor kvar i Hamburg, men håll i er nu – systern Vera bor här på Gotland. Hon är gift med en gotlänning och bor i Kyllaj.

– Kyllaj, upprepade Wittberg och fick något stirrigt i blicken. Kvinnan på färjan, den där första färjan morgonen då mordet begicks. Hon bodde i Kyllaj. Hon var gravid och gift. Men hon hade alibi – därför gick vi inte vidare med henne. Alibit fick hon av sin man.

Knutas lutade sig fram.

– Hennes man, ja – hon är gift med en man vid namn Stefan Norrström. Kaptenen, jag har ju precis pratat med honom!

Knutas hjärna gick på högvarv. Kaptenen hade påstått att Karin inte fanns med ombord. Och nu var hon försvunnen.

Det var den där dagen i början av juni när hon åkte och handlade på ICA som allt började. Det var en varm och vacker dag, löftesrik om den stundande sommaren. Hon hade åkt in till Slite och parkerat vid ICA som hon brukade. Tagit en kundvagn utanför och påbörjat sin shoppingrunda.

De skulle grilla på kvällen, konstigt nog uppskattade hon välkryddat kött extra mycket nu när hon var gravid. Hon valde ett par stora bakpotatisar som hon skulle fylla med sitt speciella örtsmör som Stefan tyckte så mycket om. Vid grönsaksdisken dröjde hon särskilt länge, valde och plockade bland paprikor, tomater och färska champinjoner. De kunde grilla biffarna som de var och göra grönsaksspett till. Hon plockade med sig några rediga majskolvar. Då plötsligt kände hon en spark, och så ännu en. Hon stannade upp. Älskade den där känslan av barnet som levde inuti henne. Vilade lite mot kundvagnen, smekte sakta över magen med ena handen. Kunde ännu inte förstå att hon verkligen skulle bli mamma. Att det äntligen såg ut som om livet skulle ordna upp sig. Många gånger hade hon tvivlat. Men Stefan hade övertygat henne varje gång. Visst skulle det bli de två. Det förstod hon väl. Ingen idé att göra motstånd, sa han. Ingen idé.

Och till sist hade hon börjat tro på honom. Riktigt tro. I djupet av sitt hjärta. Häpet insåg hon att hon faktiskt var på väg att bli riktigt trygg. Utåt sett hade hon haft en stabil uppväxt. Men smärtan och osäkerheten hade alltid varit närvarande. Hon hade blivit marginaliserad av sina föräldrar, ständigt jämförd med sin syster. Aldrig hade hon känt sig tillräckligt bra, att hon dög som hon var. Inte någon gång hade hon upplevt riktig trygghet. Att vara helt säker, oavsett hur hon såg ut, vad hon gjorde eller vad som hände runt omkring. Stefan älskade henne såsom ingen älskat henne förut. Ändå hade hon sina sår som hon skulle tvingas leva med resten av livet. Att han visste allt och till och med varit delaktig när det allra värsta hände hjälpte henne mycket. Han såg henne och förstod. Han som ingen annan.

Sparkarna lugnade sig tillfälligt och hon fortsatte handla. Lade ner några öl till Stefan, själv drack hon bara mineralvatten.

I båda kassorna var det lång kö. Fredagseftermiddag och alla skulle handla. Hon ställde sig i den ena. Lät blicken förstrött glida över människorna som stod snällt och väntade på sin tur med välfyllda korgar och vagnar. Flera småpratade med varandra, då och då hördes någon brista ut i skratt. Många här kände varandra, Slite var inte så stort.

Själv hade hon inte skaffat sig några egna vänner än, kände inget direkt behov. De träffade Stefans släktingar och bekanta någon gång ibland och det, tillsammans med hennes kurskamrater på svensklektionerna och besöken på mödravårdscentralen, räckte mer än väl.

Plötsligt såg hon en man i kön som hon tyckte att hon kände igen. Han stod och pratade med en pojke som inte var mer än fem, sex år. Blicken fastnade, skärptes. Gled över ansiktet, skannade av.

Mannen som såg ut att vara något äldre än hon själv hade ett speciellt utseende. Pannan var hög och framskjuten, ögonen ljusa och det såg ut som om han varken hade ögonfransar eller bryn. Tendens till underbett. Han var kortklippt och klädd i snickaroverall. Det fanns något besvärat över honom, lite nervöst. Kanske var det barnets envisa frågor, kanske något annat.

Han stod några meter framför henne i kön till den andra kassan, men hon såg honom tydligt eftersom han vänt sig om och pratade med barnet som hon antog var hans son. Plötsligt tittade han upp och hon vände bort blicken. Han hade väl märkt att hon stod där och iakttog honom, trodde kanske att hon flirtade.

Hon kunde inte låta bli att titta till igen. Han såg rakt på henne, medan han svarade på något som sonen frågat. När deras blickar möttes och hon samtidigt hörde hans röst frös hon till is. Den där ljusa, lite nasala rösten hade hon hört förr. För länge, länge sedan. I ett helt annat sammanhang.

Som ett piskrapp kände hon ett brännande, rött slag över pannan. Hon slöt ögonen och öppnade dem igen. Han stod kvar och fortsatte oberört att prata med sin son. Tittade bort mot henne och log svagt. Han hade inte känt igen henne. I själva verket var det inte så konstigt. Inte märkligt alls. Det var tjugo år sen de träffades senast. Hon hade förändrats mer än han.

Hon mådde illa, kände sig yr och bensvag. Förmådde inte stå kvar. Hon måste ut, lämnade kön och trängde sig mödosamt förbi kassan. Utanför butiken fanns en bänk där hon sjönk ner. Tårarna brände innanför ögonlocken, hon gjorde sitt bästa för att stå emot. Andades tungt, stötvis. Det häftiga trycket över bröstet gjorde henne rädd, det kändes som om hon skulle dö. Hon hyperventilerade.

En yngre kvinna kom fram och frågade hur det var fatt. Hon pressade ur sig att det inte var någon fara. Kvinnan hämtade vatten och undrade om hon hade värkar. Skulle hon ringa efter ambulans?

Nejdå, hon hade inga värkar. Behövde bara vila lite. Kvinnan satte sig bredvid och höll hennes hand. Vilken omtanke.

Tankarna jagade varandra i huvudet. Det var han. Det fanns ingen som helst tvekan. Vad gjorde han här?

Hon hade fortfarande svårt att andas och uppskattade att den främmande kvinnan bara satt där. Tyst, utan att ställa frågor.

Så plötsligt gled dörrarna till affären upp och han kom ut. Han såg henne inte, gick förbi med sin son och matkassarna. Med stöd av kvinnan bredvid hävde hon sig upp och följde honom med blicken. Han gick fram till en vit skåpbil som det stod Slite Bygg på och ett telefonnummer.

Det räckte.

När Karin kom till medvetande var det helt tyst omkring henne. Inga motorljud hördes. Hon låg i en fruktansvärt obekväm ställning. Framåtlutad med krökt rygg och huvudet nerstucket mellan benen. Munnen stramade, den var fasttejpad. Det sved kring handleder och anklar, hon var hårt fastbunden. Mörkret var kompakt i det lilla utrymmet. Kroppen värkte. Hon hade en sprängande huvudvärk och blodsmak i munnen. Han måste ha slagit till henne rejält. Det tog en stund innan hon förmådde att ens försöka röra sig. Det var nästan omöjligt. Hon satt fast som i ett skruvstäd.

Lugn nu, tänkte hon. Lugn. Håll huvudet kallt. Du är instängd och du måste hitta ett sätt att ta dig ut.

Hon undrade hur lång tid som förflutit sedan hon slogs ner. Några minuter, en halvtimme, flera timmar?

Hon ansträngde sig för att försöka urskilja något i mörkret. Lyckades resa på huvudet så mycket att hon fick det i upprätt position. Huvudvärken var migränliknande och näst intill outhärdlig. Hon kände på väggen med ena armbågen. Ytan verkade hård och glatt. Hon anade att hon fortfarande befann sig på båten, men tystnaden var så påtaglig att den måste vara tom på passagerare och antagligen ha nått hamnen i Fårösund. Hur länge kunde båten ligga vid kaj – ett dygn kanske? Hur lång tid skulle det gå innan Knutas började undra varför hon inte hörde av sig och innan han eller någon av de andra begrep att något hänt henne?

Vem var kapten Stefan Norrström och på vilket sätt var han inblandad? Varför hade han slagit till henne och sedan stängt in henne här? Tankarna irrade runt i huvudet utan att haka fast i varandra.

Karin försökte förtvivlat röra sina hårt fastsurrade armar och ben. Repet verkade sitta som berget. En sjökapten kunde förstås sina knopar. Det kändes omöjligt att hon skulle kunna ta sig loss. Hon testade att rucka på kroppen. Det fanns ett litet utrymme bredvid henne, och hon försökte dunka till väggen med sidan, men det lät ingenting.

Till råga på allt var hon kissnödig.

Hon lyssnade efter ljud. Det var omöjligt att avgöra var på båten hon befann sig.

Så plötsligt hörde hon buller på andra sidan väggen. Dörren öppnades och det starka ljuset bländade henne. Där stod han, mitt framför henne. Han stirrade på henne i ett par sekunder, sedan stängdes dörren igen. Hon hörde hur låsklaffen på utsidan gick igen.

Tänkte han inte ens låta henne gå på toaletten? Få något att dricka? Hon kände sig fullständigt uttorkad efter sin långa vandring på Gotska Sandön i solgasset. Hon hade haft så bråttom tillbaka till lägerplatsen att hon inte hunnit fylla på sina vattenflaskor. Hon hade inte druckit på hur länge som helst, än mindre fått något ätbart i sig. Huvudet kändes tungt och hon började bli yr. Skulle han lämna henne här att dö? Hon försökte lossa på repen, röra på fingrar, händer och fötter, men inget hjälpte.

En lång stund efter det att dörren hade slagits igen satt

hon och lyssnade efter ljud. Det kom inga. Det var fullkomligt tyst. Törsten och yrseln gjorde henne vimmelkantig. Hon blundade och kroppen domnade bort.

Knutas och Kihlgård tog täten, tätt följda av två andra polisbilar, och de körde i ilfart norrut, upp mot Kyllaj. Kihlgård hann få med sig sammanställningen av vad polisen hittills fått fram om utredningen kring Tanja Petrovs död.

– Dra allt du vet, beordrade Knutas sammanbitet medan han koncentrerat höll ögonen på vägen.

– Om vi tar det från början, sa Kihlgård. Nån vecka efter mordet på Tanja så återvände familjen till Hamburg. Vera avbröt sina språkstudier vid universitetet och började jobba i en livsmedelsaffär. Båda föräldrarna, Sabine och Oleg Petrov, var sjukskrivna. När hösten kom, närmare bestämt den 22 oktober 1985, tog Oleg sitt liv. Han kastade sig framför ett expresståg som var på väg in mot Hamburg Hauptbahnhof. Han omkom omedelbart.

– Usch, vilken död.

– Efter det verkade det gå utför även med mamman. Hon började missbruka tabletter och återvände aldrig till sitt jobb. Hon sjukpensionerades året därpå, i februari 1986. Hon flyttade till en annan adress, en mindre lägenhet i en förort till Hamburg, men dottern Vera följde inte med. Hon bodde på olika adresser i stan och arbetade på en livsmedelsaffär. Två år efter mordet, i augusti 1987, återupptog hon och fullföljde sina studier vid universitetet. Efter det arbetade hon i många år som språklärare på en skola i Hamburg. Ja, ända tills hon flyttade till Sverige för två år sen.

– Varför flyttade hon hit? frågade Knutas.

Han höll just på att köra om en långtradare som aldrig verkade ta slut och sikten framåt var egentligen långt ifrån tillräcklig. Kihlgård kved till, men fortsatte:

– Jo, hon flyttade väl hit för att gifta sig med Stefan Norrström.

– Hur fasiken träffades de?

– Ingen aning. Jag vet bara att de gifte sig förra sommaren. Och så ska de tydligen ha barn.

– Jaså? Nu är vi nästan framme.

Kyllaj låg bara en mil från Slite, men var en avkrok, längst ute vid havet. Numera var det ett samhälle som mest bestod av sommargäster men Kyllaj hade i århundraden varit en viktig ort för både stenindustri och sjöfart. Längst nere i hamnen låg en rad sjöbodar och bryggor. Ovanför husen som var byggda i sluttningen ner mot hamnen och Valleviken låg den karga, steniga klinten med en hänförande utsikt över havet och holmarna Klausen, Fjögen och Lörgeholm. Där brändes kalk i ugnar redan på sextonhundratalet och rester av dem fanns fortfarande kvar.

Polisbilarna väckte uppmärksamhet när de rullade in en efter en och störde idyllen.

Huset som Stefan Norrström bodde i tillsammans med sin hustru låg i ensamt majestät på en höjd med en vacker, jättelik tomt som sluttade svagt ner mot vattnet. Stora gräsytor med varsamt utplanterade buskar och träd omgärdade det stora, vita kalkstenhuset. Det måste vara arvegods, tänkte Knutas. Det såg alldeles för ståndsmässigt ut för att tillhöra en enkel sjökapten.

När de parkerat bilarna på behörigt avstånd spred de ut sig och omringade huset. De hade med en dubbelmördare att göra och kunde inte veta vad som väntade.

Knutas och Kihlgård tog täten och smög sig fram mot entrén. Knutas ringde på dörrklockan. Väntade. Ingen reaktion. Han ringde igen.

De avvaktade en stund. Knutas svettades i värmen. Anspänningen gjorde också sitt till. När inget hände gav han order om att de skulle gå in.

En av polismännen bröt upp dörren och poliserna stormade in.

Karin började bli desperat. Hon hade nickat till ett tag, utmattad som hon var, framför allt på grund av vätskebrist. Hon kunde inte ändra ställning mer än att förflytta sig några centimeter i sidled. Det gjorde hon då och då för att inte kroppen skulle domna bort helt och hållet. Hon undrade hur länge hon skulle uthärda. Började tappa hoppet om att någonsin bli hittad. Båten låg fortfarande stilla och inga ljud hördes utifrån. Tidsuppfattningen hade hon tappat, visste inte längre hur länge hon legat hopsurrad och tejpad som ett annat paket.

Tankarna gick till Knutas. Varför gjorde han inget? Nu måste han väl ha förstått att hon var ombord, hon hade ju sagt att hon skulle höra av sig från båten? Kanske hade kaptenen slagit i honom någon historia som gjorde att ingen skulle komma till hennes undsättning.

Konstigt nog var hon inte kissnödig längre. Som om kroppen redan gått till vila. Satt ned sina funktioner, gått ner på ett lägre varv för att så småningom avstanna helt. Nej, så fick hon inte tänka.

Det var becksvart där hon satt med benen uppdragna och armarna tätt ihop framför sig som om hon bad.

Plötsligt hörde hon en duns. Först trodde hon att hon inbillat sig. Sedan en duns till och så ännu en. Röster som ropade. Hon försökte knuffa sig själv mot väggen upprepade gånger för att åstadkomma någon form av ljud och puttade så gott det gick med fötterna mot dörröppningen.

Som genom ett under hörde hon någon rucka på låset precis utanför. När dörren slogs upp tvingade ljuset henne att knipa ihop ögonen.

Huset i Kyllaj var tomt. Trädgården och uthusen genomsöktes också men uppenbarligen hade paret Norrström gett sig iväg. Knutas plockade fram telefonen för att slå larm. I nästa sekund ringde det.

– Hej, det är Thomas, hördes Wittbergs upphetsade stämma i andra änden. Vi har precis hittat Karin. Hon satt fastbunden inlåst i ett lastutrymme på M/S Gotska Sandön. Det var Stefan Norrström som slog ner henne och slängde in henne där.

– Det var som fan! Hur mår hon? undrade Knutas oroligt.

– Hon är medtagen, fast det verkar inte vara nåt större fel på henne. Ganska uttorkad bara. Vi sitter i bilen på väg till lasarettet nu. Vad gör ni?

– Vi är i huset i Kyllaj nu, men ingen av dem är här. Jag antar att de försöker lämna ön så jag måste larma. Vi får höras sen.

– Okej, jag hör av mig när jag har lämnat av Karin.

Knutas utdelade genast order till kollegerna. Flygplatsen skulle larmas, likaså färjeläget. Han upptäckte plötsligt att Kihlgård var försvunnen, men såg honom strax komma från köket med en bärbar telefon i handen.

– Jag tror ni kan glömma flyget. Jag kollade senast ringda nummer på den här och det gick till båtbolaget, Destination Gotland. Nästa båt avgår klockan åtta, alltså om tjugo minuter.

Färjan till fastlandet hade lyckligtvis inte hunnit lägga ut, men alla de femtonhundra passagerarna hade redan klivit ombord. För att undvika panik hade de informerats om att förseningen berodde på ett smärre tekniskt fel som snart skulle vara åtgärdat. Poliserna som gick ombord var civilklädda. Fartyget hade två däck, förutom bildäcken, och poliserna spred ut sig.

Knutas och Kihlgård stod vid informationsdisken för att få hjälp att kontrollera hytterna. Värdinnan bakom disken letade fram fyra kort som fungerade som huvudnycklar.

Samtidigt lade Knutas i ögonvrån märke till ett par personer som snabbt närmade sig. Han vände sig om och häpnade när han såg att det var Wittberg och Karin.

– Vad gör ni här? frågade han. Borde inte ni vara på sjukhuset?

Karin såg visserligen matt ut, men mål i mun hade hon.

– Tror du jag vill missa det roliga? Jag hade bara lite vätskebrist. Jag hällde i mig en liter vatten plus lika mycket juice i bilen på vägen hit. Det räckte mer än väl.

Wittberg slog ut med armarna.

– Hon vägrade åka till sjukhuset. Vad gör vi nu?

– Okej, vi har spritt ut oss. Vi är så gott som säkra på att de finns här ombord. Hela terminalen är avspärrad så de har inte en chans att fly. Nu gäller det bara att hitta dem. Jag och Martin skulle just börja kolla av hytterna.

De tog varsin huvudnyckel och delade upp sig. Karin började med hytterna på babords sida, en trappa upp. Hon brydde sig inte om att knacka först utan ryckte upp dörren.

– Polis, skrek hon med draget vapen.

Första hytten var tom, även andra, och i den tredje låg en äldre man och sov. Den fjärde hytten rymde ett gäng unga grabbar som var fullt upptagna med att dricka öl och spela kort. De stirrade förvånade på Karin i dörröppningen. Så följde en lång rad med hytter som visade sig vara tomma.

Till sist hade hon nått änden av korridoren. Återstod bara två hytter att kontrollera. Hon var andfådd av ansträngningen. Huvudet dunkade. När hon skulle sticka in kortet kärvade låset. Hon försökte flera gånger utan att lyckas öppna.

Plötsligt hörde hon ljud inifrån hytten. En människa kved därinne. Det lät som halvkvävda skrik, som om någon hade en munkavle på sig. Fan i helvete, tänkte hon. Hon var ensam på planet, hennes kolleger befann sig på våningen under. Hon halade fram mobiltelefonen för att ringa Knutas. Nej, jäklar, den hade ju laddat ur.

Under några sekunder var hon villrådig. Skulle hon springa ner och hämta de andra och riskera att paret Norrström försvann om det nu var de som gömde sig i hytten? De måste ha hört att hon ropat och att hon försökt få upp dörren.

Hon prövade låset igen, bände kortet i springan på dörren. Till sist gav den med sig och hon tryckte ner handtaget.

När hon mötte Vera Norrströms panikslagna, uppspärrade blick kom bilderna för henne. Fragmentariska, osammanhängande men knivskarpa hackade de sig in i hennes medvetande. Attackerade henne, skoningslöst, våldsamt. Som alltid. Hon stod som fastfrusen i den smala dörröppningen. Andades tungt, ett hårt tryck över pannan, benen blev mjuka, hon kunde knappt hålla sig upprätt. Bilderna var välbekanta, hon vaknade med dem varje morgon och de fanns där på näthinnan när hon skulle sova på kvällen. Varje dag i tjugofem års tid hade hon kämpat för att få dem att försvinna.

Vera Norrström låg på den undre bädden i den smala våningssängen. Ansiktet var kritvitt och förvridet av smärta. I munnen hade hon en frottéhandduk som hindrade henne från att skrika högt. Benen var brett särade, det ena halvt utanför sängen. Med det tog hon spjärn mot en stol som ställts fram vid sidan av britsen. Ett bomullslakan skylde henne nödtorftigt. Hon skulle föda när som helst.

Karin visste. Nyss fyllda femton. Smärtan skakar hennes kropp. Hon förstår knappt vad som håller på att hända. Varken hennes mamma eller pappa vill vara med under förlossningen. De väntar utanför tills allt är klart. Som om de låtsas att hon bär på en svår sjukdom. Något ont som ska opereras bort. Avlägsnas som en cancersvulst.

En sköterska i grönt står intill henne. Karin vill ta hennes hand, vågar inte. Hon tror att hon ska slitas sönder. Skräckslagen. Bara ett barn.

En sista våldsam krystvärk. Hennes egna vrål ersätts av den nyföddas tveksamt darrande röst. Nätt och jämnt ett skrik, bara ett läte. I det dunkla rummet känner hon den varma, levande kroppen mot sitt nakna skinn. En bit av henne själv i en egen människa. En flicka.

I hemlighet ger Karin henne namnet Lydia. Hon blundar, lägger handen försiktigt på den lillas rygg. Tiden stannar, världen slutar snurra, all aktivitet upphör. Bara hon och Lydia, inget annat. De två.

Hon vet inte hur lång tid som gått när sköterskan i grönt tar barnet ifrån henne. Hon ska aldrig se henne mer. Alltid sakna. Alltid längta.

Bredvid Vera satt hennes make Stefan, som överfallit Karin några timmar tidigare. Hans ögon var rädda och förtvivlade. Karin svalde hårt, försökte samla sig, bemästra yrseln.

Hon gick in i hytten och stängde dörren efter sig.

Sökandet gav inga resultat. Efter att ha finkammat färjan återvände polisstyrkan till aktersalongen där de samlades för en sammanfattning av läget. Karin kom sist av alla. Hon stannade i dörröppningen, förklarade att hon mådde illa och behövde åka hem. Innan någon hann reagera var hon borta.

Knutas oro blandades med ömhet. Hon skulle alltid vara så tuff och stark. Nu hade hon till sist tvingats ge vika. Han hade god lust att bara gå hem själv och dra något gammalt över sig. Besvikelsen sved. Han bannade sig själv för att paret Norrström lyckats komma undan.

Han vände sig mot kollegerna, körde näven genom håret och sa med trötthet i rösten:

– Norrströms efterlysta bil hittades tydligen nyss på parkeringen vid flygplatsen. De har checkat in på sista kvällsplanet till Stockholm. Allt det här verkar ha varit förgäves.

Kanske var parets samtal till Destination Gotland bara en avledningsmanöver. Kanske undersökte de bara alla flyktmöjligheter när de insåg att polisen var Stefan Norrström på spåren. Det kändes bittert att ha varit så nära ett gripande, och istället få gå tomhänta från båten, som två timmar försenad äntligen kunde avgå mot Nynäshamn.

På något sätt hade historien läckt ut och på kajen väntade det vanliga journalistuppbådet. De hade hoppats på att få bilder på de gripna, men nu blev det inte så. Istället överöste de poliserna med frågor om ingripandet. Knutas trängde sig igenom hopen utan att ens bemöta reportrarna med en blick.

Det var svårt att inte tänka på vad som gått fel. Han borde naturligtvis inte ha satsat allt på ett kort, utan istället låtit halva styrkan åka till flygplatsen, som ju ändå var den troligaste flyktvägen. För sent hade de patrullerande polismännen upptäckt Stefan Norrströms bil och slagit larm. Nu kunde han bara hoppas på en bekräftelse från polisen på Arlanda om att paret omhändertagits.

När Knutas kom in på sitt rum på polishuset ringde mobilen. Pulsen ökade.

– Ja?

Kollegerna ute på flygplatsen meddelade överraskande att Vera och Stefan Norrström aldrig gått ombord på planet till Stockholm. Efter incheckningen var de spårlöst försvunna.

Knutas svor. Förbannade återigen sig själv. Tankar for omkring i huvudet utan att få fäste. Skulle han inte ha släppt iväg färjan? Varje utrymme hade genomsökts, men kanske ändå... Det var hur som helst för sent att kalla tillbaka båten, men för säkerhets skull tänkte han kontakta Stockholmspolisen som fick ta hand om de efterlysta om de mot all förmodan fanns ombord.

Möjligheten att de var kvar på Gotland tände ett hopp inom honom. Energin kom tillbaka. Han beordrade fortsatt genomsökning av de färjor som skulle lämna Gotland nästa morgon och dirigerade om delar av polisstyrkan till Visby flygplats. I samarbete med rikskriminalen larmades övriga svenska flygplatser och gränsstationer. Vera och Stefan Norrström efterlystes över hela landet, och via polisen gick efterlysningen vidare till taxichaufförer och bussförare. Eftersom Vera var i trettiosjätte veckan meddelades också sjukhusmottagningar och förlossningsavdelningar. Stark stress kunde ju sätta igång en förlossning.

Kanske existerade fortfarande chansen att gripa Stefan Norrström. Så länge det fanns åtgärder att vidta och uppgifter att invänta kunde Knutas inte förmå sig att åka hem. Tröttheten kom över honom i sjok men han lyckades pressa bort den med kaffe och ett och annat sällsynt bloss på pipan.

Han öppnade fönstret. Ställde sig där och blåste ut röken. Stirrade ut i Visbynatten och funderade på sitt misslyckande. Hade han varit blind? Karin hade insett hur det hela hängde ihop under sitt besök på Gotska Sandön. Borde inte han ha listat ut det själv tidigare? Polisen hade gått igenom alla ryssar som bodde på Gotland. Å andra sidan var det inte lätt att få fram Vera Norrströms ryska ursprung. Hon var ju från Tyskland och hade ett svenskt efternamn.

Han borde åka hem, han kunde lika gärna bli nådd där om något hände, men ville ändå inte. Oron kröp i honom. Han släckte pipan och återvände till skrivbordet. Plockade på måfå i högen bland dokument rörande utredningen och rådbråkade sin hjärna om vad han hade förbisett.

Klockan två på natten satte han sig förvirrad upp i stolen. Han hade visst slumrat till, men blev klarvaken när han insåg att det var telefonen som väckt honom. Återigen en stegrande puls när han sträckte sig efter luren.

– Hej, det var receptionschefen på Destination Gotland här, Eva Dahlberg. Vi träffades tidigare i kväll när ni var här och genomsökte båten.

– Ja?

– Jag ber om ursäkt för att jag ringer så här mitt i nat-
ten, men jag fick ju ditt kort och jag tror att det här kan
vara viktigt. Visst var det så att ni bland annat letade efter
en kvinna, och att hon var gravid?

– Ja, det är korrekt.

– Ja, för nu är det nämligen så att städarna har hittat
nåt som ser ut som en moderkaka i en papperskorg vid
utgången på båten. Den låg där, invirad i en plastpåse.

Knutas blev alldeles kall.

– Är du säker?

– Tja, jag har ju själv fött barn och nog tycker jag att det
ser ut som en moderkaka alltid.

– Okej.

Knutas rådslog snabbt med sig själv. Återigen fick han
tänka om:

– Båten måste utrymmas helt och får ligga kvar vid kaj
i Nynäshamn.

– Men...

– Inga men, röt han. Och släng för guds skull inte bort
moderkakan. Lägg den i en plastpåse i kylen så länge.

Jävlar, tänkte han när han lagt på luren. De tog båten
ändå.

All spaning styrdes snabbt över till Nynäshamn och
Stockholmsområdet. Paret hade en nyfödd och var troli-
gen utan bil så de antogs få det svårt att hålla sig undan.

Tröttheten var som bortblåst nu, denna natt då besvikel-
ser byttes mot förhoppningar så snabbt att Knutas knappt
hann förvånas längre.

Erik Sohlman ringde från huset i Kyllaj som spärrats av
och dammsugits på spår. Han berättade att de hade hittat
ett vapen under en lucka i källargolvet. Precis som de miss-
tänkt var det en rysk armépistol, en Korovin tillverkad på

tjugotalet, och man kunde konstatera att vapnet nyligen hade använts.

Sedan var det tyst. Inget nytt hördes på flera timmar rörande det efterspanade paret. Klockan fem gav Knutas upp och åkte hem. Huvudet var alldeles tomt. Han gick raka vägen i säng, kröp tätt intill sin sovande hustru och lade armen om henne.

Det skulle dröja innan han till sist somnade.

Kyrkviken mitt på Fårö badade i ett rödgult efter-
middagsljus. Ängarna och beteshagarna skimrade. Johan
anlände till kyrkan tillsammans med sin bästa kompis An-
dreas Eklund, tillika journalistkollega på SVT.

Han var Johans best man och de hade ägnat den senaste
timmen åt att ta några öl i trädgården till restaurang Fårö-
hus och filosoferade över att Johans singelliv nu definitivt
var över. Emma hade inte velat att han skulle se henne före
bröllopet. Om de nu skulle gifta sig i kyrkan så kunde de
lika gärna göra allt ordentligt.

När de tidigare pratat om giftermål hade Emma varit
helt främmande inför tanken på ett stort kyrkbröllop ef-
tersom hon varit med om det tidigare, men den här gången
hade hon inte protesterat det minsta. De skulle vigas i Fårö
kyrka och sedan hölls festen på Fåröhus. Det skulle bli vin
och grillat lamm och dans hela natten. Dagen därpå gick
bröllopsresan till italienska rivieran.

Framme vid kyrkan såg Johan alla finklädda människor
på kyrkbacken och greps av en overklighetskänsla. Där
stod hans mamma i duvblå sidenklänning och skrattade
tillsammans med Emmas föräldrar. Hans bröder var upp-
klädda i smoking och rörde sig obehindrat bland Emmas
gotländska släktingar. Pia Liljas kolsvarta hår stack upp,

hon var iförd en knallröd, åtsmitande klänning och hade lackskor med skyhöga klackar. Hon pratade med Peter Bylund och Johan undrade roat om det inte var något på gång mellan de två. Elin var klädd i en rosa klänning med sidenband och Emmas dotter Sara var brudnäbb. Hon bar en likadan klänning.

Filip sprang runt och busade med några andra småkillar och kastade småsten som de plockade från kyrkbacken. Han lät ögonen vila på Sara och Filip en stund. Hans bonusbarn eller vad man nu skulle kalla det. Han tyckte att deras kontakt hade varit bra hittills, särskilt med Sara, det skulle nog funka. Eller rättare sagt, han skulle se till att det fungerade. Ingenting fick stå i vägen.

Tillsammans med Andreas smet han förbi gästerna på kyrkbacken och gick in i sakristian. Han hälsade på prästen, en trevlig kvinna i femtioårsåldern. Kyrkvaktmästaren knackade honom på axeln.

– Du, det är en fotograf här.

– Va? Var då ifrån?

– Från Sveriges Television – han undrar om det går bra att han filmar.

Johan gick ut i kyrkorummet för att titta. Där stod Peter Bylund med en filmkamera på axeln.

– Är det okej? frågade han. Det var Grenfors som tyckte att vi skulle dokumentera den stora händelsen. Kan bli ett fint minne, eller?

– Jag vill sköta kameran så det blir ordentligt gjort!

Pia stod bredvid och flinade.

Johan blev alldeles röd av omtanken. Nu ångrade han att han inte bjudit redaktionschefen på bröllopet.

– Javisst, det går bra. Självklart.

Gästerna hade börjat strömma in och tog plats i bänkarna. Anders Knutas kom gående uppför gången, arm i arm med Line. Johan gick fram och hälsade.

– Hej, vad kul att ni kom.

– Roligt att vara här.

Knutas såg inte helt bekväm ut. Sist de talades vid hade de stått och skrikit åt varandra på kajen i Slite. Johan var glad att kommissarien ändå valt att komma. Han undrade hur det kändes för Knutas som spaningsledare att de aldrig lyckades gripa paret Norrström. Kanske skulle de göra det så småningom. Både Stefan och Vera Norrström var efterlysta internationellt, men var fortfarande spårlöst försvunna.

Tio minuter återstod innan klockan skulle slå fyra och det var dags för honom och Emma att gå in i kyrkan. Han började känna sig nervös. Andreas drog med honom ut på kyrkbacken och sträckte fram en fickplunta med whisky.

– Här, ta lite.

– Tack. Fan, jag är helt skakis.

– Inte så konstigt. Du ska ju gifta dig. Det är stort.

För hundrade gången den senaste timmen tittade Johan på klockan. Fem minuter kvar. Hon borde vara här nu.

Ingen bil i sikte.

– Var sjutton håller de hus?

Johan halade fram en cigarett och tände. Kyrkbacken var tom. Bara några minuter återstod.

Nu började även Andreas se orolig ut.

– Ska du ringa henne då? Det kan ju faktiskt ha hänt nåt.

Han slog numret till Emmas mobil. Inget svar.

Kyrkklockorna började ringa. Klockan var fyra. Varför kom hon inte?

Prästen kom ut på kyrkbacken och log belåtet.

– Då var det dags.

I samma stund kom en bil körande på Fårövägen.

Johan andades ut.

Epilog

Karin vandrade ensam på den ödsliga stranden. Turistsäsongen var förbi. Hon var klädd i uppkavlade jeans och ett linne. En tröja hängde över axlarna. Hon gick barfota med sandalerna i ena handen, kände det ljumma vattnet mellan tårna. Den långa heta sommaren hade värmt upp havet till ofattbara tjugosex grader. Temperaturen tillkännagavs på en ensam skylt mitt på stranden. Vem mäter temperaturen nu? tänkte hon. Och vem bryr sig om att skriva det på skylten? Det är ju ingen som läser ändå.

Det var varmt i luften fast molnen tornade upp sig över havet. Den lilla turkosa glasskiosken var stängd, igenbommad för säsongen, och skulle inte öppna förrän nästa år igen. Hon stannade till med ryggen mot havet och lät blicken glida över sandbankarna och skogsbrynet högre upp. I utkanten av campingplatsen hade Peter Bovides husvagn stått. Utefter den här stranden hade han joggat den ödesdigra morgonen knappt två månader tidigare. Och här hade han mött sin mördare.

Så länge sedan det kändes. Det var som att hon blivit äldre, förändrad. Hon bar på en hemlighet som hon inte visste om hon skulle klara av att bära, än mindre dela med någon.

Vera hade fött en flicka där i hytten på båten. De hade

klarat det bra. Förlossningen var över på mindre än tio minuter.

Innan Karin lämnade hytten med babyn och de nyblivna föräldrarna hade hon krävt att få veta sanningen.

Gärningsmannen som polisen hela tiden letat efter var en kvinna. Och en höggravid sådan. Vem hade kunnat föreställa sig det?

I den trånga hytten med sin blodiga nyfödda vid bröstet hade Vera erkänt att hon skjutit ihjäl både Peter Bovide och Morgan Larsson. Innan de dödades hade hon fått dem på knä och avkrävt dem en förlåtelse. Peter Bovide hade bönat och bett. Han påstod att mordet var ett misstag. Att Tanja hade skrikit högt under övergreppet och Morgan slagit henne i huvudet med något tillhygge för att få tyst på henne. Det hade inte varit meningen att slå så hårt. Tanja hade dött direkt och de bägge unga männen greps av panik och hivade henne överbord innan de hann tänka längre. Sedan hade det varit för sent och de flydde tillbaka till Nynäshamn, hals över huvud.

Hans förklaring hade varken gjort till eller ifrån. Vera fullbordade det hon föresatt sig.

Hennes fars gamla armépistol som hon smugglat med sig i flyttbilen från Tyskland och behållit som minne av honom hade kommit till användning. I alla år hade hon varit övertygad om att de två männen på Gotska Sandön var stockholmare som hon aldrig skulle träffa på mer, men av en slump hade hon känt igen Peter Bovide på ICA i Slite och sedan dröjde det inte länge förrän hon hittade Morgan Larsson. Hon gissade att han också kom från Slite och hade börjat sitt sökande på de stora arbetsplatserna på orten. Hon hittade honom i en personalkatalog från Cementafabriken. Han var sig lik.

Utan att berätta något för sin man genomförde hon sin plan. Men efter mordet på Morgan Larsson hade Stefan upptäckt att pistolen var borta från det låsta skåpet i vardagsrummet. Han hade konfronterat henne, förstått och valt att förlåta. Han älskade henne och de skulle bli föräldrar.

Tillsammans hade de kommit fram till att chansen var stor att polisen aldrig skulle begripa att det var den gravida kvinnan i Kyllaj som låg bakom morden. I så fall kunde de bara fortsätta att leva som vanligt.

Om däremot Vera skulle bli misstänkt för morden hade de lagt upp en flyktplan och när Karin kom ombord på båten från Gotska Sandön med de gamla tidningsurklippen förstod Stefan att det var kört. Han ringde Vera som hämtade honom i Fårösund när båten lade till. Hon hade förberett deras packning med pengar, pass och allt de behövde. För att förvilla polisen åkte de till flygplatsen och bokade flygbiljetter på det sista kvällsplanet till Stockholm. De parkerade bilen och checkade till och med in. Istället för att fortsätta genom säkerhetskontrollen lämnade de flygplatsen och tog en taxi till färjan som skulle avgå klockan åtta till Nynäshamn. Därifrån skulle de fortsätta till Arlanda och flyga vidare. Karin hade inte velat veta vart.

Hon satte sig ner i sanden och såg ut över havet. Hon undrade hur de undkommit polisen, och vad de gjorde just i den här stunden.

Antagligen borde hon också fly. Hon hade låtit en dubbelmördare gå fri. Hur valet gått till hade hon inget svar på. Kanske var det hela den tragiska historien med de två unga flickorna som bara velat sova under bar himmel på stranden den där varma julinatten tjugo år tidigare. Natten som krossade hela familjen. Pappan som tagit livet av sig, mamman som började missbruka tabletter och släppte kontakten med Vera. Lämnade henne ensam kvar med skulden.

Kanske tyckte Karin innerst inne att det inte var mer än rätt. Kanske var beslutet lättare att fatta för att hon varit med och förlöst barnet och mest av allt på grund av hennes eget livslånga trauma. Sin egen dotter skulle hon troligen aldrig få träffa, såvida inte dottern själv valde att söka rätt på sin biologiska mamma. Och än hade hon inte gjort det. Hon skulle fylla tjugofem år i år. Karin visste ingenting om vilka som adopterat henne eller var hon hamnat, förutom att hon inte var kvar på Gotland.

Hon undrade hur mycket dottern själv visste om hur hon blev till. Hon hoppades att ingen berättat sanningen.

Karin tänkte på henne som Lydia, namnet hon i hemlighet gett sitt barn i det dunkla förlossningsrummet på Visby lasarett. Hennes livs lyckligaste stund.

Under alla dessa år hade hon inte förlåtit sina föräldrar. När hon ångrade sig och ville behålla barnet hade de sagt att det var omöjligt. Alla papper var redan påskrivna. De hade egentligen aldrig under hela graviditeten frågat henne vad hon ville eller hur hon kände. Bara tagit för givet att barnet måste bort.

Det var en torsdagseftermiddag när Karin var ute och red i skogen ensam, hästen föll och blev halt. Hon fick leda den hemåt. På vägen hem passerade hon ridlärarens ensliga gård och hon gick in för att låna telefonen och ringa efter hjälp.

Ridläraren var ensam hemma. Frun och barnen var bortresta, förklarade han. De ställde hästen i stallet och gick in i huset.

Han bjöd henne att sitta ner i vardagsrummet och serverade henne ett glas saft innan hon ringde.

På en sekund var han över henne, slet av tröjan och rid-byxorna och våldtog henne där på deras vinröda matta. Hon kunde ännu minnas hur den skavde mot hennes bara rygg.

Efteråt fick hon ringa. Hennes pappa kom och hämtade henne och hästen. Ridläraren var hur trevlig och oberörd som helst.

Karin berättade inget för någon, inte ens för sina för-äldrar. Ibland stötte hon på ridläraren i byn, på posten eller i Konsum, fick kväljningar när hon såg honom. Han låtsades som ingenting.

När mensen inte kom och hon började må illa på morg-narna förträngde hon det hela. Skammen var för stor. Till slut gick det inte längre. Trots stora tröjor såg hen-nes mamma att magen putade ut och gick med henne till vårdcentralen. Då var hon i femte månaden och det var för sent att göra abort.

Först var det en lättnad att berätta för föräldrarna. Fast hon kände skam och skuld visste hon innerst inne att det som hänt inte var hennes fel. Men bara det att han varit innanför hennes trosor, inne i henne, gjorde att hon skäm-des på något underligt vis. Fast ändå inbillade hon sig att föräldrarna när de fått veta skulle hjälpa henne, ta hand om allt och se till att hon fick upprättelse. Att de skulle polisanmäla ridläraren, se till att han fick sitt straff, både genom att våldtäkten blev känd och han ställdes till svars inför sin familj, och genom att han skulle få fängelse för det brott han begått. Att rättvisa skulle skipas till slut.

Men deras reaktion chockerade henne. De ville varken po-lisanmäla ridläraren eller ens prata om det som hänt. De valde att låtsas som ingenting, som om de innerst inne inte trodde henne. Kränkningen skulle Karin aldrig glömma. De sa till henne att det enda alternativet var att adoptera bort barnet eftersom hon var så långt gången, något annat var inte ens aktuellt att diskutera. Karin sa inte emot, hon ville få bort alla spår av våldtäkten. Fortsätta vara ung. När hon väl fött förändrades allt. Då kom det största sveket, när hon ångrade sig och ville behålla barnet. Föräldrarnas påstående att det var omöjligt eftersom papperen var påskrivna visade sig senare vara en lögn. Något gick sönder i henne den dagen då hon födde sitt barn, bara för att i nästa stund förlora det.

Hemligheten hade Karin behållit för sig själv under hela sitt vuxna liv. Efter nian flyttade hon till Stockholm och bodde hos släktingar medan hon gick på gymnasiet där.

Sedan kom hon in på Polishögskolan. När hon fick erbjudandet om att göra sin aspiranttjänst på Gotland tvekade hon först, men sa till sist ja. Tänkte att hon måste gå vidare, att hon hade kommit över det värsta. Det hade trots allt gått nästan tio år. Ridläraren som våldtagit henne var död sedan länge, hon slapp åtminstone risken att stöta på honom igen. Hennes gamla föräldrar bodde kvar i Tingstäde och hon besökte dem då och då, av artighet.

De talade aldrig om saken.

Egentligen var det en katastrof att hon låtit Vera Norrström gå fri; en trasig människa som varit i stånd att skjuta ihjäl två personer. Vad för en mamma skulle hon bli till sin nyfödda dotter? Men nu hade hon fått sin hämnd. Karin önskade att Vera skulle kunna lägga allt detta bakom sig och bli lycklig trots allt, med sin man och barn.

Hon hade lekt med tanken att berätta för Knutas, men insåg att det var omöjligt. Hennes poliskarriär skulle i så fall vara över. Kunde hon överhuvudtaget fortsätta som

polis med detta i bagaget? Just nu hade hon inget svar.
Bara ännu en instängd hemlighet.

Hon lade sig ner i sanden och slöt ögonen. Lyssnade till
vågornas skvalpande mot stranden. Åskan mullrade ute
över havet. Regnet kom långsamt, en droppe i taget träf-
fade hennes ansikte.

Författarens tack

Denna historia är helt och hållet påhittad. Alla likheter mellan karaktärerna i romanen och existerande personer är tillfälligheter. Ibland har jag tagit mig den konstnärliga friheten att förändra verkligheten till förmån för berättelsen. Det gäller bland annat Sveriges Televisions bevakning av Gotland som i boken sköts från Stockholm. All heder åt SVT:s regionala nyhetsprogram Östnytt som bevakar Gotland med permanent team stationerat i Visby.

Miljöerna i boken beskrivs nästan uteslutande som de ser ut i verkligheten, undantag förekommer.

Eventuella fel som smugit sig in är alltid mina egna.

Först och främst vill jag tacka mitt ständiga bollplank och största stöd, min man, journalisten *Cenneth Niklasson*.

Även stort tack till:

Gösta Svensson, f d kriminalkommissarie Visbypolisen
Ulf Åsgård, psykiater
Magnus Frank, kriminalkommissarie Visbypolisen
Martin Csatlos, Rättsmedicinska avdelningen i Solna
Johan Gardelius, kriminaltekniker Visbypolisen

Sonny Björk, kriminalkommissarie Tekniska roteln Läns-kriminalen, Stockholm
Staffan Lindblom, hamnchef Cementa i Slite
Torsten Lindqvist, befälhavare M/S Gotska Sandön
Gotska Sandöns hembygdsförening
Tillsynsmännen, Gotska Sandön

Jag vill också tacka mina kära författarkolleger – tack för att ni finns!

Mina egna lektriser för deras värdefulla synpunkter:
Lena Allerstam, journalist SVT
Lilian Andersson, redaktör Bonnier Utbildning
Kerstin Jungstedt, organisationskonsult Provins fem
Bosse Jungstedt, Surrea Design

Mitt förlag Albert Bonniers och framför allt min förläg-gare *Jonas Axelsson* och redaktör *Ulrika Åkerlund* för allt stöd, uppmuntran och arbete med mina böcker. Min agent *Bengt Nordin* och *Maria Enberg* på Nordin Agency. Min formgivare *John Eyre* för det fina omslaget.

Sist, men inte minst, mina underbara barn *Rebecka* och *Sebastian* för stor förståelse och många uppmuntrande tillrop.

Älta i maj 2007
Mari Jungstedt

www.jungstedtsgotland.se
www.marijungstedt.se